Robert Schneider

Die Unberührten

Roman

Albrecht Knaus

Umwelthinweis:
Dieses Buch und sein Schutzumschlag wurden auf chlorfrei gebleichtem Papier gedruckt. Die vor Verschmutzung schützende Einschrumpffolie ist aus umweltschonender und recyclingfähiger PE-Folie.

Der Albrecht Knaus Verlag ist ein Unternehmen der Verlagsgruppe Bertelsmann.

2. Auflage
Copyright © 2000 by
Albrecht Knaus Verlag GmbH München
Umschlaggestaltung: Heavy Girls Lighten, Wien
Nach einem Gemälde von John Singer Sargent
Vorsatz: Georg Riha, Montafon in Vorarlberg
Nachsatz: New York Waterfront, © Andreas Feininger,
Life Magazin, Time Inc./Intertopics
Gesetzt aus 11.2/14.1 pt. Adobe Caslon
Satz: Filmsatz Schröter GmbH, München
Druck und Bindung: GGP, Pößneck
Printed in Germany
ISBN 3-8135-0161-2

Für Stephanie B.-F., umsonst

I

in paradiso

I

In der Nacht auf Michael des Jahres 1922 schrak Antonia Sahler aus einem vielstimmigen Traum. Mit entseelten Augen starrte das Kind in die von grauem Mondlicht erfüllte Kammer und hatte Gewißheit: Abschied nehmen müsse es von daheim, weggehen, und zwar bald, und zwar für immer.

Ein letzter großer Sommertag hatte sich noch einmal in St. Damian hoch über dem Rheintal verzettelt, hatte die südliegenden Bergwiesen versengt und gegen Abend all seine Glut in die Stuben und Ställe des Dorfes gedrückt. Selbst die Nacht blieb noch schwül, ungewöhnlich für die Zeit. Es war Herbst. Die Luft staubte von Heublumensamen. Der süßliche Geruch gärenden Heus kroch aus der angrenzenden Tenne herauf in die Kammer, wo das siebenjährige Mädchen erwacht war und mit offenem Mund in die Nacht lauschte.

In dem Traum hatte sich Antonia in einer ihr unbekannten Landschaft vorgefunden, einer Landschaft, der das Gesicht fehlte, die Falten, die Kanten – das Lachen. Die heimatlichen Berge waren vergangen: die Grate und Gipfel, die breiten, endlosen Kämme und die gewölbten, bewaldeten Rücken. Der Pilatuskopf war verschwunden, der mit seiner gefurchten Stirn St. Damian im Norden überragte. Die glattwandigen Felsnadeln im Osten, genannt Martinswand und Hohes Licht, ebenso. Weit und breit war kein Wald mehr zu sehen, wiewohl sich Antonia auf die Zehenspitzen stellte und lang machte. Anstelle der Fluren und Wiesen herrschte graues Einerlei, als habe sie ein himmlischer Gerichtsvollzieher eingerollt und davongetragen wie damals den Stubenteppich. Nur der volle runde Mond stand im Horizont. Das Unheimlichste aber in dieser Landschaft: Sie tönte nicht mehr, hatte ihren Klang verloren. Die Vögel sangen nicht, die Tiere waren verstummt und der Bach auch. Ja, der Herrgott hatte gar noch den Wind weggesperrt. Kein Laut oder Geräusch war mehr zu vernehmen. Alles tot.

Antonia beschloß, sich an den Mond zu halten, weil einzig sein Anblick ihr das Gefühl von Vertrautheit gab. Und so wanderte sie, barfüßig wie sie war, eine Zeitlang dem Mond entgegen. Da spürte sie, daß der Boden unter ihren Füßen nachgab, daß es nicht die Erde sein konnte, auf der sie ging. Alles schwankte und wankte. Jeder Schritt wurde zum Wagnis. Immer tiefer sank sie in den geruch- und geräuschlosen Brodem. Drum sei es angebracht und wohl auch klug, stillzustehen, die Luft anzuhalten, sich leicht zu machen wie eine Feder. Ja, nicht einmal zu denken, weil auch die Gedanken beschweren, das wisse jedes Kind. Sie schloß die Augen in der Hoffnung, es mache die beklemmende Einöde verschwinden. Aber die Landschaft blieb, selbst bei geschlossenen Lidern.

Dann träumte ihr von Stimmen. Stimmen erhoben sich, näherten sich ihr von allen Seiten und drangen in sie. Worte, deren Sinn sie nicht erfassen konnte. Ein Lachen, ein Scherzen, ein Geschrei und ein Weinen in zahllosen Sprachen und Dialekten. Grad wie das Durcheinander beim Turmbau zu Babel, von dem der Monsignore gepredigt hatte. Und sie meinte schier zu verzweifeln, weil doch alle Stimmen eines gemeinsam hatten: Jubel. Es war ein unbeschreiblicher Jubel, der aus den Kehlen drang. Aber weshalb? Und warum fehlten den Stimmen Augen und Gesichter? Antonia blickte sich erschrocken um. Sie war mutterseelenallein. Sie wandte sich wieder dem Mond zu, und da war der Mond verschwunden.

Doch anstelle des Mondes dämmerte ein grünliches Licht aus dem aschgrauen Horizont herauf. Ein flirrendes Etwas ohne Kontur, das wie ein Zicklein hin- und herhüpfte. Nach und nach gewann der Punkt menschliche Züge. Ein Rumpf, ein Kopf, erhobene Arme. Eine Dame war es, gewandet mit einem dunkelgrünen, goldbetreßten Samtkleid und einer breit ausgelegten Schleppe, die bestimmt so lang war wie der Weg von St. Damian über den Paß nach Majola. Die Dame schwebte näher, wurde größer und bedeckte gleißend schon den halben Horizont. Antonia wagte nicht, ihr ins Angesicht zu blikken. Als sie es doch tat, erkannte sie ihr eigenes Antlitz. Sie selbst war die Dame. Und plötzlich öffnete diese mysteriöse Erscheinung den Mund und fing an, in einer so berührend schönen Stimme zu singen, daß all der gesichtslose Jubel um sie herum auf der Stelle verstummte. Auch Antonia stockte der Atem, und jetzt erst begriff sie den Sinn: Der Jubel galt ihr.

Und sie lauschte der eigenen Stimme. Hörte sich gewissermaßen selber zu. Unsicher noch und ängstlich, der Ton könnte den Gesichtslosen um sie herum mißfallen. Und sang mit wachsendem Mut und einer Fülle, die immer leuchtender wurde, ohne laut zu sein. Sie fühlte sich so aufgeräumt und sorglos. Wie selbstverständlich fügten sich die Töne zur Melodie. Die Musik mußte nicht erst gefunden werden. Sie war da. Nichts konnte schiefgehen, nichts falsch gemacht werden. Ja, man mußte nicht einmal darüber nachdenken, den Ton abschwächen, zurücknehmen oder gar bereuen. Es war kinderleicht: einfach nur singen.

Die Hände wurden ihr warm, der Schweiß verklebte das Nachthemd am Rücken, und das Herz pochte laut in den Schläfen. Noch nie im Leben hatte sie einen so vollendeten Klang vernommen. Schließlich umspannte die singende Erscheinung das gesamte Firmament, strömte durch Antonias Körper hindurch und verging.

Aber die cherubimische Stimme war noch nicht verebbt, da zerriß ein grausiger Aufschrei die wesenlose Landschaft. Es war das Gellen eines Jungen, gesichtslos und ohne Körper. Ein gespenstischer Hilfeschrei, wie aus dem Mund der lahmenden Katze, die sie eigenhändig im Wald begrub, nachdem der Kolumban das Tier mit dem genagelten Stiefel kaltblütig zerstampft hatte. Vor ihren Augen. Herzzerreißend klang der Schmerz in dieser Stimme. Und der Junge brüllte immerfort, bis schließlich auch seine Stimme heiser verging.

Dann träumte Antonia von der heimatlichen Gebirgslandschaft. Doch sie war verwandelt. Zwar flüsterte und wisperte der Wind wieder in den Buchenzweigen, der Bach führte Wasser, in den Herbstwolken ließen sich lustige Fabeltiere deuten. Sogar das kleine Lastauto des Vaters zog als Schemen über den Himmel. Die Vögel waren zurückgekehrt. Der himmlische Exekutor hatte sich entschuldigt, die Wiesen, die Waldfluren wiedergebracht und entrollt. Die Wespen, die Grillen, die Mücken summten, zirpten und flirrten wieder. Doch in den Bergen, den Felswänden und auf den Graten geschah Seltsames: Sie standen unter Tausenden von Lichtern. Ringsum glimmte und glühte alles in kaltem Licht. Auf der Stirn des Pilatus tanzten und flackerten die Lichtzünglein, und die beiden östlichen Felsentürme glänzten und schimmerten wie Christbäume.

Die Luft füllte sich mit Rumor, als kündigte sich von fern ein Gewitter an. Es polterte dumpf in den gelb und schwarz gewordenen Wolkenbänken und roch nach Regen. Das Brummen, das Rollen kam immer näher. Der Donner ließ schon die Bettstatt erzittern, die Wände, die Decke, die Dielen …

Verstört durch diesen heillosen Lärm war das Kind schließlich aus dem Traum gefahren und erwacht. Lag da mit verschwitztem Haar, unseligen Augen und der plötzlichen Gewißheit, Abschied nehmen zu müssen von den Lieben daheim.

2

Nächtlicher Friede lauerte rings in der mondlichten, stickigen Kammer. Die Schwestern ruhten, wie sie eingeschlafen, und das Donnern war in Wirklichkeit Balthasars Schnurren gewesen. Der halbblinde Kater hatte in Antonias Armbeuge gedöst und war durch die zuckenden Arme der Träumenden erwacht. Jetzt hockte er auf ihrer Brust und blickte sie mit stumpfen, von zahllosen Revierkämpfen verletzten Augen unverwandt an. Balthasars ruhig dahinwogendes Schnurren, der heimelige Fellgeruch von Stall und frischer Milch machten das verängstigte Kind allmählich wieder der Gegenwart zuschaukeln.

Es richtete sich auf, ohne Veronika, die Älteste, zu wecken. Zu viert hausten die Sahlerschen Mädchen in der Kammer, verteilt auf zwei Betten. Ein Raum, mehr Kälberkiste als Schlafstatt, mit einem undichten Schiebefenster und einer Bretterdecke, die so tief herabbauchte, daß ein erwachsener Mensch dort nicht aufrecht stehen konnte. Die Jüngsten schliefen im einen Bett, während sich Veronika und Antonia das gegenüberliegende Lager teilten.

Mit Balthasar natürlich und dem Schutzengel – um keinen zu vergessen –, für den sich Antonia beim Einschlafen noch dünner machte, als sie ohnehin war. Sie fürchtete nämlich, der Engel könnte eines Nachts aus dem Bett stürzen, wo er doch hundemüde war vom vollbrachten Tagewerk auf dieser Welt. Wie sie ihm überhaupt stets einen Platz an ihrem Rücken zudachte. Ob auf der Küchen-, Kirchen- oder Schulbank, immer rutschte sie an die Kante, was oft zu unverdienter Maßregelung führte, wie sie fand. Die litt sie aber gern. Das heimliche Vergnügen, daß weder die Mutter noch der Monsignore und schon gar nicht der Lehrer Halbeisen ahnten, wer sich ihr da an den Rücken schmiegte, entschädigte sie für jedes mißtönende Wort. Was hätten die für Augen gemacht und wie die Schelte bereut, wenn sich ihnen der Engel auf einmal in seiner ganzen Pracht und Herrlichkeit gezeigt hätte! Aber das hatte er nicht nötig, und es war ihm auch zu dumm.

Sie fuhr sich durchs blonde, schlafverlegte Haar, kämmte mit den Fingern die widerspenstigen Strähnen, lüftete ein wenig den verschwitzten Hemdkragen und verspürte Durst. Indessen wanderte ihr Blick zu Veronika, die so versteckt im Laubsack schlummerte, daß man gerade noch den gelockten Haarschopf ausmachen konnte. Antonia hörte eine Zeitlang auf das beschwert gehende Atmen der Schwester. Der Klang verströmte Sicherheit. Überdies gewahrte sie wieder das eigenartige Aroma, das noch gar nicht lang vom Körper der Ältesten ausging. Ein säuerlicher Geruch, wie nach Essigmost, und in der Nase stechend. Auch an der Mutter hatte sie ihn einmal bemerkt. Angenehm war es nicht gewesen. Aber jetzt schnupperte sie nach dem Duft, prägte ihn sich ein, weil sie daran denken mußte, wie schwer es fallen würde, sich von Veronika zu verabschieden. Von ihrer einzigsten Vroni. Obwohl –

Obwohl sich die Gute – das durfte gesagt sein – in letzter Zeit sehr eigenartig verhielt. Wenn es zu Bett ging, mußten beim Ausziehen alle die Augen von ihr abwenden, und morgens beim Ankleiden auch. Oder sie verharrte so lange unter der zugezogenen Decke, bis auch die Jüngste den passenden Schuh gefunden hatte. Dann pflegte sie sich stundenlang in der Kammer einzusperren oder im Abort. Dort verfaßte sie Briefe, geschrieben mit der teuren Eisengallus-Tinte aus Lugano. Aber die Briefe trug sie nicht zur Poststelle beim Adlerwirt, sondern versteckte sie hinter dem gelockerten Kassettenfach in der Wand. Natürlich kannte Antonia jedes Wort, die Umschläge waren nicht zugeklebt, und sie empfand das «O du mein Augenstern!» als höchst unpassend für so einen Schuft wie den Kolumban Beer.

Gut, sie verzieh ihr die Mannstollerei. In Anbetracht der Botschaft jenes geheimnisvollen Traums war alles unwichtig und belanglos geworden. Ans Werk gehen hieß es jetzt, und zwar noch in dieser Nacht.

Sie ergriff Balthasars Pfoten, küßte ihm die Stirn, hutschte ihn ein wenig und setzte ihn behutsam zu Boden. Dann wandte sie sich um und stieß dabei mit den Zehen an das neue Fußgeschirr der Schwester. Veronika war nämlich ein Krüppel und nur mit einem Fuß zur Welt gekommen, dem rechten. Schon lange hatte sie sich einen linken Fuß gewünscht, um endlich die Krücken los zu sein und auch wie ein normales Weibsbild durchs Leben zu gehen. Natürlich geschah es wegen dem Kolumban, das war sonnenklar. Übrigens hatte der Vater die Prothese eigens in England bestellt. Aus edlem Holz war sie geschnitzt, mit fleischfarbenem Lack überzogen, dessen Geruch noch immer in der Nase kitzelte. Gar ein Scharnier war in dem Fuß versteckt, und das Scharnier quiekte beim Gehen, weshalb Veronika stets ein winziges Fläschchen bei sich trug mit ein paar Tropfen Öl darin. So entzückt war sie von dem neuen Fuß, so glücklich darüber, daß sie ihn aus lauter Freude sogar nachts nicht mehr abschnallte.

Antonia erhob sich von der Bettstatt, hieß den Engel getrost liegenbleiben, zauberte sich mit Balthasar aus der Kammer, schlich die Stiege hinunter, trank in der Küche einen kräftigen Schluck Wasser, tappte in die Tenne, wo es süß nach gärendem Heu duftete, und von dort hinüber in den Stall.

Tiere waren es, denen sie die Nachricht zuerst überbrachte. Zu Balthasar sagte sie – und sie sprach die Worte in jenem unvergleichlich kargen, rheintalischen Dialekt, der in den höher gelegenen Dörfern noch spröder und dunkler klingt: «Versprichst du mir, daß du um den Kolumban immer einen großen Bogen machst?» Sie drückte ihr Stupsnäschen auf die kalte Schnauze. Das Tier mit den verletzten Augen blickte sie an und schnurrte.

3

Früh am Morgen – es war ein Freitag, die Berge standen in blaßrosener Silhouette, der Mond schmolz in den Horizont – fand Rupert Sahler das Mädchen bei den Saumtieren. Er war im Begriff, Heu für die Pferde auszulegen, stocherte schlaftrunken mit der Gabel in der Futterkrippe und hätte das Kind nicht gesehen, wäre ihm nicht Balthasar fauchend an die Brust gesprungen. Der Vater beugte sich über die Krippe und entdeckte das Menschenbündel, wie es mit angezogenen Knien dalag, das Gesicht, vom Armwinkel umrahmt, ins Heu gedrückt. Da sprang ihn wirklich der Schrecken an und ging ihm selbst wie die Gabel ins Fleisch. Rupert stolperte nach der Öllampe – St. Damian war zu der Zeit noch nicht elektrifiziert – und leuchtete in den Trog. Erst wollte er Antonia aufwecken, besaß dann aber nicht das Herz, den, wie er feststellte, märchenhaften Schlaf des Kindes zu stören. Er betrachtete es eine Weile, sammelte sich, hob es behutsam auf und trug's in die Kammer zurück. Dort bettete er die Schlafwandlerin – das seine Erklärung – neben Veronika in den Laubsack.

Er schnofelte ein wenig an den Mädchenköpfen, tat beiden einen weichen, flüchtigen Kuß ins Haar und wollte wieder hinuntersteigen, als ihn etwas Unbestimmtes zurückzuhalten schien. Er drehte sich um, stieß mit dem Kopf an die Decke, brabbelte leise, duckte sich und hob die Laterne höher, damit es im Zimmer heller würde. So stand er geraume Zeit, ließ den Blick über seine vier Töchter flanieren, ja, konnte sich nicht satt sehen an ihnen. Leicht und hingeweht schliefen die Mädchen in den Betten. Das Summen ihres unrhythmisch fließenden Atems dünkte ihn schöner als Musik, und plötzlich durchrieselte ihn der heftige Wunsch, dieser gegenwärtige Moment seines Lebens möge nicht mehr enden, möge fort- und fortdauern. Und sein Herz pries die Muttergottes, daß sie ihn befähigt hatte, stets weibliche Menschen zu zeugen. Er bat um das Fortwirken dieser Gnade, weil ein Knäblein das Ätherische, das himmlisch Zarte der Familie ins Ungleichgewicht gebracht hätte. Davon war er überzeugt. Ihm schwollen die Tränen in den Augenwinkeln, ja, er greinte stumm, obwohl das Antlitz ein breites Grinsen zeigte.

Denn das Lachen stand ihm ins Gesicht geschrieben, gewissermaßen. Es war ihm angeboren, und zwar auf eine sehr augenscheinliche Weise: Die Winkel am Saum seines weichen, schwammigen Munds zogen steil nach oben, so daß man glauben mußte, der Mann sei eine Frohnatur, tagein, tagaus. Auch wenn er ärgerlich war oder zu Tode betrübt, auf den Lippen hockte stets das breiteste Grinsen. Das Antlitz hatte keinen Ausdruck für Traurigkeit. Es war nicht in der Lage, Schmerz zu zeigen, jedenfalls verfügte es nicht über derlei Mienenspiel. Es war von Natur aus verstellt. Nur wer Rupert wirklich kannte, oder wer in den Augen zu lesen verstand, sah, daß diese höhnische, vereiste Grimasse nicht mit der Seele im Einklang stand.

Nun, Rupert Sahler liebte seine «Frauenzimmer», wie er sich auszudrücken pflegte, und zwar mehr als alles andere auf der Welt. Oder um die Worte des Lehrers Halbeisen zu bemühen: «Mehr als das gloriose, aber leider vergangene Kaiserreich, mehr als den gloriosen, aber leider verlorenen Krieg.»

Besessen war er von ihren so unterschiedlichen Wesen, dem Charakter und der Eigenart, so daß er jede einzelne von ihnen nicht genug studieren, nicht genug mit Zuneigung, Umsicht und Fürsorge überhäufen konnte. Oft sehnte es ihn, wenn es die Zeit erlaubte, alle um sich versammelt zu haben: Alma, seine Frau aus dem Berner Oberland, die es als Serviertochter nach Majola verschlagen hatte, ein kesses, rothaariges Weib, um das ihn etliche Männer im Dorf beneideten. Die dreijährige Amalie, dann Magdalena, Antonia, und schließlich Veronika, die Erstgeborene, deren Versehrtheit er nie wirklich wahrhaben wollte, sondern so tat, als sei der Makel gar nicht da. Ihre Gesichter mußte er immer wieder beäugen, im Duft des Haars schnobern, in ihren Augen lesen, ihre Worte deuten, ihr Lachen teilen, ihr Weinen verjagen und sein Herz verlieren an den Klang ihrer Stimmen. Nichts an ihren Körpern, Gesten oder Meinungen wurde ihm vertraut. Das Gewohnte überraschte, das Altbekannte überrumpelte ihn, als sei es zum allerersten Mal geschehen.

Derart gesteigerte, ja überreizte Hingabe bewirkte zwangsläufig, daß er sich den Launen der Frauenzimmer schutzlos ausgeliefert sah. Nein sagen konnte er nicht, was ihm Alma als Feigheit auslegte, ihn jedoch Größe dünkte. Ja sagen mußte er nicht, es stand ohnehin in seinen wasserblauen Augen, was ihm schon bei der Jüngsten Frechheiten eintrug, die ihm doch nur vorkamen wie Schmeicheleien.

Der Mann sei den Röcken daheim besinnungslos ergeben, schnauzte der Monsignore, und Halbeisen goß das Bedenken in die folgenden Worte: «Anstatt durch zähe Arbeit an seinem bescheidenen Platze das so blessierte Österreich wieder genesen zu machen, ist aus dem Rupert ein Troddel geworden.»

Aber da verkannten sie ihn alle. Er fühlte sich in größeren Zusammenhängen. Was kümmerte ihn das kleinliche Gegeneinander der Geschlechter? Was das Aufrechnen der Pflichten? Was die göttliche Fügung, daß das Weib dem Manne untertan sei? Sie verstanden's halt nicht besser, am allerwenigsten die Liebsten daheim. «Wenn Gott ein anderes Wort für Leben ist», philosophierte er einmal nach dem Mittagsnikkerchen, «ist das Leben ein anderes Wort für Weib.»

4

Noch ein Kind des 19. Jahrhunderts – der inneren Rastlosigkeit nach zu urteilen schon ganz der Mann des 20. –, stammte dieser hochgewachsene, drahtige Mensch aus der ältesten Lasten- und Salzsäumerfamilie des Landes. Hätte es ihn interessiert, er hätte in der Sahlerschen Chronik das Gewerbe bis ins 15. Jahrhundert zurückverfolgen können. Sie hebt nämlich zu Peter und Paul des Jahres 1487 an, da mit krakeliger Schrift vom gewaltsamen Tod des Jhost Sahler berichtet wird, der «vun ainem reuss erslagen ward» und «entferbet im angesicht zue der erden sanck». Doch es interessierte Rupert nicht. Wie er überhaupt diesem fährnisreichen, einsamen Geschäft nichts Beglückendes abtrotzen konnte.

Mit Mulis oder kleineren Pferden streckten die Säumer das armselig Erzeugte der Region auf den Virgenpaß und hinunter in die Schweiz. Dort wurden die Waren verkauft oder eingetauscht gegen Salzsteine fürs Vieh, Kolonialwaren, Spezereien, Wein aus dem Veltlin und Mailänder Tuch. Auf endlos abschüssigen Pfaden, die mitunter grade mal handbreit waren, plackten sich diese sonnengegerbten Männer tagelang durch die allerhöchsten Einöden. Verdruckte, mundfaule Kerle waren es zumeist – das allein unterschied den redseligen Rupert von seinesgleichen –, streitsüchtig und abergläubisch. Hexen erschienen ihnen und Teufel. Manche ließen ihr Leben im unwägbaren blauen Eis der Rhätischen Alpen.

Aber die noch festgefügte Welt der Vorkriegszeit hatte bedingt, daß der Sohn wie selbstverständlich in die Fußstapfen des Vaters trat. So ging das Fuhrmannslos nebst dem winzigen, von der Sonne verkohlten Hof auf Rupert über, nachdem Gebhard Sahler durch ein Schneebrett ums Leben gekommen war. Weitere männliche Nachkommen gab es nicht. Die Mutter verstarb am Kropf, mit erst 38 Jahren.

Im Todesjahr des Vaters lernte Rupert seine Alma kennen, und das geschah so: Ein Salzlos, das er im Graubündischen zu erfüllen hatte, führte ihn nach Majola. Es war bei Nachteinbruch, und obwohl Sommer, tanzte ein bissiger Wind über den dunklen, baumlosen Felsschutt des Virgenpasses. Der junge, hochaufgeschossene Mann, milchgesichtig, fast noch ein Kind, betrat halb erfroren die Gaststube im Hospiz, wo den Säumern seit je Logis und Verpflegung für eine Nacht zustand. Es herrschte reger Betrieb in dem verrauchten Zimmer, die Luft stand biergeschwängert. Eine Bergsteigergruppe aus dem Westerwald johlte «Wohlauf in Gottes schöne Welt». Die Tür noch nicht hinter sich geschlossen, erblickte Rupert die neue Serviertochter mit den fuchsroten Zöpfen, ging auf sie zu, nahm ihr den Schoppen aus der Hand, strahlte sie mit seinen hellen Augen so unbekümmert und offen an, wie es nur Kinder zu tun imstande sind, und sagte: «Schaffen mußt du nicht mehr. Weil ... ich bin jetzt da.»

Das Mädchen guckte ihn aus grünen, kugeligen Augen an und begriff nichts, obwohl es alles begriff. Schon beim Öffnen der Tür, als der frostige Windstoß das Erscheinen des Gastes ankündigte, hatten sich ihr die Härchen auf den schwanenweißen Armen gesträubt. Rupert wiederholte das Gesagte, fuhr dann in kollernden Worten fort: daß jetzt für sie Feierabend sei, sie die Schürze ablegen solle, weil er beabsichtige, im Silberstreif des Morgengrauens aufzubrechen, da müsse man recht ausgeschlafen sein, der Weg sei lang und strapaziös, ob sie getauft sei, und wie sie eigentlich heiße.

Der 15jährigen Alma fing das Herz unterm Mieder zu hämmern an, und ihr wurde ganz flau im Magen. Die Nasenflügel blähten sich, der Mund mit den aufgeworfenen Lippen versteinerte, das rundliche Kinn mit dem Grübchen wurde spitz, und – Rupert sah es verstohlen – die fingerhutgroßen Brüste hoben sich ein wenig. Das Mädchen, von den zotigen Sprüchen im Hospiz selten um Antwort verlegen, gewitzt und beschlagen, brachte jetzt keinen Laut hervor. Baff stand es vor ihm, während er es anlächelte wie ein vollendet schöner Sommermorgen. Dabei lächelte er ja nicht. In Wirklichkeit war er gelähmt von der Angst, verschmäht zu werden.

Es verstummte wie auf ein unsichtbares Zeichen der Chor der Bergfreunde aus dem Westerwald. Alles wandte sich dem dreisten Burschen zu, richtete die ziegelrote Nase auf ihn und pässelte mit vom Alkohol beschwerten Lidern auf die Maulschelle, die jetzt folgen würde. Rupert ließ sich ungeniert begaffen und verlautbarte dem Mädchen Treffpunkt und Zeit des kommenden Aufbruchs. Alma blickte in ihrer Ratlosigkeit nach dem Patron. Der Patron, ein beleibter Mann mit seltsam eckigen, kardinalroten Ohren, kam auch gleich hinterm Tresen hervor, schlurfte auf den Jungen zu und bat mit samtiger Stimme, Frieden zu geben. Der Patron mochte Rupert gern leiden, weil er mit dessen Vater befreundet gewesen war und durch ihn manches Nebengeschäft getätigt hatte.

Der Junge blieb kerzengrad stehen und verlangte von dem Mädchen ein augenblickliches Ja oder Nein. Der Ton in der Stimme des Patrons wurde noch weicher, die viereckigen Ohren hingegen bläulich. Im Pianissimo säuselte es lange hin und her, mit Zureden, mit Kopfnicken oder Kopfschütteln, bis dem Wirt schließlich der Geduldsfaden riß und er den Burschen fortissimo in die schroffe Gebirgsluft hinauswarf. Es erhob sich ein höhnisches Gelächter, und der Chor der Bergfreunde stimmte «Scheiden tut weh» in mehreren Tonarten gleichzeitig an.

Am Morgen darauf, pünktlich zur verabredeten Zeit, stand bei Ruperts Pferden ein großer, dunkelblauer Koffer. Auf dem Koffer saß Alma mit den fuchsroten Zöpfen. Sie trug einen grauen, viel zu langen Lodenmantel, die runden Kappen der sperrigen Lederschuhe blinzelten daraus hervor. Als Rupert herantrat, erhob sie sich wie zufällig, griff den Koffer und murmelte: «Katholisch bin ich, wenn du's unbedingt wissen mußt.»

Er nahm ihr mit einem depperten Lächeln den Koffer ab, packte ihn auf das Leitpferd. Losschluchzen hätte er mögen vor Glück und grinste doch nur. Schweigend hatschten sie über den Virgenpaß heim nach St. Damian. Dort wurden sie Mann und Frau.

Schon im folgenden Jahr brachte Alma ein Mädchen zur Welt, Veronika. Der Geburtsfehler des Kindes, der grausige Anblick des winzigen, madenweißen Beinstumpfs machte dem frisch vermählten Paar sehr zu schaffen. Besonders Rupert. Oft wälzte er sich in gewittrigem Alpdrücken oder lag wach und durchwühlte sein Gedächtnis nach Missetaten. Er fand aber keine, die ihn dermaßen strafenswert dünkte, daß ein unschuldiges Wesen dafür Sühne zu leisten hatte; als Krüppel, sein Lebtag lang. Das sinnlose Fragen, ohne Antwort zu bekommen, ließ den jungen Vater schwermütig werden. Eines Tages beschloß er still, vom Kopf des Pilatus in die Tiefe zu springen. Er tat es nicht, denn auf dem Weg dorthin stand ihm plötzlich Veronikas rosiges Antlitz vor Augen und ihr Mund, gerade so groß wie eine Fingerkuppe. Rupert kehrte um.

Aber loswerden oder zugrunde träumen konnte er das Gefühl des Versagthabens nicht. In jener Zeit begann die von Jahr zu Jahr sich steigernde, fast nervöse Fürsorge um seine noch kleine Familie. Er verzärtelte und verhätschelte die Frauenzimmer bei jeder Gelegenheit, die sich bot. Vergaß nie die Geburts- oder Namenstage, verschwitzte nicht das Datum der ersten Begegnung im Hospiz noch den Hochzeitstag, noch die Stunde, in welcher er meinte, Veronika gezeugt zu haben. Dennoch hockte eine Angst in seiner Seele, Alma möge eines schönen Tages die Liebe zu ihm vergehen, denn er merkte, wie begehrenswert sie geworden war und den Mannsbildern im Dorf eine Augenweide. Obwohl er wußte, daß dieses Mädchen mit dem schwerfälligen Berner Akzent sich ihm bedingungslos geschenkt hatte, wurde er seine Zweifel nicht los. In erlösten, klaren Momenten spürte er wohl, daß ihn diese fast wahnsinnige Liebe unfrei machte, aber er konnte nicht anders. Er wurde ja geliebt, sehr geliebt sogar. Das Peinigende war nur, daß er glaubte, dieser Liebe nicht zu genügen, geschweige denn, ihrer überhaupt würdig zu sein. Also galt es, sich die Liebe zu verdienen, und er fing an, Alma mit Geschenken zu überhäufen. War die Gabe oder das Kleinod ausgepackt, das Parfüm am Handgelenk aeriert, das Glänzen in den kugeligen Augen ermattet, dünkte ihn, er müsse beim nächsten Mal noch phantasievoller zu Werke gehen.

Die Jahre vergingen trotzdem wie leichte, unernste Gedanken, und für Rupert war es eine helle Zeit, indessen sich die Tage der Monarchie allmählich verdunkelten. Freilich stand er mit jung und alt auf dem Dorfplatz, jubelnd, «Heißa!» und «Hurra!» schreiend, als Halbeisen die Kriegserklärung an das Königreich Serbien verlas, und zwar so, als habe er sie höchstselbst aufgesetzt. Der Lehrer hatte noch nicht geendigt – er machte eine effektvolle Pause, schneuzte dabei flennend in ein winziges Sacktüchlein –, als unserem Rupert plötzlich der Patron aus Majola in den Sinn fiel. Daß es Zeit sei, ihm einen Besuch abzustatten, sollte die alte Freundschaft nicht vollends einschlafen. Mit anderen Worten: Rupert verspürte nicht die geringste Lust, in den Krieg zu ziehen.

In den Tagen der Generalmobilmachung befand er sich mit Alma und Veronika schon knapp hinter dem Virgenpaß, in der wohligen Schweiz. Dort lag er dem Patron acht Wochen auf dem Portemonnaie, bis dieser fand, der alten Freundschaft sei jetzt lang genug gepflegt, und die Sahlers fortissimo an die schroffe Gebirgsluft setzte. Sie zogen weiter, vagierten durch die Schweiz, hinein ins Berner Oberland, wo Almas fallsüchtiger Ziehonkel lebte. Bei dem kranken Mann blieben sie ganze drei Jahre wohnen, so lange, bis es sich herumgesprochen hatte, daß der Krieg aussichtslos geworden war. Unbeschadet verlebten sie also den Krieg, verlebten und verliebten ihn sozusagen, indessen etliche Damianer auf den Schlachtfeldern verdarben oder für immer um ihr jugendliches Lachen gebracht worden waren. Wie etwa der Lehrer Halbeisen, dem ein reußisches Bajonett an der Ostfront das linke Ohr zerfetzte und ein Schrapnell an der Westfront – er glaubte noch immer an Sieg – den rechten Arm.

Für Rupert Sahler dagegen war allein schon der Tag, der in den Krieg führte, zuhöchst erfreulich: Wenn die Berechnung stimmte, er sich nicht ganz täuschte, hatte ihn die Muttergottes just am 28. Juni des Jahres 1914 ein Mädchen zeugen lassen, nämlich Antonia. Just an dem blitzblauen Sommertag, da der Thronfolger Franz Ferdinand in Sarajewo ermordet worden war. Was für ein Glückstag für den jungen Vater, was für ein rabenschwarzer für Halbeisen. Und für den Thronfolger, natürlich.

Aus dem Berner Exil heimgekehrt, fand die Familie ihr winziges Höflein, wie sie es verlassen. Aber es war nichts mehr beim alten. Eine düstere Stimmung lauerte im Dorf. Die Menschen waren einsilbig geworden, und es dünkte Rupert, als hätten sie die Neugierde füreinander verloren. Sie mochten sich nicht mehr necken, die Burschen prahlten nicht mehr so schmerbäuchig wie früher, die Mädchen lachten und flattierten nicht mehr so herzlich. Wenn man sich begegnete, hielt man nicht wie vor dem Krieg inne und tratschte, setzte ein Gerücht in Umlauf oder schürte das umlaufende mit neuen Vermutungen. Jeder war mit sich selbst befaßt, stets pressiert, denn der Wecken Schwarzbrot kostete jetzt schon 6500 Kronen. Da mußte man sehen, wo man blieb.

Die dörfliche Atmosphäre wurde noch drückender, als man vom Tod des Büchsenmachers Vinzenz erfuhr, der in seiner Werkstatt verhungerte, weil er zu stolz gewesen war, jemanden um Essen anzugehen. Jeder kannte Vinzenz' verdrießliche Lage, redete sich heraus, indem er sich einredete, nicht im mindesten geahnt zu haben, wie schlimm es tatsächlich um ihn stand. Hätte er bloß den Mund aufgemacht, man hätte ihm unverzüglich geholfen. Wenn er auch ein Kommunist gewesen war, war er doch ein Mensch.

Rupert mußte zwar nicht Hungers darben, doch wurde das Leben nunmehr unstet. Die Fuhrlose über den Paß warfen nichts mehr ab. Seine drei Haflinger standen oft wochenlang ungeschirrt im Stall, und vielleicht geschah es aus purer Sentimentalität, daß er die faul und feist gewordenen Rosse nicht schon längst zum Pferdemetzger geschleift hatte. Die schlechte Auftragslage hing mit dem Bau der neuen Hochalpenstraße zusammen, einem Wunderwerk der Ingenieurskunst, bestehend aus zahlreichen Tunneln, in die Felsen hineingeschlagenen Galerien und insgesamt 56 kühn ausgelegten Kehren. Die Paßstraße war noch im Abendrot des monarchistischen Österreich fertiggestellt worden, ja, der greise Kaiser selbst hatte der Eröffnung beigewohnt und das Band beim siebten Versuch dann endlich durchschnitten. Unrentabel war das Säumerhandwerk geworden, der Beruf im Aussterben begriffen, und das demodierte Leinen aus den Dörfern des Rheintals wollte keiner mehr haben.

Empfänglich für alles Neue und Ungewohnte, fiel es Rupert naturgemäß leicht, sich nach anderen Verdiensten umzutun. In der Zeitung las er eine Annonce, die um Vertreter für Büromaschinen warb. Dafür reiste er eigens nach Innsbruck, ließ sich 30 Schreibmaschinen der Marke Adler aufschwatzen und unterschrieb unbedarft einen Revers, der ihn schließlich auf fünf Joch des ererbten Waldes zu stehen kam, weil die Schreibmaschinen nicht an den Mann zu bringen waren. Dabei hatte sich der Handel vortrefflich angelassen. Schon am ersten Tag war es Rupert gelungen, Halbeisen von der Notwendigkeit einer Schreibmaschine zu überzeugen, obwohl der hartnäckig mit seinem Armstumpf abgewunken hatte.

Dann ließ er sich als Tourenführer anwerben. Das Bergsteigen kam damals gerade in Schwang. Die Kletterei in glatten Wänden, das Erklimmen der steilsten Gipfel aus purem Selbstzweck, war bei den betuchten, ausländischen Gästen Sport geworden. In den Augen der Dorfbewohner eine völlig unnütze Beschäftigung, ein ausgemachter Blödsinn. Der Mensch hatte dort oben nichts zu suchen und gewiß nichts zu finden. Berge waren für einen Damianer die symbolische Anhäufung aller begangenen Sünden dieser Welt, die Erbsünde sozusagen, und er mochte an dem ewigen Weiß – so verlogen er sich des Trinkgelds wegen auch anstellte – beim besten Willen nichts Mystisches empfinden.

Als er die Plackerei in Martinswand und Hohem Licht leid war, verlegte sich Rupert auf den Handel mit Orientteppichen. Aber wem stand in diesen Zeiten der Sinn nach einem Kelim? Doch nur dem Lehrer Halbeisen. Und bei diesem einen, zugegeben etwas würgenden Geschäft blieb es auch. Die Ware lag seither unverkäuflich in der Tenne – die wertvollsten Stücke in Stube, Schlafzimmer und Stall –, bis eines Tages der Exekutor kam und die Sahlers pfändete, was im Dorf einiges Aufsehen und tagelanges Tuscheln verursachte.

Schließlich war es das Automobil, auf das er alle Hoffnung setzte. Er lieh sich von der Bank Geld und kaufte sich damit einen kleinen Lastwagen, um so wieder ins angestammte Gewerbe zurückzukehren. Das ging gut. Rupert erhielt Aufträge und spedierte von nun an Kohlen, Baumaterial oder Leichtbenzin bis hinaus auf die Schwäbische Alb. Weil er zuverlässig war, vertraute man ihm bald die Damianer Milchsammelstelle an. Werktags wie sonntags karrte er die silbergrauen Kannen in die städtische Molkerei von Weidach. Ein leichtverdientes Zubrot.

Er mühte sich und robotete hart, denn eines blieb seine größte Sorge: daß es den Frauenzimmern an etwas mangeln könnte. Dabei war er es selbst, der ihre Ansprüche größer, die Geschmacksnerven empfindlicher werden ließ. Im Sahlerschen Haus wurde nicht Schwarzbrot gegessen wie an jedem andern Bauerntisch; Weißbrot mußte es sein. Es wurde nicht Feigenkaffee oder ein ungenießbarer Ersatz geschlürft; echte Bohnen wurden gemahlen. Als Alma eines Tages mit dem Rauchen anfing, durfte es nicht billiger Knaster sein; es war feinster Herzegowina und das Pfeifchen aus weißem Sepiolith. Die Familie wurde mit neuer Leibwäsche ausgestattet. Veronika bekam die kostspielige Prothese, Alma ein Abonnement der «Modenwelt», eine Nähmaschine, um die sie heftig beneidet wurde, sowie die unverbleichliche, urkundenechte Tinte. Denn Alma hatte begonnen, Verse zu schmieden, die Rupert unsterblich dünkten. Kindergedichte, die sie in einem türkisblauen Büchlein hütete wie ihren Augapfel.

Sein geheimster Wunsch aber war es, dereinst im Zeppelin-Luftschiff über die Alpen zu fliegen. Oft malte er sich diese Fahrt in den leuchtendsten Farben aus. Wie die Kinder glänzenden Gesichts in der Gondel säßen, die Frisuren à la mode, glatt fallendes, kinnkurzes Haar und gerader Pony. Wie sich die Stimmen vor Aufregung überschlagen würden. Wie der Steward dazu Limonade und Gänseleber servierte. Und dann sein eigener großer Auftritt, wenn der Kapitän die heimatlichen Berge ansteuerte. Mit großer Gelassenheit würde Rupert den Arm heben, mit dem Finger auf ein schwarzes Pünktchen zeigen unten im Bergtal und sagen: «Ihr Lieben, das ist unser Haus. Könnt ihr es sehen?» Was für ein Geschrei wäre das, was für ein Gejauchze aus allen Kehlen gleichzeitig!

Dahin träumte und sparte er. Wenn er manches Mal, den Rücken taub vor Schmerzen und schwarz vom Kohlenstaub, mit der Schinderei innehielt, schloß er einen Moment lang die Augen und dachte an den Zeppelin. Dann huschte ihm ein ehrliches, ein luftiges Grinsen über das spitze Gesicht mit den kurzen, wirren Augenbrauen und der weit auskragenden Nase. Er tat die Lider wieder auf, wuschelte mit der Hand in seinem gelblichen Kraushaar, schöpfte Atem und schulterte vergnügt den Kohlensack.

5

Und Antonia rüstete sich zur Abreise. Den Traum mit der wunderlich singenden Frau, dem Jungen, der so qualvoll geschrien hatte, den Felsen, die in Flammen standen, konnte sie nicht mehr vergessen. Die Bilder, die Klänge wirkten fort, am Tag, beim Einschlafen und Erwachen. Seither war das Kind von Unruhe erfaßt, die noch gesteigert wurde, als der Monsignore von den zehn Jungfrauen predigte, die das Ankommen des Bräutigams erwarteten. Toll vor Freude vergaßen die fünf törichten unter ihnen, das Öl in den Lampen aufzufüllen. Als er dann kam, spät in der Nacht, war das Öl verbraucht, die Lichter erloschen. Die fünf durften nicht auf das Hochzeitsfest, weil der Bräutigam sagte: «Ich kenne euch nicht!» Die Predigt hatte das Mädchen ungemein beeindruckt, ja verstört. An jenem Sonntag schwor sie dem Engel in ihrem Rücken, keine von den fünf törichten sein zu wollen, sondern Öl im Übermaß bereitzuhalten, wenn es soweit wäre, und damit meinte sie den Tag des Abschieds von St. Damian.

Das war zur Laubzeit, als sich die Mischwälder röteten, die Luft allmählich gläsern wurde und der Nebel bleiern die rheintalische Ebene beschwerte. Für die Dorfkinder Tage der Ausgelassenheit, weil es das frische Laub von den Waldsäumen zu ernten galt. Man fegte mit improvisierten Besen aus Haselruten das Blätterwerk auf mannshohe Haufen, um es dann in Planen zu packen und nach Hause zu tragen. Dort fand es als Stallstreu Verwendung oder wurde in die Zudecken der Schlafstatt gepreßt. Unter Daunen träumte damals nur der Monsignore.

Der Anblick eines so liebevoll gebauten Laubkegels, besonders dem des Nachbarn, inspirierte natürlich Kinderköpfe. Man brach V-förmige Zweige von den Bäumen, steckte sie gleichsam als Kufen an die Schuhe, nahm einen Stock zwischen die Beine, schurrte dann kreischend die Steilhänge hinunter und hinein in die auseinanderstaubende Pracht. Das war eine Schadenfreude hier, ein Fluchen dort, und Antonia war immer dabei, ja die Mutigste von allen. Keines der Kinder getraute sich nämlich, den Laubberg des Kolumban Beer und seiner Brüder auch nur anzudenken. Die Kopfnüsse des Kolumban waren gefürchtet.

Aber jetzt war ihr nicht nach Scherzen. Sie verbarg sich hinter einem großen Ahornbaum, starrte auf die Erde und murmelte vor sich hin. Murmelte immerzu, als müßte sie sich etwas einprägen. So klang es jedenfalls in Almas Ohren, denn heute folgte sie ihrer Tochter heimlich. Die Merkwürdigkeiten der letzten Tage waren der Mutter nicht verborgen geblieben: daß Rupert die Kleine nun schon zum vierten Mal in der Futterkrippe gefunden hatte, daß sie keinen Appetit verspürte und sich plötzlich einsilbig und versonnen zeigte, wo sie sonst die Vorlauteste von allen war. Wirklich stutzig und hellhörig hatte Alma jedoch die Frage beim Wäschesieden gemacht: «Wenn ich sterben muß, Mama, lebt ihr dann weiter?»

Nun trat die Mutter vorsichtig heran, spitzte die Lippen und imitierte Vogelgezwitscher, weil sie ihr Kind nicht erschrecken wollte. Doch bemerkte Antonia den Eindringling sofort und hörte zu murmeln auf.

«Willst du nicht mit den andern lauben?» fragte Alma und blinzelte hinter dem Stamm hervor. «Mali und Lena sind ganz untröstlich. Sie wollen mit dir spielen.»

Sie erhielt keine Antwort. Das Kind starrte auf den Boden.

«Warum sagst du mir nicht, was dich bedrückt? Hm?» bemühte sich Alma geduldig um ein Gespräch, fischte ihr Meerschaumpfeifchen aus der Schürze, klopfte es aus und stopfte es.

Da erhob sich das Mädchen mit dem blonden, zotteligen Haar, der schiefen Masche darin, die soeben herauszufallen drohte, ergriff Almas Hände und begann zu reden, wobei es der Stimme etwas Gekünsteltes angedeihen ließ: «Tu dich nicht um mich verkopfen, liebes Mütterlein. Das Spielen ist etwas für Kinder, dafür bin ich leider schon zu alt. Wie wir wissen, ist das Leben kein Spiel. Wir dürfen nicht töricht sein. Dann sagt der Bräutigam: Ich kenne dich nicht.»

Alma verbrannte sich fast die Finger am Streichholz, und sie wollte schon auflachen, weil das Kind so altväterlich dreinblickte. Aber sie verbiß sich das Grinsen, denn es hätte den süßen Fratz gekränkt.

Da stand dieser Fratz in dem graugrün gepunkteten Kleidchen vor ihr, schmalschultrig, den Kopf nach vorn geneigt, die taubenblauen Augen verstohlen zu ihr emporgewandt, und philosophierte schon wie Rupert nach dem Mittagsnickerchen. Aus einem Impuls von rasender Mutterliebe hätte sie den Naseweis am liebsten in den Arm nehmen, ihn küssen und jauchzend in die Höhe werfen mögen, doch sie zügelte ihr Herz, um nicht mißverstanden zu werden.

«Weißt du was?» flüsterte Alma, löste Antonias Haarmasche und band sie wieder auf. «Wir setzen uns jetzt hin, und dann erzählst du mir das mit dem Leben und dem Bräutigam. Ja?»

«Das kann ich nicht», erwiderte Antonia steif.

«Warum nicht?» bettelte die Mutter und steckte sich das Pfeifchen erneut an.

«Da muß man von allein draufkommen!»

«Vielleicht komm ich drauf, wenn du mir etwas auf die Sprünge hilfst.»

«Liebes Mütterlein, ich bezweifle, ob du das verstehen kannst», sagte Antonia mit belehrendem Unterton. «Ich will es nicht verantworten, daß du dir Sorgen machst. Außerdem mußt du jetzt wieder gehen. Ich muß denken.»

Alma stand der Mund offen. Sie schöpfte Atem, suchte nach einer Entgegnung, aber das Kind blickte sie dermaßen eindringlich an, daß sie nicht imstande war, einen klaren Gedanken zu fassen. «Wie du meinst», grummelte sie kleinlaut, nahm den Laubbesen und verfügte sich wieder zu den andern, nicht ohne sich einige Male nach dem Frechdachs umzublicken. Der gab ihr deutliche Zeichen, schneller zu gehen, was dann auch geschah. Antonia verharrte noch eine Weile unter dem Ahorn, um sich zu vergewissern, daß die Mutter keinen Hinterhalt plante. Als sie sich endgültig sicher wußte, stand sie auf und stieg in den Wald hinauf, zwängte sich durchs Unterholz, kletterte auf allen vieren im steilen Dickicht empor und gelangte zu einer winzigen Lichtung, von wo aus man das gesamte Dorf überschauen konnte. Dort hieß sie ihren Engel auf einem bemoosten Strunk Platz nehmen, setzte sich dazu, verschnaufte und begann zu reden. Sie sprach mit ausgebreiteten Armen, wie der Monsignore bei der heiligen Wandlung, und verlieh der Stimme ebensolche Feierlichkeit.

Wie lieb sie den Damianer Wald im Lauf der vielen Jahre doch gewonnen habe. Wie vertraut er ihr sei, obwohl sie noch nicht das Vergnügen hatte, jeden Baum einzeln kennenzulernen – sie bitte um freundliche Nachsicht. Daß bald etwas Großes, ja Unvorstellbares mit ihr passieren werde. Man solle sie aber um Himmels willen nicht fragen, was und wie. Geschehen werde es, und vielleicht schon sehr bald. Sie sei drum gekommen, den Bäumen Lebewohl zu sagen. Jeden Stock und jeden Stamm wolle sie im Herzen bewahren, jedes Blatt, das verspreche sie …

Während sie so predigte, empfand sie plötzlich Unfrieden mit sich selbst. Das dumpfe Raunen in den Wipfeln kam ihr vor, als lache der Wald, als nehme er kein Wort von dem Gesagten ernst. Antonia erhob sich von dem Strunk, sprach lauter, sprach beschwörender. Als die Worte aber nicht mehr hinlangten, das Fühlen auszudrücken, fing sie auf einmal zu singen an. Sie wußte nicht, weshalb. Es geschah aus einer Mischung von Wut und Hilflosigkeit. Sie sang, was ihr grad in den Sinn kam, ein Lied nach dem andern, mit dünner, wackliger Sopranstimme. «Guter Mond» und «Lobe den Herren» und «Irgendwo auf der Welt». Da wurde ihr noch schwerer ums Herz, und eine tiefe, dunkle Traurigkeit kroch in sie hinein. Eine Traurigkeit, wie sie sie noch nie erlebt hatte. Sie fühlte sich als der einsamste Mensch auf der Welt und bereute bitterlich, die Mutter weggeschickt zu haben. Sie stimmte ein neues Lied an, sang fort und fort. Doch je länger sie musizierte, desto wohliger wurde plötzlich diese Traurigkeit. Alle Verkrampfung löste sich auf wie die Nebelschwade überm mittäglichen Tal. Ihre Stimme wurde sicherer und fing zu leuchten an, ohne laut zu sein. Antonia mußte wieder an die goldbetreßte Frau aus dem Traum denken, die sie mal für die Muttergottes hielt, mal für eine Waldfee. Hatte sie nicht auch gesungen und durch ihre Stimme die bösen Gedanken verstummen gemacht?

«Gell, liebe und gute Frau, du vergißt mich nicht!» schrie sie in die azurne Luft hinaus. Tränen platzten aus ihren Augen und hörten nicht auf zu kullern, bis das Weinen schließlich in ein erlösendes Nachschluchzen mündete und einen Schluckauf. Dann kehrte wieder Ruhe ein im Herzen.

Antonia blickte sich etwas verdutzt um, lauschte, und es war ihr, als habe sich das Raunen im Wald gelegt. Mit dem Handrücken putzte sie die Wangen ab und wurde gleichzeitig ärgerlich. Hatte nicht der Halblehrer Eisen gesagt – so nannten ihn die Kinder aufgrund seiner Kriegsversehrtheit –, wer flenne, tauge nichts fürs Vaterland? Nein, was war sie doch für ein Zimperlieschen! Das stand ihr ganz und gar nicht! Sie war jetzt erwachsen, und zum Glück hatte es niemand gesehen.

Nachdem sie sich wieder gefaßt hatte und mutig geworden war, fuhr sie in der Verabschiedung des Waldes fort. Sie umfing einen Baumstamm nach dem andern, soweit es die Ärmchen eben vermochten, wünschte allen gesunden Wuchs und langes Leben, gab jedem noch einen Kuß auf die Rinde, mußte aber bald einsehen, daß man unmöglich alle Bäume an einem Tag umarmen konnte. Weil es zudem langsam eindunkelte, beschloß sie, die Zeremonie zu vertagen. Beim Abstieg stieß sie auf eine Wettertanne, vom Blitzschlag zerspellt und verkohlt. Dort hielt sie nochmals inne und tröstete den absterbenden Baum. Sie wünsche, wenn sie dereinst als altes, verhutzeltes Weiblein zurückkehre, ihn gesund und saftig wiederzusehen. Zu seinen Wurzeln lag ein Tannzapfen, den die Eichhörnchen abgenagt hatten. Sie steckte ihn ein, zur Erinnerung.

So feierte Antonia Abschied vom Wald, und sie stand erst am Beginn. Alles wollte angedacht sein, alles wollte sie bedankt wissen. Das Moos, auf dem sie ging, das Stechlaub, das ihre Füße oft zerkratzt hatte, die Rottannen und Weißtannen, die Buchen und die Eschen, die Haselsträucher, die Farne in vielerlei Zahl. Nicht zu reden vom Getier auf und unter dem Waldboden. Es gab noch so viel zu tun.

Als es beinahe Nacht geworden war, tappte sie heimwärts. Vor dem Haus, im schwach erhellten Küchenfenster, buckelte sich Balthasar. Glücklich und müde nahm sie ihn zur Brust. Wortlos geisterte sie in die Kammer hinauf, wo Mali und Lena bereits schliefen, und sackte mit staubigen Füßen querlängs in die Kiste, so daß ihr Schutzengel nicht eben kommod zu liegen kam.

6

Dabei entging ihr die helle Aufregung, die Ruperts Heimkehr entfacht hatte – vielmehr waren es die Geschenke, die das nervöse Geschrei auslösten. Seit er mit dem Lastauto ausschwärmte, also gewissermaßen in der Welt herumkam, pflegte er die Frauenzimmer allabendlich zu überraschen.

Liebende Gedanken, in Süßigkeiten, Spielsachen, Galanteriewaren und sonstigen Krimskrams gegossen und gestopft. Pralinen aus Schweizer Schokolade, Zeppeline aus Marzipan, eine Mohrenpuppe, ein Teddybär aus Werg, dessen gutmütiges Brummen einem versteckten Blasebalg zu danken war. Kaum ließ sich das Knattern des heraufschnaubenden Lastautos vernehmen, waren die eben eingenickten Mädchen munter und nicht mehr zu bändigen. Da halfen auch Almas unsterbliche Verse und Kindergedichte nichts. Bolzengrad standen die Kleinen im Bett und wirbelten kurz darauf die Stiege hinunter.

Eine Schildkröte mühte sich über den Küchentisch und linste ebenso verblüfft in die Mädchenrunde wie diese auf sie. Erst gab es ein baffes Staunen, dann ein Gekreische, dann zog es die Schildkröte vor, sich zurückzuziehen, weil der Schatten aller Hände gleichzeitig ihr Gesichtsfeld verdüsterte.

Ella gehöre allen, schlichtete Rupert den Streit und zwinkerte Alma zu. Wo um alles auf der Welt er diese hilflose Kreatur herhabe, lachte sie auf. Es handle sich hierbei um ein Reptil, tat Rupert geschwollen. Wer in den feinen Häusern etwas auf sich gebe, der halte sich Schlangen oder Schildkröten, um sich daran zu verlustieren. Ein Vermögen müsse Ella gekostet haben, ging Alma dazwischen. Nicht eine einzige Krone, wimmelte er ab. Der Inhaber der städtischen Tierhandlung sei grad nicht bei Kasse gewesen, habe drum in Naturalien bezahlt.

Rupert verließ flugs die Küche, trat mit einem flachen, lavendelfarbenen Karton wieder ein, streckte ihn Alma grinsend hin.

«Für mich?» rief sie, nestelte mit nervösen Fingern in der Frisur, steckte eine Haarnadel fester.

Er nickte lautlos und verfolgte mit messerscharfen Augen jede Geste seiner Frau. Nicht das flüchtigste Zucken in den Mundwinkeln wollte er versäumen, keinen Lidschlag, keine

Stirnfalte, kein Atemholen. Ja, er selbst hielt die Luft an, um den Moment in allen Tönungen zu gewärtigen, wenn sich gleich der Deckel heben würde.

«Du bist verrückt!» Alma schluckte, legte den Karton auf den Tisch und öffnete ihn ganz. Sie starrte auf dessen Inhalt, brachte kein Wort heraus, warf die Hände auf ihren Mund.

Das waren die Augenblicke, in denen sich Rupert so nahe dem Leben fühlte, daß er es getrost hätte loslassen mögen. Der Anblick dieser schönen Frau, die er bis zur Selbstaufgabe liebte. Wie ihr Gesicht im Widerschein der Petroleumlampe aufflackerte. Ihr plötzlich erwachtes Kindergesicht. Diese von jeder Traurigkeit unberührten Augen, die ihm damals, als er klamm vor Kälte ins Hospiz von Majola getreten war, fast das Herz verbrannt hatten. Dieses vollendete, wundersame Einssein mit sich. Diese Selbstvergessenheit, die jeder Spontaneität innewohnt und ihr größtes Geheimnis ist. Das jähe Heraufleuchten eines Lichtes, das schon äonenlang in der Seele dieses Menschen prangte und dessen Zauber nur er, Rupert, kannte. Dieses winzige Gran jenes unbegreiflichen Lichts ohne Quelle. Dieses allerkürzeste, urplötzlich übers Antlitz huschende göttliche Licht. Das war die Liebe. So dachte Rupert. Und eben jetzt, genau in diesem Moment, war die Liebe über Almas Gesicht gegangen. Und er hatte es gesehen, war dabei, leibhaftig, hatte die alles entscheidende Sekunde nicht versäumt. Hatte geschaut, wie Gott über Almas Gesicht ging.

«Aber …!» rief Alma und strich mit den Händen über den pflaumenblauen Tüll.

«Kein Aber!» beruhigte Rupert leise.

«Das Kleid aus der Modenwelt! Ich kann es einfach nicht glauben!» überschlug sich ihre Stimme.

«Genau das», grinste Rupert. «Und in dieser Hand habe ich Eintrittskarten für die Zauberflöte. Am Samstag in zwei Wochen fahren wir in die Operette!»

«Aber das können wir uns doch alles nicht leisten!» entgegnete Alma halbherzig, umhalste ihren Gatten mit strahlenden Augen, drapierte sogleich die Kostbarkeit mit silbergrauen und stahlblauen Pailletten um ihren Körper.

«Ach, weißt du, der Pedrini von der Konfektion Seiler hat mir noch drei Schamottfuhren geschuldet. Und der Albert vom Lichtspieltheater, der mit dem Kropf, den ich manchmal aufsitzen lasse, wenn ich in die Stadt fahre, der Albert, du weißt schon, der hat mir die Karten geschenkt.»

«Dir fällt aber auch nie eine neue Ausrede ein!» kommentierte Veronika leichtzüngig die schon allseits bekannten Notlügen des Vaters. Außerdem packte sie der Neid. Ungläubig strich sie mit ihren schlanken, blassen Fingern über die Kleiderpracht, befühlte den Saum des Unterkleids aus schwarzem Satin und Brüsseler Spitzen und mußte dabei an Kolumbans jungenhaftes Lachen denken.

An diesem Abend blieben die Sahlers noch lange wach. Mali und Lena konnten nicht ruhig werden. Kirre machte sie der Anblick der Schildkröte, die im übrigen längst beschlossen hatte, sich nicht mehr zu zeigen. Erst als die Müdigkeit unwiderstehlich geworden war, brachten Veronika und Alma die Kleinen zu Bett. Antonia schlummerte noch so, wie sie in den Laubsack gefallen. Veronika entkleidete sie geduldig, legte die erlahmten Arme und Beine bequemer, indessen Alma die andern zurechtmachte. Hernach beteten Mutter und Tochter für Haus und Stall sowie eine behütete Nacht, taten einander das Kreuzzeichen auf die Stirn und küßten sich.

Im Elternschlafzimmer, ebenerdig, stand Rupert mit entblößtem Oberkörper bei der Waschschüssel und wusch sich die Achselhöhlen. Ein Nachtfalter brummte und schlug unaufhörlich gegen das Glas der Petroleumlampe. Sachte war Alma in die Tür getreten, ihr Mann hatte es nicht bemerkt. Lange verharrte sie im Dunkel des Türrahmens, ließ den Blick auf Ruperts sehnigem Rücken ruhen. Die Haut schimmerte seiden und glatt wie die eines Kindes. Da wurde Alma auf einmal ganz warm ums Herz, und diese Wärme durchdrang den ganzen Körper, machte die Wangen heiß, ließ den Puls schneller gehen und die Augen sprühen vor Wollust. Rupert wandte sich um, sah die Frau so dastehen, lächelte, obwohl er gar nicht lächelte, trat auf sie zu, zog ihren Körper mit starken Armen zu sich, nahm den Kopf in beide Hände und löste eine Haarnadel nach der andern aus dem dunkelrot glänzenden Haar.

Bald brachen die Körper ineinander wie schwer sich dahinwälzende Gewitterwolken. Stumm liebten sich die jungen Eltern aus Rücksicht auf die Kinder. Liebten sich mit schwergehendem Atem und hungrigen Augen. An ihren Gesichtern mußten sie immerfort riechen, das Salz auf ihren Rücken, den Kniekehlen und Achselhöhlen schmecken. Er stürzte seinen Mund auf ihre kleinen Brüste, sog daran, unaufhörlich, als sei er am Verdursten gewesen. Sie strich mit nassen Händen über seine athletischen Schultern, krallte die Finger hinein, hielt sich fest und fester, um nicht von ihm wegzufallen in die Nacht hinaus, von dieser Erde weg, in den leblosen Kosmos.

Als sich ihre Leiber abgekühlt hatten und der Puls wieder ruhiger ging, berichtete Alma von den Begebenheiten des Tags. Das war Gepflogenheit unter den Eheleuten, und Rupert interessierte selbst noch das Belangloseste. Sie eröffnete ihm die Sorge um Antonia, deren Verstocktheit ihr merkwürdig erscheine. Er schwieg, lauschte jedoch wach der dunklen Melodie in Almas Berner Dialekt. Dann bemühte er sich, durch ein paar gezielte Überlegungen, die Angst zu zerstreuen.

Mit «Liebes Mütterlein» werde sie von dem Kind neuerdings angesprochen, gurrte Alma, und da mußte Rupert plötzlich laut auflachen. Und er konnte mit dem Gelächter nicht aufhören, ja, es wurde so ansteckend, daß bald auch Alma lauthals herausprustete. Sie lachte ohne Aufhören und bemerkte lange nicht, daß ihr Gatte längst verstummt war und reglos in die Zimmerdecke starrte.

«Was hast du?» fragte sie erschrocken, setzte sich auf, blickte ihn an, strich ihm die Schweißperlen von der Stirn.

«Nichts.» Seine Lippen zitterten.

«Fehlt dir was? Liebster!» erschrak Alma, da sie sah, wie ihm das Wasser aus den Augen stürzte.

Er schüttelte nur den Kopf und flüsterte, daß es das Glück sei, das Übermaß an Glück, welches er fast nicht aushalten könne.

In Wahrheit war es der alte Schmerz, der ihm wieder in den Kopf gesprungen war. Die Gewißheit, kein guter Gatte und Vater zu sein. Die alles zersetzende Angst, eines Tages die Frauenzimmer zu verlieren, ohne je Teil von ihnen geworden zu sein. Mochte er sich noch so behutsam anstellen, mochte er schenken, was er wollte, mochte er die seligen Augenblicke festhalten mit Händen und Zähnen – er blieb unwürdig. Nein, Gott war ihm noch nie übers Gesicht gegangen, ihm nicht.

Schließlich gelang es Alma doch, ohne langes Fragen die marternden Zweifel mit Küssen und Herzen zu vertreiben. Dann klopfte es an die Zimmertür, weich, beinahe unhörbar. Veronika stand vor ihnen, den Teddybär im Arm. Keiner sprach ein Wort, bloß der Bär brummelte zufällig. Das Mädchen, das zu jener Zeit an Liebeskummer litt, kletterte zu den Eltern in die Bettstatt, kuschelte sich ins Gräbchen und wandte das Gesicht Rupert zu. Er hielt die Wangen seiner Ältesten weich in beiden Händen, bis sie eingeschlafen war. Und zu Alma sagte er noch, daß es höchste Zeit sei, endlich zum Zahnarzt zu gehen.

«Woher nehmen, wenn nicht stehlen?» wisperte sie.

Er wisse einen Dentisten. Der schulde ihm einen Batzen Geld. Müsse der halt in Naturalien bezahlen. Wär' doch gelacht!

7

Die Abschiedsphantasien vergingen nicht. Das Gegenteil war der Fall. Die Vorstellung, daß sich in Bälde etwas nicht Dagewesenes ereignen sollte, wurde in Antonias Denken von Tag zu Tag bestimmender. Kaum auf den Beinen, das Gesicht geschwind mit Wasser betupft, in die Sachen gestiegen, ungekämmt zur Frühmesse geeilt, schwelgte sie schon wieder in unzähligen Lebewohls. Es waren die Propheten in den Kirchenfenstern, von denen sie sich trennte. Ferner vom heiligen Joseph auf der Männerseite, der heiligen Katharina mit dem zerbrochenen Rad auf der Frauenseite, von Cosmas und Damian im Altarbild. Antonia sang inbrünstig, während die anderen Lauser mit vom Schlaf vertrockneten Augen vor sich hin gähnten. Bei der Kommunion, als der Monsignore ihr die Patene reichte, malte sie sich aus, wie es wäre, ihm jetzt die Hand zu drücken und das Valet zu geben. Der Monsignore überlegte seinerseits, ob es nicht geschickt sei, die schöne Stimme dieses Kindes zu fördern. Er unterhielt nämlich ein Gesangsquartett, für welches er Liedsätze und kleine Motetten anfertigte. Der Musik galt seine Passion.

Die Abschiedsgedanken wurden gestört, als Antonia beim Frühstück die Schildkröte sah, von der die Schwestern auf dem Kirchweg hitzig erzählt hatten. Unlustig kaute Antonia am Marmeladebrot, gab sich desinteressiert. Dabei fuchste es sie entsetzlich, die Überraschung verschlafen zu haben. Unentwegt mußte sie nach der Hutschachtel schielen, wo Ella an einem Kohlblatt knabberte. Später, im Unterricht, war das Kind zwar physisch anwesend, blieb aber doch den ganzen Vormittag lang fern.

Halbeisen verlegte sich zu jener Zeit auf die Geographie der österreichischen Kronländer und Kolonien. Ein dringlicher Gegenstand, der alle betraf, wie ihn dünkte, die Erst- und die Letztkläßler. Wie er überhaupt so tat, als existierte die Monarchie noch immer. In seinen Lehrplänen blieb auch nach dem «gloriosen, aber leider verlorenen Krieg» alles beim alten. Als die Schulbehörde die neue Österreichkarte ausgab, sandte er den Fetzen, wie er sich ausdrückte, postwendend zurück. Er fügte einen maschinegeschriebenen Brief bei, daraus hervorging, daß das Alte Österreich noch in vortrefflichem Zustande sei, weder verschlissen an den Rändern noch abgegriffen insgesamt. «Wien ist etwas verblichen», setzte er ironisch in Klammer. «Die geschätzten Herren sollten ihre Mittel doch für sinnvollere Dinge ausgeben, in dieser entbehrungsreichen Zeit.» Müßig zu erwähnen, daß das Konterfei des Kaisers selbstverständlich hängen blieb, wo es seit eh und je gehangen hatte: unter dem prachtvollen Schaufelgeweih eines kapitalen Damhirsches.

Cölestin Halbeisen war klein von Statur, von ausgeglichenen, ja schönen Gesichtszügen und stets adrett, aber altmodisch gekleidet. Er trug als einziger noch den Vatermörder, den gesteiften Stehkragen des vergangenen Jahrhunderts. Die Schuhe glänzten tadellos gewichst, bei Regen und Sonnenschein, das schwarze, von Brillantine glänzende Haupthaar hielt er preußisch gescheitelt. Dennoch stand in den nußbraunen Augen dieses bald 50jährigen Mannes eine stumpfe, seelische Verwahrlosung zu deuten. Halbeisen empfand sein Dasein als gescheitert. Daraus machte er nie einen Hehl. Seine große Vorkriegsliebe hatte sich als Nachkriegsillusion herausgestellt. Mit einem Krüppel wolle sie sich nicht zeigen, zitierte er bisweilen sarkastisch die Verflossene, eine Offizierstochter aus Weidach. Seitdem frettete er sich mausallein durch die Jahre und bewohnte die winzige Gehilfenwohnung im Schulhaus. Er trank nicht, er rauchte nicht, er sündigte nicht, er verliebte sich nicht mehr. Er wartete schlicht darauf, bis das Leben verlebt wäre.

Die Melancholie machte aus ihm den ratlosesten Lehrer, der sich denken ließ. «Nihil difficile amanti» schnitzte er in den Türstock des Klassenzimmers: Nichts ist schwer für einen Liebenden. Er führte sich die Worte Ciceros immer dann vor Augen, wenn der Kindertrubel den eigenen Vortrag verunmöglichte. Wenn er aufgrund seines verhaltenen Organs und der inneren Kraftlosigkeit einfach nicht in der Lage war, Silentium zu fordern. Wenn er mit ansehen mußte, wie sich die Rotzlöffel des Nadler Hans von den Beerschen Spitzbuben blutige Nasen holten. Wenn die Jungen den reiferen Mädchen verstohlen ihre noch kleinen, glatthäutigen Glieder zeigten. Wenn die Älteren die Erstkläßler drangsalierten, zwickten und an den Haaren rissen. Wenn sie ihm selbst das Maul anhängten ... Immer dann blickte Halbeisen auf den Türstock und schwieg mit leidender Miene.

Er konnte wundersam und beharrlich schweigen. Er schwieg so lange, bis das Geschrei und Gekeife, das Schluchzen und Wimmern von selbst verstummt war. Er schwieg im Recht, und er schwieg im Unrecht. Dergestalt schweigend, empfand er sich seinem Schöpfer am nächsten. Was Gott konnte, konnte er auch. Stumm sein und das Unrecht gewähren lassen. Einfach hinwegsehen über das Unglück der Menschenkinder. Sie einfach alleine lassen bis zum Jüngsten Tag. Mitunter schwieg Halbeisen fast eine geschlagene Stunde lang, so daß etliche Bälger vor Angst zu heulen anfingen und sich nicht mehr zurechtfanden.

Einen einzigen Freund besaß er. Viel wurde in St. Damian über diese Freundschaft gemunkelt. Halbeisen verlor kaum ein Wort über den Mann auf dem lindgrünen Motorrad, der ihn fast jedes Wochenende besuchte. Im Winter sogar zu Fuß, obwohl er von beträchtlicher Körperfülle war. Auf neugierige Fragen antwortete der Lehrer einförmig, daß es sich um einen

Kriegskameraden handle, mit dem er Schach spiele. Soviel sei wohl noch erlaubt. Der Adlerwirt, der auch die Poststelle unterhielt, wußte hingegen zu vermelden, daß es sich bei dem feinen Gentleman mit dem ausländischen Akzent um einen Agenten handle, der schon weit in der Welt herumgekommen sei. Er verkaufe den Leuten Passagen nach Übersee. Wie auch immer. Der verschlossene, vornehm gekleidete Herr blieb übers Wochenende bei Halbeisen wohnen und schnurrte sonntags wieder talwärts.

Wie sich denken läßt, interessierten Antonia die österreichischen Kronländer herzlich wenig. Sie guckte Löcher in die Luft und wartete sehnlichst darauf, daß der Halblehrer Eisen den Tag frei gab. Beim Mittagessen stocherte sie ungeduldig im Teller herum. Kaum war der Tisch aufgehoben, der Angelus hingeleiert, tänzelte sie hinaus, marschierte die Dorfstraße abwärts, an der Kirche vorbei und hinauf in den Wald unterhalb des Pilatuskopfs. Dort umfing sie wieder Bäume, plauderte mit Steinen, sang ihnen ein Ständchen. Was ihr brauchenswert schien, stopfte sie in die Taschen ihrer Schürze, kam zurück mit einem Sammelsurium aus Tannzapfen, großen und kleinen Blättern, Pilzen, Knöchelchen und Zähnen, toten Vögeln, Glasscherben, Moosbüscheln, Kieselsteinen, Kotkügelchen von Rehen und was es dergleichen alles im Wald zu finden gab. Den Schatz versteckte sie zuerst unter der Bettstatt. Dann war ihr der Ort zu unsicher, und sie kletterte auf den Dachboden, wo sie unter einem Haufen getrockneter Maiskolben einen alten, verstaubten Koffer fand. Jenen Koffer, auf dem einmal die 15jährige Alma gesessen und in der bitterkalten Morgenluft ihres Bräutigams geharrt hatte. Der Koffer war das richtige Versteck. Dorthinein kramte sie die Kostbarkeiten, die ein anderer für ekles Zeug gehalten hätte. Für sie jedoch besaß jedes einzelne Blatt, jeder Stein, ja selbst noch der Kot Seele. Und diese Seelen würden sie auf der großen Reise begleiten, und man würde sich dann Geschichten erzählen. Das war ihre Vorstellung. Vorräte wollte sie bereithaben im Übermaß. Sie war nicht eine von den fünf törichten Jungfrauen. Sie nicht.

Mochte Alma noch so feinfühlig in das verbohrte Mädchen dringen, mit liebevollem Bitten und Fragen, Antonia eröffnete sich nicht. Nicht einmal Veronika, der Lieblingsschwester, gab sie Auskunft. Ihr Mund blieb versiegelt wie der Reliquienschrein unterm Altar des Monsignore. Es war eben nicht die Zeit. Alles ging nach einem sorglich erdachten Plan, dessen letzter Punkt – der Höhepunkt sozusagen – die Menschen darstellen sollten. Aber noch war es lange nicht soweit.

Das Kind pilgerte nachmittagelang über die goldbraunen Herbstwiesen von St. Damian, sang für die Berge, für den Himmel. Predigte den Wolken, dem Regen, der Sonne und dem blaß im Firmament verweilenden Mond. Sang für die Nachbarskühe, für Schafe und Pferde, für Katzen und Hunde. Sang für die Gemsen, welche sich frühmorgens an den Waldrändern zeigten und die mageren Fluren ästen, was anzeigte, daß es bald zu rauhreifen begänne und der Winter knapp vor der Tür stand. Von den Wanderungen brachte es stets ein Andenken mit und pfropfte es in den blauen Koffer, aus dem bereits entsetzlicher Verwesungsgeruch herausquoll. So heftig, daß man ihn mitunter im ganzen Haus vernehmen konnte. Antonia schrieb den bestialischen Gestank Ella zu, mit der sie noch immer nicht warmgeworden war.

8

Bis eines Tages alles durcheinanderkam. Beginnend an dem Samstag abend, als die Familie Sahler ins Lichtspieltheater von Weidach fuhr, um sich die Zauberflöte anzusehen. Unnötig zu erwähnen, daß auch Veronika in einem mondänen, paillettenbesetzten Abendkleid schillerte. Amalie, Magdalena und Antonia trugen ihre Sonntagskleider. Jede hatte vom Vater noch eine große, weiße Haarmasche geschenkt bekommen, nebst einem Armbeutel aus grünem Damast mit Puderdose und Handspiegelchen darin.

Den ganzen Nachmittag war die Älteste nicht zum Aushalten gewesen. Immer wieder hatte sie äußerste Stille gefordert, um an dem künstlichen Fußgelenk lauschen zu können, auf daß es ja nicht quiekte und quarrte. Beim leisesten Knirschen war sie schon den Tränen nahe und träufelte rastlos Öl ins Scharnier.

Schließlich standen sie alle mit glänzenden Gesichtern und funkelnden Augen im Foyer des Lichtspieltheaters. Aufgereiht wie die Orgelpfeifen, mit steifen Rücken und starren Hälsen. Veronika gab Anweisungen, wie sich eine Dame in der Öffentlichkeit zu benehmen hätte. Daß es einen trefflichen Eindruck mache, ein kurzes Schrittmaß zu wählen, elegant zu hüsteln und dabei die Hand im Abstand von exakt einer Zeigefingerlänge gegen den Mund zu halten. Die Kleinen maßen mit ihren Zeigefingern die Abstände vor ihren Mündern und hüstelten herzlich. Bis Veronika gurrte, daß es jetzt genug sei, man die Handspiegelchen zücken solle, um sich die Stirn nachzupudern. Aber nicht alle auf einmal, sondern eine nach der andern. So ging es hin, bis Einlaß gegeben wurde und Veronika stolzen Hauptes durch den Mittelgang hinkte, gefolgt von den übrigen Frauenzimmern. Rupert konnte sich nicht satt sehen an diesem Schauspiel. Für ihn war der Abend jetzt schon mehr als zauberisch.

Also, bei der Zauberflöte, guter Mann, handle es sich nicht um eine Operette, empörte sich seine Platznachbarin, eine hochgeschlossene Dame mit teegelbem Crêpehut. Und weshalb er sie eigentlich die ganze Zeit so unverschämt angrinse. Für sein Gesicht könne er nichts, entgegnete Rupert höflich. Die Hochgeschlossene bekam plötzlich Mitleid. Außerdem erschnupperte sie Stallgeruch, und da erwachte in ihr der Menschenfreund. Rührend, daß ein Bauer ins Theater strebte. Warum auch nicht? Schließlich verdankte man ihm die tägliche Milch. Und von nun an lächelte die Hochgeschlossene engelsgleich und zettelte eine Unterhaltung an.

Daß es sich bei der heutigen Aufführung um einen Leckerbissen handle. Die Hüttenbrenner singe nämlich die Partie der Königin der Nacht. Die Hüttenbrenner, eigentlich *die* Hüttenbrenner, sei mit Max Reger befreundet gewesen, der ihr das Opus soundso zugeeignet habe. Ein Klaviertrio, wenn sie nicht ganz danebenliege. Ihm sage der Name Reger nicht zufällig etwas? Rupert verneinte. Ach, das sei keine Schande, tremolierte die Hochgeschlossene. Außerdem besitze die Hüttenbrenner ein Pianoforte, auf dem noch der tattrige Franz Liszt gespielt hätte. Sie habe das Klavier mit eigenen Augen gesehen. Mein Gott, es stehe noch genau so da, wie es Liszt nach dem Spiel verlassen. Niemand durfte seither das Instrument anrühren. Ihr sei bei dem Anblick des Klaviers ein kalter Schauer über den Rücken gelaufen. Ja, sie habe den unsterblichen Genius förmlich in sie hineingreifen und in ihr herumwühlen gespürt. Gell, der Name Liszt sage ihm aber bestimmt etwas!

Rupert schnaufte erlöst aus, als es endlich dunkel wurde im Saal. Veronika puffte Antonia in die Seite, sie solle sich gefälligst wie ein Fräulein hinsetzen, doch Antonia verharrte stur auf der äußersten Sitzkante und tat, als habe sie nichts gehört.

Die Mozartsche Musik schäume und prickle – o Gott! – wie Champagner, so die Hochgeschlossene zu Rupert. Der städtische Orchesterverein Weidach sei extra für die Hüttenbrenner durch die Lindauer Gesellschaft der Freunde der Tonkunst verstärkt worden. Rupert konnte den Mundgeruch der Dame nicht länger ertragen.

Dann teilte sich der Vorhang. Magdalena vermochte den Mann zu erkennen, der an der Gardine zog, zeigte auf ihn und lachte hell auf. Menschen, als Tiere verkleidet, in Häuten und Fellen, krochen, kletterten und taten Sätze über die Bühne. Die Kinder kamen aus dem Staunen nicht heraus. Rupert ebenso. Aber nicht wegen des Bühnenzaubers, sondern aufgrund des Gegenzaubers, der auf den Gesichtern seiner Frauenzimmer wirkte. Und er mußte wieder an den Zeppelin denken. Um wieviel mehr würden sie staunen, wenn der Steward mit der Gänseleber daherkäme – hoch in den Lüften über den Bergen des Rheintals! Rupert wiegte sich zufrieden zurück und bemerkte, wie Antonia angewurzelt auf ihrem Klappsitz saß und gebannt in die Szene starrte. Dann hielt er den Atem an, weil sich der Crêpehut abermals bedrohlich herüberneigte.

«Gleich kommt die Hüttenbrenner! Sie ist übrigens eine Cousine zweiten Grades von mir, falls es Sie interessiert. Ich selber gebe ja nichts auf Namen.»

Es krachte heftig. Der Bühnendonner kündigte den Auftritt der Königin der Nacht an. Dann geschah etwas Unerwartetes: Die linke, mit Tannen bemalte Kulissenwand geriet ins Schwanken und stürzte um, wurde aber von zwei geistesgegenwärtigen Löwen sofort wieder aufgerichtet. Der Donnermacher war mitsamt seiner Maschine, einem langen, schwingenden Blechstreifen, vom Gerüst gefallen, zur Belustigung des gesamten Publikums. Das Malheur verzögerte den Auftritt der Hüttenbrenner, und die drei irritierten Damen auf der Szene wiederholten unermüdlich den einstudierten, aber doch etwas einförmigen Text. Sie mußten ihn ein wenig strecken: «Sie kommt! Ja, sie kommt! Sie kommt wirklich, 's ist wahr! Wirklich kommt sie jetzt, 's ist wirklich wahr! …»

Vom tiefsten Punkt der Bühne dämmerte ein Licht herauf. Ein flirrendes Etwas ohne Kontur, das wie ein Zicklein hin- und herhüpfte. Nach und nach gewann der Punkt menschliche Züge. Ein Rumpf, ein Kopf, erhobene Arme. Eine Dame war es, gewandet mit einem Sternenkleid und einer breit ausgelegten Schleppe. Die Hüttenbrenner schwebte näher, wurde größer und bedeckte gleißend schon den halben Horizont. Und sie öffnete den Mund und fing an, in einer so berührend schönen Stimme zu singen, daß es im ganzen Theater mucksmäuschenstill wurde.

Auch Antonia stockte der Atem. Und sie erkannte die Stimme wieder, erkannte die Frau. Das kleine Herz fing zu rasen an, und Schweißperlen traten ihr auf die Stirn. Die Lippen verdunkelten sich, der Mund stand offen, und das Zittern in Händen und Knien wurde von Takt zu Takt nervöser.

Die Hüttenbrenner sang mit warmem Timbre und kolorierte so behende über das Orchester hinweg, als sei's ein Kinderspiel. Die Stimme tänzelte ihr leichtfüßig dahin wie die Schirmchen des Löwenzahns in der Frühlingsluft. Jedermann wurde auf eine sonderbare Weise warm ums Herz. Die vom Leben erstarrten und gezeichneten Gesichter entkrampften sich mit einem Mal, wurden weich und zuversichtlich wie das Antlitz von Kindern. Die Hüttenbrenner hatte die Gabe, aus Erwachsenen wieder Kinder zu machen.

Als sich die Arie ihrem schwierigsten, weil höchsten Teil näherte, erklang plötzlich ein lautes Schreien im Saal und riß die gesamte Musik auseinander. Die Hüttenbrenner stockte und erschrak derart heftig, daß ihr das Zepter aus der Hand fiel, indessen das Orchester noch wackelig einige Takte fortgeigte.

Veronika wurde kalkweiß im Gesicht und wäre am liebsten tot zur Erde gefallen, denn Antonia schrie in einem fort. Schrie sich die Lunge aus dem Hals, die Seele aus dem Leib: «Liebe Frau!! Da bin ich!! Da!! Ich hab gewußt, daß du mich nicht vergißt!! Du gehst nicht mehr weg!! Da bin ich!!»

Alma war entsetzt aufgesprungen, um das Kind zu beruhigen, preßte ihm die Hand auf den Mund, aber es riß sich los und tobte noch wilder. Es müsse mit der lieben Frau reden, und zwar sofort. Es müsse auf der Stelle zu ihr gehen, weil die Frau darauf gewartet habe. Auch Ruperts Zureden schaffte dem Geschrei keine Abhilfe. Das Mädchen wurde brandrot im Gesicht und so zornig, daß es zu fluchen und zu weinen gleichzeitig anhob. Weil sich der Vater keinen Ausweg mehr wußte, packte er den zitternden, strampelnden Körper, drückte ihn gewaltsam an sich, quetschte den blonden Schopf gegen sein Brustbein. Antonia zappelte mit verdrehten Augen, wehrte sich mit Händen und Füßen aus Leibeskräften. Zu allem Überdruß fing jetzt auch noch Amalie zu heulen an, bald auch Magdalena, und es gab nur noch eins: so schnell wie möglich den Saal zu verlassen, was dann auch unverzüglich geschah. Die Sahlers stolperten davon.

Der Dirigent, ein junger Mann mit steinaltem Gesicht, wartete gereizt, bis sich das Getuschle endlich beruhigt hatte. Dann tupfte er sich mit einem Taschentuch den Schweiß von der Stirn, gab der Hüttenbrenner eine manierliche Geste – er war ihr Liebhaber –, und so wurde die Arie wiederholt.

Der hochgeschlossenen Dame hingegen war die Musik gründlich verleidet und die heuchlerische Contenance dazu. Sie schnaubte wie ein Roß, der beträchtliche Busen wogte auf und nieder, und sie grummelte in sich hinein: «Wie unverzeihlich, wie unverzeihlich! Den Bauerntrampel auch nur eines Blicks gewürdigt zu haben! Gesindel, das man unter Gas halten müßte, unter Gelbkreuz, jawohl!»

Selbst noch im Foyer fand das Kind keinen Frieden und kreischte ohne Unterlaß. Wollte zu der «lieben Frau», immer wieder zu der «lieben Frau». Alma nahm sich hilflos der Sache an. Doch auch in ihren Armen gab es keine Ruhe. Die Mutter bemerkte plötzlich, daß ein rosiger Speichel aus den Mundwinkeln troff, und befühlte entgeistert Antonias Stirn. Just in dem Moment erbrach sich das Kind, sank in eine Art Ohnmacht, aus der es aber gleich wieder erwachte. Es blickte mit seltsam abwesenden Augen in die Runde. Dann sackte der Kopf schwer gegen Almas Brust. Die Schultern zuckten noch, und bei jedem Atemzug bebte der erschöpfte Körper.

Es herrschte Ratlosigkeit. Veronika wimmerte etwas von Besessenheit, worauf Rupert unmutig wurde. Man müsse jetzt klaren Kopf behalten. Sie einigten sich, vorzeitig nach St. Damian zurückzukehren. Auf der Fahrt, eingepfercht in der Führerkabine des kleinen Lastautos, sprach niemand ein Wort. Alma gab Antonia die Brust, und daran nuckelte das Kind, bis es eingeschlafen war.

9

Am darauffolgenden Morgen, als der Doktor kam, wirbelte es in den Lüften von trockenen Schneeflocken, und als er den Hof verließ, schneite es sacktuchgroß. Der Arzt konnte nichts diagnostizieren, was ihn an dem Kind hätte beunruhigen müssen. Der Atem ging unbeschwert, die Pupillen waren ein wenig geweitet, nicht besorgniserregend. Der Stuhl, den es unwillig abpressen mußte, zeigte keine symptomatische Farbigkeit, und auch am Speichel, der, wie Alma beschwor, ganz sicher blutig gewesen sei, galt es nichts zu befinden. Das Mädchen mache, obwohl viel zu mager, einen resoluten Eindruck auf ihn, beruhigte der Arzt, nachdem die Mutter ihm sämtliche Begebenheiten der vergangenen Zeit geschildert hatte. Durchaus vorstellbar, daß es sich um eine seelische Erschöpfung handeln könnte, um eine Art Nervenzusammenbruch, dozierte er. Das Weib sei nun mal so veranlagt aufgrund seiner unausgewogenen Biologie. Es geschehe häufig, daß die Phantasie gefährlich mit ihm durchgehe. Selbst erwachsene Weibsbilder in großer Zahl litten an derartigen geistigen Aberrationen. Man nenne es auch Hysterie.

Alma wollte es genau wissen.

Hysterie sei, allgemein gesprochen, wenn man sich nicht mit dem Leben abfinde, wie es ist. Bettruhe sei in jedem Fall angebracht, wenigstens drei Tage.

Drei Tage wurden es nicht. Am selbigen Nachmittag verdrückte sich Antonia, stiefelte in dichtem Schneetreiben durchs Dorf, ging von Haus zu Haus und fing an, sich von den Damianern zu verabschieden. Davon war sie überzeugt: Die «liebe Frau» mußte schon ganz in ihrer Nähe sein. Es drehte sich nur noch um Stunden, bis sie ins Dorf heraufkäme, im pelzgefütterten Landauer, oder gar im Automobil, um nach ihr zu fragen. Drum hieß es, keine Zeit mehr zu verlieren.

So betrat das Kind den Hof des Siez-Sigi und pochte an die Tür. Der Siez-Sigi – ein ichsüchtiger Eigenbrötler mit listigen Augen – wurde so genannt, weil er alle im Dorf siezte. Er siezte die eigene Frau, er siezte selbst noch das Stallvieh. Das kam, weil er sich im Krieg ein Eisernes Kreuz erster Klasse verdient hatte, aber von niemandem so recht dafür gewürdigt wurde. In dem berühmten Hoch- und Deutschmeister-Regiment wollte er als Offizier gedient haben. Auch das beeindruckte keinen. Nicht einmal Halbeisen, in dem er doch einen Verbündeten hätte finden müssen. Vielmehr bezichtigte ihn dieser der allerdreistesten Lüge. Nie und nimmer habe es ein rheintalischer Bauer zum Deutschmeister-Offizier gebracht. Man lache sich glatt einen Holzarm. Den Siez-Sigi wurmte das, und weil er sich mit all den Orden und Abzeichen keinen Respekt verschaffen konnte, fing er mit dem Siezen an. Wer es wagte, ihn auch nur im Spaß zu duzen, dem trug er eine Verleumdungsklage beim hundigsten Advokaten in Weidach an.

Antonia hingegen mochte den bärtigen, verschrobenen Mann gern. Empfänglich für den Klang von Stimmen, liebte sie sein weiches, melodiöses Sprechen. Der Siez-Sigi schlug die Beine zusammen, stand Habtacht, drückte ihr vornehm die Hand und sagte wie selbstverständlich: «Adieu, kleines

Fräulein!» Dann setzte er nach: «Bitte vergessen Sie Ihren alten Diener nicht!»

«Niemals vergesse ich Sie!» entgegnete Antonia mit großen, ernsten Augen und reichte ihm abermals die Hand.

Der Schneefall wurde unterdessen stürmischer. Binnen einer halben Stunde hatte sich das Dorf mit einer weißen Decke zugeschlagen. Milliardenfach wirbelten die Kristalle aus schwarzen Wolken hernieder. Die Zaunpfähle setzten sich Kappen auf, die Tannenzweige neigten sich unter der weißen Last. Die Straße verschwand, als sei sie noch nie dagewesen, und kein Fußtritt säumte ihre Bahn. Alles versank in makellosem Weiß.

Von einem Haus zum andern stapfte Antonia, viel zu leicht bekleidet, ohne Mütze, lediglich mit dünnen Wollstrümpfen und dem apfelroten Wollkleid, das sie von Veronika auftrug. An jede Tür klopfte sie. In jeden Stall guckte sie und sagte denen, welche sie gerade antraf, Lebewohl. Wünschte ein langes Leben, eine gute Sterbestunde, und daß man nicht töricht sein dürfe, sondern aufs Öl achten müsse.

Jäh tauchte aus dem Schneetreiben der Monsignore auf, begleitet von zwei blaulippigen, schlotternden Ministranten. Auch sie hatte der Wintereinbruch überrascht. Der Monsignore kam vom Nadlerhof, wo er einen Greisen, der seit elf Jahren zu entschlafen suchte, mit den Sterbesakramenten versehen hatte. Antonia erblickte den hageren Pfarrherrn, stapfte ihm munter entgegen und reichte die Hand zum Abschied. Er aber ließ das Händchen nicht mehr los, sondern hob das verwehte, zappelnde Kind auf und hüllte es in seinen schwarzen Mantel. Dann gab er die fröstelnden Ministranten frei und watete eilends zum Sahlerschen Haus.

Beim Gartenzaun stand Alma, mit Mantel und Mütze, eben im Begriff, nach der Ausreißerin zu suchen. Einer hatte ihr zugetragen, daß Antonia besessen durchs Dorf irre, mit stieren Augen unverständliches Zeug daherrede, jedem den baldigen Tod wünsche und überall große Verwirrung stifte. Die hilflose Mutter blickte in die zornentbrannten Augen ihrer Tochter und fing auf der Stelle zu flennen an, denn sie glaubte selbst schon an Teufelswerk. Veronika rieb dem unglücklichen Kind die Haare trocken, steckte es ins Nachthemd, verbrachte es wieder ins Bett, packte es mit einer Wärmflasche unter die Decke und verriegelte sicherheitshalber die Tür.

«Bockmist!» schnauzte der Monsignore und wärmte sich die Hände an der Kaffeetasse. «Den Teufel gibt es nicht. Den Teufel hat es noch nie gegeben. Ebensowenig den lieben Gott, du einfältiges Weibsbild!»

«Aber Hochwürden!» wunderte sich Alma.

«Eins nach dem andern», dämpfte er die Verwunderung. «Erstens: Der Bohnenkaffee ist genießbar. Zweitens: Was einer auf der Kanzel beschwört, muß noch lang nicht sein Glaube sein.»

Jetzt mußte sich Alma aber hinsetzen.

«Ja, begreifst du überhaupt nichts?» fragte er mit plötzlich ernster Miene, pflückte eine Zigarette aus einem bronzenen Etui und zündete sie an. «Wo trägst du dein Herz? Im Sack, hm?»

«Ich...», wollte Alma kleinlaut dagegenhalten, aber er fuhr ihr über den Mund.

«Der kleine Furz, ja deine Tochter, hat das Zeug, diese verlotterte Welt vorwärts zu bringen. Sie ist ein ganz ungewöhnliches Kind. Oh, ich hab' schon lange ein Auge auf sie geworfen. Ich seh' doch, wie selbstvergessen sie in der Katechismusstunde sitzt. Da kann ich einen Veitstanz machen und die Geschichte von Jonas und dem Walfisch in noch so bunten Farben schildern. Daß der Walfisch so pompös wie der Pilatuskopf war und unser Kaff doppelt hätte verschlucken können. Sie hört nicht zu. Nichts Schöneres gibt es unter der Sonne, als einen Menschen derart eins mit sich selbst zu sehen.

Antonia ist im Begriff, aus einer Illusion Wahrheit zu erschaffen. Das nennt man träumen. Diese Welt schmeckt ihr nicht, also erfindet sie eine neue. Nicht die Nüchternen machen die Welt bewohnbar – die Träumer.»

Er durchbohrte Alma mit Blicken. Sie hielt dem nicht stand, errötete und schlug die Augen nieder. Nach einer Weile fuhr er fort und sagte, er wünsche, daß man das Kind in Frieden lasse. Alles habe sein Geheimnis. Man solle nicht daran rühren.

Veronika wagte, den Redeschwang des Monsignore mit einer abrupten Frage zu hemmen. Was es für einen Sinn mache, wenn man auf dem Dachboden einen Koffer voll grausigsten Ungeziefers hüte. Das tät' sie interessieren.

Auch darauf war der Monsignore nicht um Antwort verlegen: «Was in deinen Augen widersinnig ist, ist in Antonias Augen vielleicht lebenswichtig. Was du als Fliegendreck ansiehst, kann dem andern der Schlüssel zum Glück sein. Nichts wissen wir. Wir wissen nicht einmal, was richtig und was falsch ist. Wir reden es uns nur ein und bestrafen die, die uns nicht glauben.»

Bei diesen Worten wanderte ein trauriger Schatten über sein Gesicht, und die Stimme wurde elegisch: «Antonia hat etwas gesehen, wir wissen nicht, was. Wahrscheinlich weiß sie es selbst nicht genau. Vergleichbar mit einer nächtlichen Landschaft, deren Konturen plötzlich durch einen Blitzstrahl erhellt wurden. Wir alle haben einmal unser Leben vorausgesehen. Unser geglücktes Leben. Seitdem tasten wir mit blinder Sehnsucht durch die Zeit.»

Er verstummte, nahm die Nickelbrille ab, putzte sie und blinzelte ziellos zum Küchenfenster hinaus, dahinter unaufhörlich die Schneeflocken durcheinandertanzten. Auch Alma und Veronika schwiegen, angeweht von unvermittelter Traurigkeit. Es waren nicht die Gedanken dieses schwer zu durchschauenden, mild und gleichermaßen hart wirkenden Mannes, welche die Schwermut erweckt hatten. Vielmehr war es der Klang seiner Stimme, dieser wärmende Ton, der vom trostlosen Abgrund redete. Das Liebevolle, das doch nur von Lieblosigkeit erzählte.

Nun, der Monsignore erhob sich und bat darum, Antonias Stimme ausbilden zu dürfen. Er suche einen treffsicheren zweiten Sopran. Dann kroch wieder Spitzbübisches auf sein Gesicht. Er empfahl sich, nicht ohne zu fragen, warum sich ausgerechnet der Rupert Sahler aus St. Damian Bohnenkaffee leisten könne. Alma lächelte verlegen. Dann entschwand er, tauchte ein in den schiefergrauen, immer wütiger werdenden Schneesturm.

Tags darauf – es schneite ohne Ende – erwachte Antonia mit Herzjagen und hohem Fieber. Sie wurde krank, und zwar ernstlich krank. Litt unter Halsschmerzen, gepaart mit Brechreiz. Der Arzt kam erneut. Noch in der Tür stehend und das Kind nur flüchtig betrachtend, fällte er die richtige Diagnose. Es hatte Scharlach. Die feingesäte Rötung an Kinn und Wangen zeigte es an. Bettruhe sei strikt einzuhalten. Alle zwei Stunden Wadenwickel und kühlende Abwaschungen. In einer Woche sei der Balg wieder genesen. Ob man nicht die Freundlichkeit aufbrächte, ihn nur dann zu bemühen, wenn Ernsthaftes vorläge, da ohnehin nicht bar bezahlt werde.

So bettete Alma die Fiebernde auf das Stubenkanapee beim Kachelofen. Es währte drei Tage, bis Antonia wenigstens ein paar Löffel Gerstensuppe zu sich nahm und auch im Magen behielt. Immer noch sehnte es die Ärmste nach der «lieben Frau». Aber die Bitte kam schon resignierter und in der Ahnung, daß sie vergeblich sei. Die übrigen Schwestern, die wegen der Ansteckungsgefahr die Stube nicht betreten durften, beratschlagten sich, wie man der Kranken eine Freude bereiten könnte. Sie beschlossen, ihr die Schildkröte Ella zu schenken, als Genesungswunsch sozusagen. Das lichtete zwar ein wenig Antonias Niedergeschlagenheit, und sie empfand das

Reptil auch gar nicht mehr so häßlich – eigentlich wunderschön –, lehnte aber doch nach langem inneren Hin und Her ab. Sie könne es nicht verantworten, Balthasar untreu zu werden. Und so blieb der alte Kater ihr einziger Gefährte und engster Vertrauter.

Am fünften Tag ihrer Bettlägrigkeit betraten Rupert und Alma noch spätabends die Stube. Sachte rückten sie den Eichentisch ans Kanapee, verließen den Raum auf leisen Sohlen, kamen mit einem Kasten zurück und stellten ihn lautlos auf den Tisch. Alma küßte das tiefschlafende Mädchen wach, bettete es auf, legte die Kissen bequemer in den Rücken und flüsterte, daß es jetzt einmal genau achtgeben solle. Rupert drehte an einer Kurbel, und plötzlich erklang aus dem Kasten die wundersame Stimme der «lieben Frau». Antonia rieb sich die Augen und lauschte. Immerzu mußte der Vater das Grammophon aufziehen und die Platte von neuem spielen. Und siehe da: Auf einmal stand ein Lächeln in Antonias Antlitz. Und aus dem Lächeln wurde Glückseligkeit. Der Mutter trat das Wasser in die kugeligen Augen, der Vater kurbelte kräftig.

Die Idee mit den Schellackplatten stammte – könnte es anders sein? – von Rupert. Die Witwe des Musik- und Devotionalienhändlers Zanghellini stand mit vier Speditionen Leichtbenzin in seiner Schuld. Also mußte sie wohl oder übel in Naturalien bezahlen. War doch gelacht!

10

Gegen Ende Oktober wurde es Winter, und der Schnee fiel von morgens bis abends. Es schneite ununterbrochen. Waren die Pfade zu den Gehöften freigeschaufelt, fing man nach zwei Stunden wieder zu räumen an. Der Schlaf mußte geteilt werden. Hätte man bis zum Morgen zugewartet, man wäre der Schneemassen nicht mehr Herr geworden. Kinder und Alte plackten sich mit Schaufeln und Pflügen durch die immer höher aufragenden Schneewände, wußten sich bald keinen Rat mehr, wohin mit den Bergen von Schnee. Wer nicht schaufelte, dessen Haus verschwand buchstäblich. Es versank. So etwa die Dorfkirche. Nach der zweiten Woche in jenem denkwürdigen Jahrhundertwinter des Jahres 1922 lugten grade noch Dach und Turm aus dem weißen Meer hervor. Es blieb nichts anderes übrig, als die Kirche zu schließen, darauf zu warten, bis sich die Schneedecke gesetzt hätte, um dann einen Tunnel bis zum Seiteneingang zu treiben. Auf den Dächern bildeten sich gefährliche Wächten. Der Schnee mußte vorsichtig abgeschöpft und abgegraben werden, sollte das Gebälk nicht unter der enormen Last zusammenbrechen. Im Gasthaus zum Adler formierte sich ein Krisenstab aus jungen Männern, welche rund um die Uhr die Dorfstraße zu pflügen hatten. Rupert stand mit seinem Lastauto im Dauereinsatz, und als etwa zwei Kilometer unterhalb des Dorfs, bei der Sonnenhalde, eine Lawine die Straße endgültig unpassierbar machte, legte er seine drei klapprigen Haflinger ins Geschirr und hußte sie vor den Schneepflug.

Erst in der dritten Woche – die Statthalterei von Weidach, der St. Damian politisch unterstellt war, erwog eine Evakuierung des gesamten Dorfs – klarten die Nächte endlich auf. Ein unsagbar tiefer Sternenhimmel spannte sich über die Berge, und im Schnee blitzte und blinkte es vom Widerschein des kalten Sternenlichts.

Es kam der Frost, es fror Stein und Bein. In der Sahlerschen Mädchenkammer, der Kälberkiste, erblühten die Eisrosen an der Innenseite der Fensterscheibe, so klirrend war die Luft. Und dennoch war es eine herrlich aufregende Zeit. Das Abgeschlossensein von der übrigen Welt. Die besorgten Mienen der Erwachsenen. Die Mutmaßungen und Szenarien dessen, was der Winter wohl noch an Unbill für Mensch und Vieh bereithielt. Das Rationieren der Lebensmittel. Die Pläne zur Räumung des Dorfs, kurz: das plötzliche Zusammenrücken. Das Gefühl, durch eine Not gleich geworden zu sein. Galgenhumor lag in der Luft und eine Behutsamkeit im Miteinander. Wer eine Hand frei hatte, lieh sie wie selbstverständlich den Nachbarn.

Noch etwas lag in der schneidenden Luft, als das Jahr auf Weihnachten ging: die Liebe. Veronika war derart verschossen in ihren Kolumban, daß sie schließlich doch eines der Briefchen, die sie hinter der Wandtäfelung verbarg, zur Poststelle trug. Freilich bedurfte es des viermaligen Anmarschs. Immer kehrte sie um. Beim vierten Mal war sie beschwipst, und deshalb gelang es. Auf dem Heimweg wurde ihr aber blümerant von dem vielen Sliwowitz, und sie mußte sich erbrechen. Drauf und dran war sie, umzukehren und den Brief wieder zurückzufordern, weil ihr die Anrede ungeschickt gesetzt schien. Anstatt «Mein Liebster, allerliebster Kolumban!» hätte es schlicht «Lieber Kolumban!» heißen müssen. Zu dumm von ihr! Jetzt konnte er sie auslachen und das Brieflein den Brüdern zeigen oder gar in der Schule verlautbaren. Wehe, wenn er das täte! Sie würde mitten im Unterricht aufstehen, vor ihn hintreten, ihm eine runterhauen, daß es nur so schepperte. Nein, besser: ihm einfach ins Gesicht spucken. Eine Dame machte sich die Hände nicht schmutzig ...

Es kam anders. Nach dem Rorate, der täglichen Andacht im Advent bei noch stockfinsterem Morgen, zauberte ihr Kolumban ein zerknülltes Papierchen in die Hand. Dabei lachten seine Augen mit eben dem unschuldigen Ausdruck, der sie so verrückt machte nach ihm. Ein knabenhaftes, etwas verdrucktes Grinsen von einem Ohr bis zum andern. Veronika drehte sich das Herz im Leib herum, und sie öffnete die Faust erst wieder auf dem Schulabort, nachdem sie sich ein paarmal der verschlossenen Tür versichert hatte. Mit behutsamen, ja zärtlichen Fingern glättete sie die Botschaft auf ihrem Knie:

«Wen mir nichts dazwischenkomt sen wir Uns um 3 beim bügsenmacher.» Gemeint war das verfallende Haus des Büchsenmachers Vinzenz, der bekanntlich nach dem großen Krieg unter aller Augen verhungert war. Seither diente das verlotterte Anwesen Kindern als Versteck, auch manche verbotenen Amouren wurden dort ausgelebt.

Läßt sich denken, daß Veronika nicht einen Bissen hinunterbrachte, so aufgewühlt war sie, so sturm war ihr im Kopf. Gleich nach dem Essen verfügte sie sich in die Kammer, zog sich einmal, zweimal und dreimal um, betrachtete ihre Figur im Spiegel des Waschtischs, ihren Teint, die rostroten Haarlocken und war rundum zufrieden mit sich. Die ganze Welt hätte sie jauchzend umarmen mögen. Eine Musik strömte durch das Herz der Halbwüchsigen, die die Gedanken förmlich erklingen machte und jede Bewegung leicht.

Selbst das Gehen dünkte sie mühelos. Sie hinkte nicht mehr. Mein Gott, war sie glücklich! Das Träumen war nicht umsonst gewesen und die vielen bänglichen Stunden auch nicht. Sie fühlte sich am Ziel. Oh, wie hatte sie nur denken können, ihr Liebster würde sie verraten!

Sie schnürte die Stiefel mit flinken Fingern, nestelte an den Trägern ihres Paillettenkleids, betrachtete wieder das Gesicht, empfand sich nun doch ein wenig blaß, kniff sich deshalb in die Wangen, übte einen Kuß, roch an ihrem Atem und bürstete das Haar abermals aus. Unten im Elternschlafzimmer tippte sie Mutters Parfüm an Hals und Ohren, hüllte sich in den Wintermantel, herrschte Alma und Magdalena an, ihr bei der Suche des zweiten Fäustlings behilflich zu sein. Endlich war sie bereit. Alma wollte ihr noch einen Kuß auf die Stirn drücken, aber Veronika lehnte ab, während sich Magdalena die Nase zuhielt und rief: «Bääh, du stinkst! Du sti-inkst!» Dann flog die Haustür ins Schloß.

An Schistöcken stiefelte sie über den gefrorenen Schnee, nahm Umwege, wo doch jedes Fenster Augen hatte. Nach etwa einer halben Stunde beschwerlichen Aufstiegs bog sie von der Dorfstraße ab, nahm den Waldpfad, an dessen lichtem Ende Vinzenz' Haus in einer Mulde versteckt lag. Veronikas Atem dampfte in der eisigen Luft. Die Wangen schmerzten und brannten ihr vor Kälte. Immer hielt sie Ausschau nach Kolumbans Fußstapfen. Aber der Harsch wußte nichts von menschlichen Tritten, nur Hufabdrücke vereinzelten Rehwilds querten manchmal den Pfad. Veronika wurde mißtrauisch. Hatte er sie am Ende gefoppt? War es eine Falle? Vielleicht kam er auch nur von der anderen Seite, um ebenfalls sicherzugehen, daß ihn niemand sah. Aus dem zerbröckelnden Schornstein wehte ein dünner Rauch.

Er war da. Ihr Augenstern.

Das Mädchen bekam Herzklopfen, und der Puls schlug ihm bis in den Hals hinauf: «Kolumban? Kolumban?» orientierte sich Veronika mit leiser Stimme im türlosen Eingang und streifte die Fäustlinge ab. Sie erhielt keine Antwort, trat tiefer in das Haus. In der Werkstatt, dort, wo einmal die Esse des Büchsenmachers gewesen war, brannte ein Reisigfeuer. Veronika blickte sich um. Überall Unrat, alte Zeitungen, vertrockneter Menschenkot, eine zerschlissene Matratze, geleerte, zerschlagene oder halslose Wein- und Bierflaschen. In der Gipsdecke zeigte sich ein großes Loch, herausgebrochen von der Feuchtigkeit der Jahre. Der Werkstatt fehlten sämtliche Fensterscheiben, die Schneeverwehungen züngelten bis in die Mitte des kahlen Raums.

«Ich weiß, daß du da bist! Du mußt mich nicht erschrekken!» rief sie. Im selben Moment vernahm sie knacksende Schritte im Oberstock. Ja, sie meinte, ein Tuscheln gehört zu haben, war sich aber nicht sicher. Mit einem wagemutigen Satz sprang Kolumban aus der Deckenöffnung auf die Matratze herab und kam breitbeinig darauf zu stehen. Stand da im blauen Norwegerpullover, stemmte die Hände in die Hüften, streckte den Bauch heraus und lachte. Sein rundes Knabengesicht war mit Sommersprossen übersät, und der feuerrote Schopf von Mutters Haarschere verzackt und verunstaltet.

Sie schweigen sich an, bis der Junge die lähmende Stille nicht mehr ertragen konnte: «Neunmal schlafen, dann ist Weihnachten», sagte er stimmbrüchig.

«Hmm», nickte Veronika und mußte ihrem Prinzen unablässig in die Augen blicken, konnte einfach nicht von diesen hellgrauen Augen lassen. Ihre kleinen, violetten Lippen färbte ein seliges Lächeln allmählich wieder rot. Am liebsten wäre sie zur Salzsäule erstarrt, meinetwegen hundert Jahre lang. Hauptsache, er war gekommen, Hauptsache, sie würde nun immer bei ihm sein.

«Weißt du schon, was dir das Christkind bringt?» druckste Kolumban herum.

«Hmhm», schüttelte sie verneinend den Kopf und äugelte ihn noch verliebter an.

«Ich weiß es!» krächzte er, entzog sich ihren Blicken und schlenderte zum Reisigfeuer. «Ich krieg' neue Schibretter. Weißt du, die mit den Blechspitzen und der modernen Bindung.»

«Mhmh», sagte Veronika recht tonlos und hinkte ebenfalls zur Feuerstelle, wo neben Kolumbans Rucksack eine Wolldecke ausgebreitet lag.

«Komm, setz dich!» bat er fast höflich und kramte geschäftig im Rucksack.

Ob Zufall oder nicht, als sich Veronika niederließ, krachten ihre Nasen aneinander. Die beiden Kinder mußten gleichzeitig auflachen. Da fühlte Kolumban ihre weiche Hand auf seine Backe gehen. Veronika erschrak selbst darüber, riß die Hand blitzschnell zurück, während der Junge hochrot im Gesicht anlief. Er durchwühlte den Rucksack, zog Roßwurst und einen steinharten Spekulatius hervor, biß zu, daß es krachte.

«Nimm!»

Das Mädchen bedankte sich wortlos und biß ein Stück von

der Wurst ab, obwohl es keinen Hunger verspürte. Sie schwiegen wieder, blickten ins Reisigfeuer, lauschten dem unaufhörlichen Zischen und Knacksen.

«Zeigst du mir deinen Fuß?»

«– – –?»

«Ob du mir den Stummel zeigst?»

«– – –?»

«Tu nicht so! Wenn ich den Stummel anschauen darf, dann zeig ich dir meins, du weißt schon.»

Veronika starrte Kolumban an und brachte kein Wort heraus. Er aber lächelte, klopfte ihr weich auf die Schulter, machte sich plötzlich an ihrem linken Stiefel zu schaffen, schnürte ihn behende auf, und im Handumdrehn hatte er sie des Stiefels samt dem Wollstrumpf beraubt. Die Prothese glänzte in der eisigen, silbrigen Luft.

Das Mädchen konnte nicht mehr atmen und nicht mehr sprechen. Es sah tatenlos zu, ohne die mindeste Gegenwehr, taub in den Armen und Beinen. Wie gelähmt saß es da. Kolumban lockerte unterdessen die Lederriemen an Wade und Schienbein. Mit einem einzigen Griff zog er die Prothese weg und staunte selbst, als er das Geschirr in der Hand hielt. Sein Blick schlich das weiße Schienbein entlang und blieb an dem seidenhäutigen Stummel kleben, wo doch natürlicherweise ein Fuß hätte herauswachsen müssen. Immer wieder mußte Kolumban die Augen auf den Stumpf richten, bis er sich endlich satt gesehen hatte. Hastig öffnete er den Hosenstall und ließ sein Geschlecht hervorblitzen.

Einbildung oder nicht, in genau diesem Moment meinte Veronika ein Kichern zu hören, im Oberstock bei der Deckenöffnung. Und das Kichern wuchs sich in ihrem Kopf zu einem Gelächter aus, zu einem schallenden, donnernden, unfaßbar gewaltigen Lachen. «Wie wenn Gott über die Menschenkinder lacht.» Dieser Satz des Monsignore kam ihr plötzlich in den Sinn.

«Wenn du den Landjäger nicht ißt, dann eß ich ihn selber», hörte sie eine brüchige Stimme von weit weg. Sie roch Knoblauch. Jemand hielt ihr eine Wurst direkt unter die Nase, aber sie konnte nicht abwehren. Der Jemand öffnete ihren Mund und stopfte etwas hinein. Sie konnte einfach nicht mehr sprechen. Sie gewahrte, daß ein sommersprossiger Junge mit der Hand über ihre Wange strich, auch durchs Haar, aber sie konnte sich nicht mehr bewegen. Sie wußte nicht einmal, wer und wo sie war. Wer war sie? Wo war sie?

Wie sie schließlich heimgefunden und durch welche Umstände, darauf wußte sie sich später ebenfalls nicht mehr zu besinnen. Jedenfalls mußte sie auf dem gefrorenen Schnee empfindlich gestürzt sein. Blaue Flecken an den Knien, Schürfungen am Unterarm und auf der Stirn kündeten davon. Seine Besinnung fand das Mädchen erst wieder daheim, und zwar nachts, als es aus dem Schlaf fuhr und wie aus dem Nichts zu schluchzen anfing. Veronika weinte so herzzerreißend und bitterlich, daß bald darauf Antonia erwachte.

Es währte, bis sich Antonia zurechtgefunden hatte. Stumm lauschte sie dem Schluchzen der Schwester, wollte sie trösten, fand aber weder die Worte noch den Mut, sie anzusprechen oder gar zu berühren. Als das Weinen einfach nicht enden wollte, kam ihr eine Idee. Sie fing plötzlich zu singen an. Noch leise und mit vager Stimme. Dann geschah ein kleines Wunder: Während sie so sang, ein Lied ums andere, brach der Schmerz mit aller Kraft aus Veronikas Mund heraus. Sie wandte sich an Antonias Schulter, warf ihr Gesicht darauf und heulte Rotz und Wasser, so lange, bis das Schlimmste ausgestanden war.

Antonia sang noch, als sich die Tür knarrend öffnete und Rupert mit der Öllampe hereintrat. Der Vater, im Nachthemd, sprach kein einziges Wort. Er beugte sich über die Bettstatt, hob Veronika auf seine Arme und verließ die Kammer, wie er sie betreten hatte – gespenstisch. Er bettete die

Unglückliche zwischen Alma und sich ins Gräbchen. Nach und nach vermochte das Mädchen endlich von der erlittenen Schmach zu erzählen, mußte immer wieder schlucken und weinen. Rupert barg ihr Gesicht in beiden Händen, wischte mit den Daumen die Tränen von den Wangen und schwieg, indessen Alma erbost für Veronika Partei ergriff. Nachdem gerichtet worden war, sprach er einen einzigen Satz: «Er weiß es halt nicht besser, der Milchbart.»

Da die Nacht schon fortgeschritten, beruhigte sich allmählich Veronikas Gemüt. Außerdem übermannte sie der Schlaf. Nur oben, in der Mädchenkammer, lag noch jemand wach. Rupert hielt den Atem an und horchte:

> Hör' ich das Mühlrad gehen,
> ich weiß nicht, was ich will.
> Ich möcht' am liebsten sterben,
> da wär's auf einmal still.

II

«Merk dir eins: Die Liebe, du dumme Kuh», kanzelte der Monsignore Veronika ab, «die Liebe ist noch ungerechter als jede Kränkung!» Feinnervig wie er war – trotz der zotigen Allüren –, hatte er die stille Melancholie in den Augen des Mädchens bemerkt. Drum behielt er es nach der Katechismuslehre bei sich in der Hausbibliothek. «Du hörst jetzt deinem alten Pfarrer einmal genau zu», redete er moderater. «Ist der Mensch von Natur aus gut oder böse? Was meinst du?»

«Ich meine ...», hob Veronika kleinlaut an.

«Habe ich dich etwas gefragt?» polterte er. «Zuhören sollst du mir!» Er machte eine lange, rhetorische Pause und steckte sich eine neue Zigarette an der noch glühenden Kippe an.

«Das Menschengeschlecht ist von Grund auf gut. Hätte es sonst bis anno 1922 überleben können?»

Veronika duckte sich etwas und schwieg klugerweise.

«Wäre der Lebenswille nicht größer als der Wunsch, dem andern die Freiheit, die Meinung, das Leben zu nehmen, die Menschen hätten sich schon in der Steinzeit ausgerottet. Soviel zur Einleitung. Nun zur Liebe, also zu dir: Du bist in diesen Beer vernarrt, nicht wahr? Nicken.»

Veronika nickte.

«Sehr gut! Du leidest?»

Sie nickte.

«Fabelhaft! Und jetzt sag' ich dir das folgende: Dieser Bub liebt dich nicht. Er wird dich auch niemals lieben. Er dreht sich nicht einmal nach dir um, wenn du in den Katechismus kommst. Vielleicht wird er dich beschlafen, wenn er keine Bessere findet. Soll er. Dann wirst du zur Engelmacherin gehen. Dazu ist sie da. Aber das ändert nichts daran, daß ihm die Liebe nicht so begegnet ist, wie sie dir begegnet ist. Was kannst du also tun?»

Er schwieg und tat ein paar heftig inhalierte Züge. «Weiterlieben, Veronika Sahler. Weiterlieben! Und komm ja nicht auf die Schnapsidee, das möchte dir seine Liebe bescheren. Niemals! Wer nicht liebt, wird niemals lieben. Die wirkliche Liebe kennt keine Hoffnung, keine Berechnung und hat keinen Plan. Darum ist sie so groß. Größer als unser Menschengott. Amen. So. Jetzt nimm dein Bett, Krüppel, pack dich fort, geh nach Hause und sei traurig bis aufs Mark. Und wenn dir die Sehnsucht das Herz auffrißt und du vor Weh nicht mehr atmen kannst und weder sterben noch leben, dann klopf wieder an meine Tür. Ob Tag oder Nacht: Ich werde dich trösten, indem ich dir noch den letzten Funken Hoffnung zerdrücke wie einen glimmenden Docht. Du wirst nicht untergehen, Veronika Sahler. Doppelt Amen!»

So wie zu Veronika redete der Monsignore Leo Koch zu

allen seinen Damianer Seelen. Begreiflich, daß ihn viele ob dieses kompromißlosen, ja brutalen Umgangstons mieden. In manche Wunde legte er seinen Finger, und man haßte ihn geradezu, weil seiner untrüglichen Beobachtungsgabe, seinem messerscharfen Geist nicht zu entschlüpfen war. Wer ihm in die Augen blickte, fühlte sich schon durchschaut, empfand sich nackt und bloß. Es hieß, er spiele mit den Menschen, er mache sich lustig über sie, suche sie in ihren Fehlern vorzuführen wie Zirkusbären. Es hieß, er sei vom Leben so abgebrüht und dermaßen enttäuscht, daß ihn nichts mehr berühren könne. Aber rein gar nichts mehr.

Voll von Widersprüchen war dieser spindeldürre, kettenrauchende Mann von an die sechzig Jahren. Er war nicht freiwillig nach St. Damian gekommen. Er hatte studiert, sich je ein Doktorat in Jurisprudenz und Musikwissenschaft erworben und avancierte schon mit 31 Jahren zum Dompfarrer. Eine geradezu unglaubliche Karriere für einen Jungkaplan der damaligen Zeit. Bald jedoch zeigte sich in seinen Predigten die ihm angeborene Widerborstigkeit. Als er es wagte, inmitten der Kriegshysterie gegen den Krieg zu predigen, und den greisen Kaiser vom Ambo herab einen «ausgetrockneten Stierseckel» nannte, legte ihm der zu Tode erschrockene Bischof nahe, unverzüglich auf die Stadtpfarre zu resignieren und sich am besten in den hintersten Flecken des Landes zu verflüchtigen, was dann auch geschah. Seitdem lebte der Monsignore zurückgezogen mit seiner Schwester Rotraud im Pfarrhaus von St. Damian. Er ging selten in die Stadt, und wenn, kam er mit einem Packen Bücher zurück. Er führte keine Korrespondenz, nie bekam er Besuch von auswärts. In den Mußestunden widmete er sich dem Komponieren von A-cappella-Stücken aus dem Geiste eines Friedrich Silcher. Die simplen Partituren studierte er mit Sorgfalt und hartnäckiger Geduld ein, ja, er drangsalierte seinen kleinen Kirchenchor bis zum äußersten. Oft stob der erste Tenor mit der zweiten Altistin tränenüberströmt aus der Bibliothek hinaus, und beide schworen sich, nie mehr für den Monsignore zu singen.

Zur Passionszeit, als die Schneeschmelze einsetzte, tauchte in den Chorstunden zum ersten Mal Antonia auf. Der Monsignore hatte das Kind in den Grundzügen der Musik inzwischen soweit gebildet, daß es in der Lage war, die Noten halbwegs zu lesen. Für Antonia ging damals die Tür zu einer neuen Welt auf. Einer Welt, von der sie begierig alles wissen und erforschen wollte. Wenn man sie fragte, was sie dereinst werden möchte, versetzte sie wie aus der Büchse geschossen «Melba!» und meinte damit Nellie Melba, die berühmteste Opernsängerin jener Tage, von welcher ihr Rupert eine Schellackplatte mit dem «Ave Maria» von Bach-Gounod geschenkt hatte.

In dem besagten Frühjahr – Alma ging zum fünften Mal schwanger, Rupert bat die Muttergottes, das so Ätherische der Familie nicht durch ein Knäblein zu stören – zeigten sich in Antonia zwei Veränderungen. Zum einen: Ob Küchen-, Kirchen- oder Schulbank, sie nahm darin Platz wie jedes andere Kind. Auf dem Stuhl gigampfte sie und wurde dafür gescholten. In der Bettstatt beanspruchte sie mit Balthasar fortan die gesamte Hälfte – der Engel war verschwunden. Zum andern: Das Fernweh verzehrte nicht mehr ihre Tagträume. Die Abschiedsgefühle waren sämtlich vergangen und verblasen. Eigentlich war die Wende bereits in jener Nacht geschehen, als Rupert das Grammophon zum ersten Mal erklingen ließ. Von da an hörte das Phantom der «lieben Frau» zu existieren auf, genauer: Es war Wirklichkeit geworden und mußte nicht mehr durch eine überreiche Phantasie erschaffen werden. Wann immer ihr der Sinn danach stand, konnte Antonia die Stimme der «lieben Frau» hören, sooft sie wollte. Sie brauchte ja nur das Federwerk aufzuziehen, schon füllte sich das Herz mit dem zauberischen Gesang.

Bald wollte das Mädchen von dem Spuk, der sein Leben so verstört hatte, nichts mehr wissen. Es hoffte, daß die peinliche Angelegenheit auch in der Erinnerung der Schwestern endlich versieben möge. Wurde sie mit dem seltsamen Koffer auf der Diele gehänselt, konnte sie im Nu fuchsteufelswild werden. Das Ganze war ihr rundheraus peinlich, und zu Veronika sagte sie einmal in einer gelösten Minute: Ja, im vergangenen Herbst, da sei sie halt eben noch klein gewesen. Aber jetzt sei das anders. Erwähnenswert ist jedenfalls, daß etwa nach Weihnachten keiner mehr davon redete, auch nicht in Andeutungen, weder in der Familie noch im Dorf. Gras war darüber gewachsen, wie man sagt.

In der hintersten und verstecktesten Kammer ihres Gedächtnisses muß sich dennoch etwas von dem Traum aus jener schwülen Septembernacht erhalten haben. Zwar sammelte Antonia keine augenscheinlichen Vorräte mehr für eine Reise ohne erkennbares Ziel, doch kehrte sich das Sammeln gewissermaßen nach innen. Das nunmehr achtjährige Kind lernte mit fast unersättlichem Heißhunger die Dinge um sich herum zu begreifen. Es gab schwerlich einen Gegenstand, der seine Aufmerksamkeit nicht in irgendeiner Weise auf sich zog. Ob es das Erlernen von Mutters Kochkünsten war, das Konservieren verderblicher Lebensmittel wie etwa das Einpöckeln des Fleisches oder das Selchen des Specks, ob es die Herstellung von Marmelade aus den Jahrestrieben der Rottannen war, die Gewinnung von Butter durch das Zentrifugieren der Milch, das Abseihen von Lindenblüten zu Honig, ob es der Garten war, die Landwirtschaft, die Halbeisensche Geographie, Antonia lernte unermüdlich, zeigte ohne Ende auf und frug hartnäckig. Erwacht war sie aus dem schlafwandlerisch selbstvergessenen Kinderleben, für das die Zeit ohne Bedeutung ist und ohne Nutzen.

Ihre allergrößte Anteilnahme jedoch galt der menschlichen Stimme. Stimmen berauschten sie, und sie konnte diesen Klängen nicht innig genug lauschen. Ihr war aufgefallen, daß Erwachsene wie Kinder, Männer wie Frauen sich unterschiedlicher Stimmlagen bedienten. Diese unzähligen Farben im Sprechen eines einzigen Menschen hingen mit dessen jeweiliger Befindlichkeit zusammen, und zwar unabhängig davon, was er gerade redete. Ja, Antonia meinte, eine Art Gesetz gefunden zu haben, demnach die meisten Leute im Gegenteil zu dem klangen, wie sie zu klingen vorgaben. Sie entdeckte tönende Widersprüche, Ungereimtheiten in Melodie und Rhythmus. Es war keine Frage der Worte, der Mimik oder der Gesten, es war eine Frage des Klangs. Nun wußte sie diese Stimmigkeit oder Unstimmigkeit nicht recht zu benennen, und so ordnete sie den Klängen und Geräuschen des menschlichen Organs Gerüche zu oder Farben oder eine Mixtur aus beidem. Der Siez-Sigi zum Beispiel redete Heu, weil sein Stimmton trocken klang und doch würzig duftend. Der Halblehrer Eisen redete Weihrauch. Nur wenn er vom Kaiser schwärmte, roch es nach Himmelschlüssel, roch es gesüßt mit ein wenig Muskatnuß darin. Ruperts Stimme hatte in jenen vorösterlichen Tagen etwas Harziges, ja beinahe faulig Erdiges. Das stimmte Antonia nachdenklich, wo die Stimme des Vaters doch zitronengelb war, von herber Helligkeit.

Unerschöpflich an Gerüchen und Farben hingegen war das Organ des Monsignore. In diese Stimme hatte sie sich wirklich verliebt. Sie war verrückt nach ihr. Nicht verrückt nach dem Mann, dem diese Stimme gehörte, und gewiß nicht verrückt nach den Worten, die diese Stimme bildete. Die schier unheimliche Farbigkeit war es, die Antonia berückte. Eine Stimme, so reich an Ausdruck wie die zahllosen Grünschattierungen der Wälder über St. Damian. Eine Stimme, die flirrte und blitzte wie das nächtliche Sternenfirmament. Eine Stimme zuletzt, in welcher es förmlich duftete wie in einem Kolonialwarenladen.

Unbeschreiblich wurde der Klang dieser Stimme jedoch,

wenn die Chorprobe vorbei war. Wenn die Köchin Rotraud, die einen Kropf hatte so groß wie eine Faust, Kakao und den noch dampfenden Guglhupf kredenzte. Wenn alle stumm dasaßen, erschöpft vom ewigen Repetieren ein und derselben harmonischen Phrase, ein und desselben Melodiebogens. Wenn alle taub geworden waren für das unerbittliche Und-jetzt-von-Anfang-an! Dann konnte der Monsignore in tiefste Grübelei verfallen. Dabei stützte er seinen kahlen Kopf mit der Adlernase und der harten Stirn in beide Hände und starrte unentwegt zu Boden. Er vergaß jeden um sich herum, vergaß selbst die brennende Zigarette zwischen den Fingern. Die Asche krümmte sich von Minute zu Minute tiefer, bis sie abbrach und die Zigarette von selbst verglomm.

Einmal, es mochte wohl schon Mitternacht sein, tönte es folgendermaßen aus seinem Mund: «Erstens: Das Leben hat keinen Sinn. Zweitens: Du Mensch, versuche nicht, ihm einen Sinn zu geben. Drittens: Verzweifle! Viertens: Verzweifle wieder! Fünftens: Es gibt keine Hoffnung. Sechstens: Es ist alles umsonst. Siebtens: Jetzt, Mensch, leb weiter!»

Das Mädchen mit den blonden, wilden Haaren und der schiefsitzenden Masche darin, die stets herauszufallen drohte, betrachtete den gebrochenen Mann aus taubenblauen, gewitzten Augen heraus. Zwar wußte Antonia mit den Worten wenig anzufangen, aber dem Klang hätte sie ihr Leben blindlings anvertraut. Und auf einmal, ohne lange darüber nachzudenken, fand sie den Namen für solcherart Reden. Es schmeckte warm, nicht bitter und nicht süß. Die Worte bargen ein Aroma, das sie längst aus dem Gedächtnis verloren hatte. Sie schmeckten nach Almas Brust. Ja. Der Monsignore redete Milch.

12

Am Morgen des 12. Juni 1923 nahm die Tragödie um das Schicksal der Familie Sahler ihren Lauf. Freilich, wer Augen hatte und ein Herz, der ahnte schon lang, daß das finanzielle Gebaren des Rupert Sahler in den Ruin führen mußte. Zu verschwenderisch lebten er und seine Frauenzimmer, und es war lediglich eine Frage der Zeit, bis alles ans Licht käme.

Es war ein Donnerstag, ein prachtvoller, von Vogelgezwitscher durchlärmter Frühsommermorgen. Die Sonne war eben über den Pilatuskopf hereingebrochen und wärmte die schwarzgegerbten, östlichen Schindelfronten des Dorfs. Ein dunstiger, blaßblauer Himmel breitete sich über die bergige Heimat aus. Auf den Gipfeln und Graten flimmerte der ewige Schnee in zartem, rosigem Licht. Die Wiesen und Hänge lagen überschwemmt vom nicht endenden Gelb des Löwenzahns, und im Norden zog der Wald seine noch nächtlichen, umbrabraunen Schattenzungen allmählich aus den getauten Fluren zurück. In den Häusern duftete es nach frischem, säuerlichem Schwarzbrot und nach Feigenkaffee. Das Leben erwachte zum Alltag. Zweirädrige Ochsenkarren verstreuten nach allen Seiten Häcksel und Halme von frisch gesenstem Morgengras. Das Vieh war gemolken, die Milch in grauen Kannen zur Sammelstelle gebracht, wo sie in Wassertrögen gekühlt wurde, bis Rupert wie jeden Morgen mit dem Lastauto kam, die Kannen hinaufwuchtete und zur Molkerei nach Weidach chauffierte.

An diesem Morgen kam er nicht, und auch nicht am Vormittag und nicht zu Mittag. Allzugern hätte die hochschwangere Alma eine Lüge erfunden, um den Verbleib ihres Gatten plausibel zu machen, aber ihr fiel nur das Alltägliche ein. Sie meinte wirklich, er sei schon längst in die Stadt gefahren.

Nun, dann solle sie doch einfach die Zeitung etwas genauer

inspizieren, sagte der Adlerwirt mit rauchiger Stimme und trockenem Humor. Als er das sagte, sprangen Alma die langgehegten Vermutungen alle auf einmal in den Kopf. Alle Fragen, die sie ihrem Mann nie gestellt hatte, einerseits aus Feigheit, andererseits, um ihm die Freude am Schenken nicht zu vergällen.

Die Zeitung lag noch ausgebreitet auf dem Tisch, so wie Rupert sie verlassen. Dort stand, im Kopf der linken Spalte, unter der Anzeigennummer 10 Querstrich 1810 zu lesen: «Gerichtliche Liegenschaftsversteigerung. Vom Bezirksgericht Weidach, Abt. I, wird auf Betreiben des Advokaturbureaus Zoller die nachverzeichnete Liegenschaft des Herrn Rupert Sahler, Fuhrmann aus St. Damian b. Weidach, unter Festsetzung eines Ausrufpreises von 80 000 000 K öffentlich feilgeboten.»

Alma donnerte der Puls in den Schläfen. Wieder und wieder mußte sie die Kundmachung lesen, fuhr mit dem Finger von Wort zu Wort, konnte es nicht wahrhaben und wußte es doch schon monatelang.

Wenn in einer dörflichen Gemeinschaft ein Gerücht von Haus zu Haus geht, so schnell wie eine Person laufen kann, vom untersten Hof bis zum obersten in knapp einer halben Stunde, dann erfährt es der Betroffene zuletzt. Es wird auf eine sonderbare Weise still um ihn herum. Zwar grüßen die Menschen höflicher als zuvor, und das Wetter ist ein hartnäckiger Gesprächsstoff, trotzdem sind sie plötzlich pressiert. Genauso geschah es. Als nämlich Rupert Sahler auch nachts nicht heimkam und weder am folgenden Tag noch dem darauffolgenden, mauschelte man, er sei auf und davon. Habe seine doch ach so geliebte und verhätschelte Familie mir nichts, dir nichts im Stich gelassen. Jetzt dürfe man sehen, welch ein Schuft dieser Mann im Innersten gewesen sei. Zum Losheulen sei es. Die arme Alma!

Am dritten Tag von Ruperts mysteriösem Verschwinden

betrat ein Gendarm das Sahlersche Häuschen, ohne daß Alma eine Vermißtenanzeige oder dergleichen erstattet hätte. Er war geschickt worden, von wem, das wollte er nicht preisgeben, trotz ihres erzürnten Bittens. Der Gendarm, der, wie Antonia feststellte, trockenes, völlig geruchloses Moos herredete, zog Erkundigungen über Aussehen, Statur und Eigenheiten des Vermißten ein. Er nackelte und wackelte mit dem Kopf und fistelte immerzu: «In der Tat, in der Tat!» Aufregend war das alles.

Es wurde noch aufregender, als etwa eine Woche später etliche Herrschaften aus der Stadt Weidach den Hof in Augenschein nahmen. Zwei Advokaten in karierten Tweedanzügen und schneidigen Sportmützen, eine gewisse Frau Zanghellini, deren Worte nach Marzipan schmeckten, ein Herr Pedrini von der Konfektion Seiler. Wildfremde Männer und Frauen von ganz verlogenen, mißklingenden Stimmfarben. Personen allesamt, bei welchen Rupert in fahrlässiger Krida stand. Die Advokaten legten ein Verzeichnis aller Möbel und sonstigen Fahrnisse an. Die Hutschachtel mit der Schildkröte erhielt die Inventarnummer 63, und fortan nannte Magdalena Ella spaßhalber Nr. 63. Wiederum eine Woche später – Rupert war noch immer vom Erdboden verschluckt – polterte ein Lastauto heran, bei weitem nicht so schön und glänzend wie das des Vaters. Dahinein packten zwei vierschrötige Männer alles, das nicht niet- und nagelfest war. Als sie es aber wagten, das Grammophon anzurühren, fing Antonia derart gellend zu schreien an, daß ihr das Gesicht blau anlief. Sie tobte ohne Unterlaß, und schließlich schlug sie einem der Kerle die Zähne ins Knie. Der kleine Kiefer ließ sich beinahe nicht mehr aus dem Fleisch lösen, weil das Kind einen Krampf erlitten hatte.

Es fällt schwer, in der Chronologie rund um den Untergang der Familie Sahler nüchtern fortzufahren. Viele Dinge ereigneten sich gleichzeitig und mit einer geradezu brutalen Schnelligkeit. Das Unglück nahm einen derart verheerenden Lauf, wie ihn sich nicht einmal ein Pessimist vom Schlag eines Cölestin Halbeisen auszumalen gewagt hätte. Die Versteigerung des Anwesens war binnen zehn Minuten vonstatten gegangen. Ein Spielzeugfabrikant Knolle aus dem vorpommerschen Land hatte den Hof erworben als kommode Berghütte, hieß es. Er selbst war nicht zugegen. Es ging auch die Kunde, daß der Käufer beabsichtige, das Häuschen großzügig zu modernisieren und zu elektrifizieren. Gar ein Wasserclosett gedächte er einzubauen. Und es ist wahr: Dem besagten Fabrikanten verdankte der Flecken St. Damian die Elektrifizierung, lange vor allen anderen Dörfern der Region.

Gleich nach der Versteigerung wurden die drei Saumpferde sowie die Milchkühe Wisgard und Wisgund aus dem Stall herausgetrieben und provisorisch in der Tenne des Nadler Hans untergestellt. Von dort verbrachte ein Viehhändler die Gäule anderntags in die Jordansche Metzgerei, wo Rupert ebenfalls enorme Schulden hatte. Die Kühe wurden geschätzt und versteigert. Die zu der Zeit im achten Monat schwanger gehende Alma wurde angewiesen, das Haus innerhalb einer Woche zu räumen. Aber die Frauen verließen es noch am selbigen Tag. Sie hatten auch ihren Stolz. Man fand – Balthasar selbstverständlich eingeschlossen – eine vorübergehende Bleibe im Haus des Siez-Sigi.

Es sind die unwichtigen Dinge, die das Herz weit machen oder zuschließen, wie Rupert zu sagen pflegte. Der Siez-Sigi hatte Antonia nicht vergessen, daß sie ihn fraglos, mit allem Anstand, gesiezt hatte.

Alma wollte zuwarten, bis Rupert wieder den Mut fände, nach St. Damian zurückzukehren. Daß er verunfallt oder durch eigene Hand zu Tode gekommen sein könnte, das zog merkwürdigerweise niemand in Betracht. Ja, es kam nicht einmal die Rede darauf. Jedermann war davon überzeugt, Rupert sei im Affekt geflüchtet und werde, nachdem er zur Besinnung gefunden, sich unverzüglich wieder zeigen. Ein Mann, der Frau und Kinder so besessen liebte wie er! Doch Rupert zeigte sich nicht. Drei Wochen, vier Wochen, fünf Wochen.

In der Nacht vom 19. auf den 20. Juli pochte es wild an des Monsignores Haustür. Er, noch hellwach in seine Bücher vertieft, öffnete. Vor ihm stand Veronika, in Tränen aufgelöst. Sie war also gekommen, wie er es prophezeit hatte. Aber nicht aus Liebeskummer, wie er zuerst glaubte. Nicht ihretwegen war sie gekommen zu dieser nachtschlafenen Zeit. Zitternd stand die Halbwüchsige vor ihm, barfüßig, mit offenem Haar und lediglich in Strickjacke und Nachthemd. Sie stützte sich auf Krücken. Die hatte er lange nicht mehr an ihr gesehen. Veronika brachte nur zwei Worte von den Lippen: «Die Mama!» Der Monsignore begriff augenblicklich, machte sich nicht erst die Mühe, den Priesterkragen anzustecken. Er verschwand ohne ein Wort, kam mit der Custodie zurück, nahm das verzagte Mädchen huckepack, hieß es, sich an seinen Hals zu klammern – die Krücken brächte er später – und trug es zum Hof des Siez-Sigi, der in unmittelbarer Nähe des Sahlerschen lag.

In der Stube hatte man Alma schon zurechtgemacht, die Hände gefaltet, das Kinn aufgebunden. Schnaken und Nachtfalter sirrten und flatterten um die Deckenlampe. Obwohl das Fenster offenstand, war die Luft zum Schneiden. Das Bettlinnen stand von der Geburt noch blutgetränkt. Die Hebamme betete mit Sigis Frau den glorreichen Rosenkranz. Zwei Kerzen brannten. Der Monsignore beugte sich über Alma, griff an ihre noch warme Stirn, strich die Augenlider auf, besah die Pupillen und prüfte, ob der Puls doch noch vorhanden. Wunderschön war die Tote: der ebenmäßige Mund mit den aufgeworfenen Lippen, die hübschen, fast noch kindlichen Gesichtszüge, das flammende, dunkelrote Haar.

«Und das Kind?» fragte der Monsignore die Hebamme.

«Es hat nicht gelebt», antwortete sie knapp.

«Ist der Arzt verständigt?»

«Ja, der Sigi holt ihn», wimmerte dessen Frau mit geröteten Augen.

«Gut», sagte der Monsignore und spendete Almas Säugling die Begierdetaufe. Dann fing er an, die Toten auszusegnen.

Das ärztliche Bulletin wußte von einer «placenta praevia» zu berichten. Alma war verblutet und das Kind als Fehlgeburt zur Welt gekommen. Der Monsignore übernahm diese Version ins dörfliche Tauf- und Sterbebuch, setzte aber der Matrik in gestochen scharfer Kurrentschrift folgendes hinzu: «Die ganze Wahrheit lautet: Das Weib starb an gebrochenem Herzen. In Majorem Dei Gloriam.»

Das Begräbnis der Alma Sahler und ihres namenlosen Sohnes war das traurigste Requiem, das die Damianer je gesehen hatten. Der Siez-Sigi trug den weißen Sarg auf seinen Armen. Er hatte zu diesem Anlaß die alte, goldverzierte Infanterie-Uniform hervorgekramt. Die lichtblaue Hose, den enzianblauen Rock, an welchem ein schmaler Degen baumelte, die Feldabzeichen und die hochstegige Mütze mit tief herabgezogenem Stirnschirm. Im Trauerschritt stelzte er dahin. Dem Kinderschrein folgte Almas schwarzlackierter Sarg, getragen von vier verheirateten Männern. Dahinter gingen die gewissermaßen zu Vollwaisen gewordenen Töchter. Veronika blickte nicht links noch rechts, sondern stur zu Boden. Neben ihr trippelten Antonia, Amalie und Magdalena, herausgeputzt von Sigis Frau. Antonia zischelte die Kleinste an, sie solle würdiger schreiten, weil es ein großer Tag sei. Sie genoß den Augenblick, plötzlich das Zentrum aller Blicke zu sein.

Anstelle der Predigt schlug der Monsignore ein türkisblaues Büchlein auf. Es sah aus wie ein Poesiealbum. Und als er zu lesen anhob mit warmer, aber brüchiger Stimme, fingen viele Frauen und Mädchen stumm zu weinen an. Er selbst mußte innehalten, sich die Nase schneuzen und von vorn beginnen:

> Es war einmal ein Bär,
> der liebte die Gitarre sehr,
> das Singen und das Tanzen,
> ja, die Musik im ganzen.
>
> Eines gab ihm schwer zu schaffen,
> daß er nicht konnt' ein Liedlein machen.
> Neidig lauscht' er Karl dem Musikanten,
> wenn der tat auf dem Instrumente klampfen.
>
> Bis eines Tages, wohl im Mai,
> die Geduld des Bären war vorbei.
> Selbst wollt' er Meister sein und sagen,
> wie es galt, den Takt zu schlagen.
>
> Und begann mit spitzen Klauen
> so auf das Saitenspiel zu hauen.
> Oje, war das ein Graus!
> Nur falsche Töne, ein und aus!
>
> Der Bär ward zornig, tat arg kratzen
> auf der Gitarre mit den Tatzen,
> bis sie brach entzwei.
> Aus war's mit Singen und mit Tanzen,
> ja, der Musik im ganzen.

Nachdem der schwarzgewandete Pfarrherr geendigt hatte, wölkte sich eine drückende Stille wie Weihrauch über die Köpfe der Trauergemeinde. Antonia weinte nicht, im Gegenteil: Ihr Gesicht glänzte vor Stolz, wohingegen Veronika mit noch immer versteinertem Antlitz in den Boden stierte. Antonia mochte das nicht ganz verstehen. Jetzt wußten nämlich alle, was für schöne Gedichte ihre Mutter schreiben konnte.

Brav gemacht, Monsignore! Sie blickte sich um und sah viele schnupfen und weinen. Das machte sie stutzig. Mit ein wenig Einbildung gelang es ihr schließlich, eine Träne zu vergießen. Sie konnte auch erwachsen sein. So war das nicht!

Und von Rupert keine Spur, nicht der blasseste Schimmer, nicht der leiseste Verdacht. Bis eines Tages – es mochte Mitte August gewesen sein – ein neuerliches Gerücht in dem Dorf explodierte. Ein Onkel der Beerschen Buben wollte dem Fuhrmann in Friedrichshafen leibhaftig begegnet sein. Franz Beer reiste alljährlich für zwei Tage dorthin, um an der berühmtesten Zuchtrinderschau der Region teilzunehmen.

Nein, er habe doch Augen im Kopf, lärmte der Onkel im Gasthaus zum Adler. So eine Visage, so ein teuflisch böses Grinsen gebe es nur einmal auf der Welt. Weshalb er ihn denn nicht angesprochen? Also, das sei nun wirklich nicht sein Tobak! Er mische sich nicht in fremder Leute Angelegenheiten. Aber der Sahler Rupert sei's gewesen, ob man's glaube oder nicht.

Tobak hin oder her, das Gerücht verqualmte wieder, und Rupert blieb vom Erdboden verschluckt, kehrte nicht nach St. Damian zurück.

Schließlich erfüllte sich, was Antonia vor einem Jahr, fast auf die Woche genau, vorausgeträumt hatte. Gemäß der Auffassung des Monsignore, wonach jeder Mensch irgendwann einmal sein gesamtes Leben vorausschaut, einen aufblitzenden Moment lang.

Es war ein kalter, glasiger Septembermorgen. Ein Samstag. Der Lehrer Halbeisen kam an diesem Morgen nicht allein. Ein Herr von beträchtlicher Leibesfülle mit einer kalten Zigarre im Mund betrat das Schulzimmer. Es war der Mann auf dem lindgrünen Motorrad, Halbeisens einziger Freund. Lange hatte man ihn nicht mehr im Dorf erblickt. Er sei auf einer großen Geschäftsreise gewesen. Die Dorfkinder standen nicht eben stramm und sangen aus nicht eben cherubimischen Kehlen: «Gott erhalte, Gott beschütze», die österreichische Kaiserhymne. Das Lied war noch nicht verklungen, da plumpsten die älteren Jungen schon wie Mehlsäcke in die Bänke. Dann setzten sich alle. Antonia Sahler blieb aufrecht stehen. Ihre blauen Augen ließen den dicklichen Herrn nicht mehr los. Unaufgefordert begann sie plötzlich zu sprechen, in ihrem dunkelfarbigen, rheintalischen Dialekt: «Ich bin die Antonia aus St. Damian. Ich habe auf Euch gewartet. Ich bin gerüstet.»

Der Mann, Nárrody mit Namen, griff perplex nach der schwarzbraunen Zigarre, nahm sie aus dem Mundwinkel und spuckte Tabakfetzen auf den weißgescheuerten Bretterboden. Er sprach eigentümlich, in vertrackten Sätzen, und er nannte Antonia eine Lilie. Halbeisen bat das Kind, es möge sich doch setzen. Es blieb stehen.

An diesem Samstag morgen entschied sich das Schicksal der Antonia Sahler. Nárrody war ein Agent der Hamburg-Amerika-Linie, ein sogenannter Akquisiteur der Hapag-Wien. Seine Tätigkeit bestand darin, Schiffspassagen nach Amerika und Südamerika an den Mann zu bringen. Dies war zu Beginn der 20er Jahre ein sehr einträgliches Geschäft, waren es doch die Jahre der größten Migrationswelle, die Europa, vornehmlich sein Osten, je gesehen hatte. Das Verblüffende aber für Nárrody an diesem Morgen, weshalb ihm beinahe die Zigarre aus dem Mundwinkel entschlüpfte: Woher wußte dieser kleine Trotzkopf, daß er nur ihretwegen ins Dorf heraufgekommen war? Seit Tagen nämlich hatte er sich auf dem Wanderungsamt herumgetan, um für sie aus dem Kontingent der Freipassagen eine Schiffskarte nach New York zu ergaunern. Veronika, der Krüppel, war nicht zu gebrauchen. Sie hätte schwerlich die Gesundheitskontrollen im Hafen von New York passiert. Die beiden anderen Mädchen dünkten Halbeisen wiederum zu jung, um sie als Nárrodys Nichten auszugeben. Außerdem bezahlte die Bezirkshauptmannschaft nur eine Passage pro Familie.

Es ist die kläglich Wahrheit: Antonia wurde nichts weniger als verkauft. Mit stummer Billigung der Bezirksbehörde in Weidach. Ihrer Staatsangehörigkeit ging sie verlustig, denn man wollte sicher sein, daß, falls es zu einem allfälligen Rücktransport käme, man in der Causa nicht mehr zuständig sei und das Kind auf Kosten der Schiffsgesellschaft nach New York rückexpediert werden müßte. Dort verlöre sich dann seine Spur gewiß für immer. Derlei unmenschliches Gebaren ist in der rheintalischen Landesgeschichte in einigen hundert Fällen nachweisbar. Man dachte pragmatisch: Die Passage war billiger, als das verlumpte, kriminelle oder idiotische Subjekt auf Gemeindekosten durchzufüttern.

Dem Agenten Nárrody fiel, wie gesagt, die Zigarre deshalb fast aus dem Mund, weil nicht er das Kind erwartet hatte – es hatte ihn erwartet.

13

«Das Paradies, ihr Katzenköpfe, ist eine Erfindung des Menschen!» bellte der Monsignore an Mariä Geburt von der Kanzel herunter. «Aber es gibt kein Paradies. Tut mir von Herzen leid. Freut euch nicht zu früh. Reibt euch nicht die Hände. Ihr müßt weiterleben.»

Zieht man die Beleidigungen einmal ab, ohne die der Monsignore nicht auszukommen schien, traf er mit diesen Worten doch die seelische Grundgestimmtheit der Damianer Bauernwelt jener Tage. Wenn es etwas Verbindliches über diese Menschen zu sagen gilt, dann dies: Sie waren nicht glücklicher oder unglücklicher als die Menschen in den Städten. Kränkungen blieben ihnen nicht erspart, Schicksalsschläge,

Dummheiten und vertane Lebensentwürfe. Den großen Krieg hatten sie genauso euphorisch erwartet wie die Menschen anderswo. Die Ernüchterung war genauso schmerzlich. Aber: Sie hatten Zeit. Sie vergaßen einander nicht so schnell.

Und ihnen gehörte so etwas wie Heimat. Darüber dachten sie nicht nach. Sie lebten in ihr. Mit Heimat ist nicht der Flecken gemeint, an dem sie hausten, das Dorf, die Familie, die Lieben und die Geliebten. Heimat war die Religion. Noch in den 20er Jahren richtete sich das dörfliche Leben nach den Farben des streng ritualisierten Kirchenjahrs. Die Tage zählten nicht nach Datum, sie waren benannt nach den Namen von Seligen und Heiligen, nach Hoch- und nach Nebenfesten. Die Sonntage waren nicht einfach Sonntage. Sie hießen Estomihi und Tibidixit und Jubilate. Es wurde nicht einfach plötzlich Frühling. Es wurde zuerst das geheimnisvolle Violett der Fasten- und Passionszeit, das Scharlachrot des Karfreitags, das blendende Weiß des Ostermorgens. Es war nicht plötzlich wieder Weihnachten. Die sackfinsteren Morgen des Rorate mit ihrem schneeigen Geruch symbolisierten das Warten auf die Ankunft des Herrn, die Sehnsucht nach dem geglückten Leben. Das blaßrosene Priestergewand am Sonntag Gaudete gab den Menschen eine Idee von Geborgenheit. Alles wiederholte sich mit starrer Einförmigkeit und war doch immer wieder neu und bunt.

So lebten diese Menschen. Zufriedener waren sie deshalb keineswegs, aber sie besaßen ein Gespür für die Dinge in ihrer begrenzten Bergwelt. Ihre Rede war kernig und präzis. Ihr Wortschatz nuanciert und pointiert. Daß die Sprache karg war, besagte nicht, daß sie nicht reich an Klängen sein konnte. Je nachdem, wie man etwas betonte, konnte es zu gänzlich überraschenden Bedeutungen führen. So besaß ein Bauer jener Tage für das Wort «Milch» zahllose Ausdrücke. Von der Erstmilch einer frisch gekalbten Kuh bis zur Bezeichnung einer Milch, die die Anzahl der Tage seit dem Melken bereits einschloß. Sie wußten um den Einfluß des Mondes auf die Güte ihrer Baumhölzer. An den Farben des Himmels, den Morgen- und Abendröten prognostizierten sie mit verblüffender Treffsicherheit den Fortgang des Wetters.

Eine gute alte Zeit war es nicht. Der einarmige, stets wie aus dem Ei gepellt daherkommende Lehrer Cölestin Halbeisen wurde von Tag zu Tag gottähnlicher, das heißt, er schwieg in den Lehrstunden immer hartnäckiger. Der Siez-Sigi wurde immer verschrobener. Er soll am Ende schließlich gar sich selbst gesiezt haben. Aus Kolumbans jungenhaft unschuldiger Grausamkeit – wenn es so etwas überhaupt gibt – wurde allmählich System. Der Kropf an der Pfarrersköchin Hals wuchs und drohte die Ärmste schließlich zu ersticken – damals starb noch ein knappes Sechstel der Bevölkerung an dem häßlichen Leiden, welches vom Jodmangel im Trinkwasser herrührte. Der zigarettenschlotende Monsignore wurde grüblerischer, unversöhnlicher und kränkender. Veronikas Augen wurden stumpf vom gesehenen und bis in die tiefsten Träume hinab nicht mehr zu verwindenden Elend.

Antonias nunmehr Wirklichkeit gewordener Abschied von St. Damian ist in wenigen Worten erzählt: Es regnete in Strömen am 14. Oktober 1923. Voller Ungeduld wartete das Kind auf Nárrodys Ankunft. Almas blauer Koffer war gepackt. Nárrody hatte genaue Anweisung gegeben, was für die Überfahrt mitzunehmen war. Eingehüllt in ihr graues Mäntelchen mit Fischgratmuster stand Antonia da, zupfte nervös an dem Wollschal, den ihr Veronika liebevoll um Kopf und Hals gewunden hatte. Das Kind war aufgeräumt, ja, es war fröhlich. Niemand vergoß eine Träne, als das Automobil des Agenten heranfuhr. Die Hupe surrte dreimal. Alles ging sehr schnell und fast ohne Worte. Nárrodys Chauffeur griff wortlos nach dem Koffer und verstaute ihn. Antonia hatte sich bereits in den Fond des Wagens verfügt, da turnte sie flugs noch einmal heraus, rannte in Siez-Sigis muffige, dunkle Küche, kroch unter den Tisch und zog Balthasar an den Pfoten hervor.

«Du versprichst mir, daß du um den Kolumban einen großen Bogen machst!»

Sie küßte dem schläfrigen Kater die verletzten Augen, die eiskalte Schnauze, hob ihn in die Höhe, schnofelte mit der Nase durch sein Fell, ließ ihn sein und ging davon.

Cölestin Halbeisen schwitzte im letzten Moment herbei. Er wollte dem Kind, das er an den zwielichtigen Ungarn verschachert hatte, Lebewohl sagen: «Nichts ist schwer für einen Liebenden», bebten seine Lippen. Doch Antonia hörte ihn nicht mehr. Das Auto fuhr los. Hinter der Scheibe winkte das lachende Mädchen. Es platzte der Regen ohne Ende.

Viele Fragen blieben offen. Warum hatte der Monsignore nichts gegen die Verschickung der Antonia Sahler unternommen? Was wurde aus Veronika und den beiden anderen Schwestern? Bekannt ist, daß die Mädchen – etwa vier Wochen nach Antonias Abreise – auf Kosten der Gemeinde ins Berner Oberland spediert wurden, zu Almas fallsüchtigem Ziehonkel. Ob dieser Ziehonkel noch lebte, lag allerdings im dunkeln. Niemand begleitete die Waisenkinder. Veronika sei erwachsen genug, um für die beiden Kleinen zu sorgen, hieß es. Der Meinung schlossen sich alle an.

14

Jeden Mittag, wenn es die Jahreszeit erlaubte, harkte und jätete die Pfarrersköchin Rotraud ihr kleines Gemüsegärtchen. Auch am dritten Aprilsonntag des Jahres 1925. Es herrschte ein launiges, bewölktes Wetter. Die Wolken zogen schneller als sonst. Das Sonnenlicht, das die Tannenwälder scheckte, schien gleißender als sonst. Das Für und Dawider der Währungsreform, die Umstellung von Kronen auf Schilling erhitzten gerade die dörflichen Gemüter. An dem besagten Sonntag trat ein Mann in hellem Leinenanzug an des Monsignores Gartenzaun, guckte schmunzelnd auf den Hintern der Pfarrersköchin, wartete, bis sie sich aufgerichtet, wollte sie keinesfalls erschrecken.

Ob sie ihn kenne?

Jesus im Himmel! Ja, freilich kenne sie ihn! «Du bist der Rupert!» rief die Frau aus, als sei ihr der Leibhaftige erschienen. Sie hatte ihn auf der Stelle erkannt. Je länger sie ihn aber betrachtete, desto mehr zweifelte sie, ob dieser Mann wirklich Rupert Sahler war. Er hatte ein aufgeschwemmtes Gesicht. Vom ehemals dichten, rauchgelben Kraushaar war nicht mehr viel übrig. Der Kopf zeigte blanke, rötlich schimmernde Stellen. Das Haar schien ihm nicht auf natürliche Weise ausgegangen. Die markante, sehr lange Nase, das unverschämte Grinsen wider Willen ließen der Köchin dann aber die letzten Zweifel an der Identität des Fremden vergehen.

«Rupert! Wo kommst du her? Wo warst du?» stammelte die alte Dame, und der Ton in ihrer Stimme wurde fast görenhaft vor Aufregung.

Ach ja. Da und dort sei er gewesen, gab Rupert in gemütlichen Worten Bescheid, wollte wissen, wie es gehe, ob im Dorf noch alles beim alten sei. Ohne recht hinzuhören, glotzte Rotraud den unheimlichen Besucher an, wie die Katze das neugestrichene Scheunentor. Der Leinenanzug stand vor Schmutz, um den Hosenstall wölkten sich vertrocknete Urinflecken. Die Fingernägel strotzten vor Dreck. Rupert wünschte einen geglückten Tag, machte sich schon anheischig zu gehen, aber Rotraud ließ ihn nicht fort. Ob er nicht zum Essen bleiben könne. Ja! Das sei eine vorzügliche Idee. Hunger habe er wie ein Scheffel Holzfäller.

Koste es, was es wolle. Sie mußte das Gespenst festhalten, bis der Bruder zurückkehrte. Der Monsignore war zu der

Stunde auf dem Nadlerhof zugang, wo er jenen Greisen zur Geduld ermahnte, welcher noch immer vergeblich zu entschlafen suchte. Die Köchin hieß den Rupert hereinkommen und es sich in der Bibliothek bequem machen. Sie selbst betrat den Raum nicht mehr, plangte heftig auf die Heimkehr des Bruders. Nur einmal guckte sie zum Türspalt hinein. Sie gewahrte, wie der verwahrloste Mensch den Kopf über ein Papier neigte. Es machte den Eindruck, als sei er durchaus mit sich selbst beschäftigt. Er schrieb etwas nieder, schnell und viel. Sehr gut, sehr gut!

Der Monsignore würdigte Rupert keines Blicks. Er reichte ihm weder die Hand, noch grüßte er ihn. Er schöpfte Luft und fing an, ihn zu beschimpfen, wohl eine geschlagene Viertelstunde lang. Beleidigte ihn mit Worten, die ihm selbst noch nie auf die Zunge gerutscht waren. Brüllte, tobte, donnerte, warf einen Stoß Quarthefte an die Wand, rannte aus der Bibliothek, um gleich darauf mit neuen Vorwürfen hineinzustürmen. Rupert lächelte dumm, mit offenen, milden Augen, nickte und kritzelte weiter.

Als der Monsignore keinen Atem mehr in der Lunge hatte und vom Schreien heiser geworden war – vielleicht galt es auch, das eigene Gewissen zu überschreien –, ließ er seinen dürren, verlebten Körper in einen rehledernen Fauteuil sinken, stützte die Stirn in die offene Hand und schwieg. Die Pendeluhr schlug halb eins. Der Pfarrer saß resigniert da, schwieg noch immer erschöpft, indessen Rupert unermüdlich auf dem Blatt herumkrakelte, selbstvergessen wie ein Kind.

Schließlich erhob sich der Monsignore, um zu sehen, was der Ignorant da hinfabrizierte. Er beugte sich ihm über den Rücken und erblickte Zahlen. Zahlen über Zahlen. Er kniff die Augen hinter der vernickelten Brille zusammen. Die Ziffern ergaben keinen Sinn. Das war nicht Addieren und Subtrahieren oder Potenzieren und Radizieren. Es handelte sich um beliebig hingeworfene Zahlen, kreuz und quer über das

Blatt gesät, und zwar ohne erkennbaren mathematischen Sinn.

Rupert drehte den Kopf empor und blickte den Monsignore aus wasserblauen, sanftmütigen und doch völlig erloschenen Augen an. Er schien sich fast ein wenig zu schämen, zog den Rotz in der Nase hoch, verdeckte das Blatt mit der Hand wie ein Pennäler und errötete. Aber nicht lang, und er rechnete mit grinsendem Gesicht weiter, atemlos. Tat so, als sei niemand zugegen, als sei er der einzige Mensch auf der Welt. Dabei führte er Selbstgespräche und flüsterte: «Ich werd' doch noch zwei und zwei zusammenbringen, Herrschaftnochmal! Es fehlt nicht mehr viel, Alma, dann fliegen wir Zeppelin.»

II

Das gelobte Leben

I

Der Menschenhändler Jenö Nárrody redete Papier. Vergilbtes, fleckiges Papier. Seine Worte rochen nach den Büchern in der Bibliothek des Monsignore. Sie müffelten. Doch dieser Geruch war Antonia nicht unangenehm. Unangenehm war der Gestank, der diesen dicken Leib umlagerte. Ein dunstiges Gemisch aus Schweiß und Zigarrenrauch, und außerdem bökkelte der Herr entsetzlich. Immer wenn eine Nárrodysche Wolke herüberschwallte, mußte Antonia die Luft anhalten, oder sie roch einfach in sich selbst hinein. Dann ließ es sich einigermaßen leben in dem engen Coupé.

Der Regen prasselte ohne Ende auf das Stoffdach des himmelblauen Automobils. Das erschuf ein heimeliges Gefühl, denn man wurde trotz des Sudelwetters nicht ein Tröpfchen naß. Der Mann, der das Automobil chauffierte, sprach wenig, eigentlich nichts. Nur einmal wandte er den Kopf mit der roten Schildmütze zurück und sagte verschmitzt, ob dem Fräulein überhaupt bewußt sei, daß es in einem blitzneuen McLaughlin durch die Lande kutschiert werde. Das sei, als werde man von sechzig Pferden auf einmal gezogen. Die Vorstellung von sechzig dahinjagenden Rossen und ihren wirbelnden Mähnen beeindruckte Antonia sehr, und sie bedankte sich höflich bei dem Chauffeur für die große Ehre, mitgenommen zu werden. Der Fahrer lachte von Herzen und schwieg wieder beharrlich. Indessen raschelte Nárrody eifrig in einer Ledermappe und studierte diese mit großer Sorgfalt. Es schien, als wollte er sich etwas einprägen. Es mußte sich um sehr wertvolle Papiere handeln. Sie trugen Stempel und Wertzeichen, blaue, rote, grüne, schwarze. Seine wurstdicken Finger strichen gar zart über die Dokumente. Manchmal nahm der Agent die Melone vom Kopf, wichste sie mit einer winzigen, silbrigen Bürste, glättete sich die schütteren Haare mit etwas Spucke und setzte den Hut wieder auf. Er war ein nervöser, unruhiger Mensch, der Herr Nárrody.

Langsam tuckerten sie die steilen Bergstraßen hinab, denn die Luft war eine so dicke Brühe, daß man kaum die Hand vorm Gesicht erkennen konnte. Vom Umland war fast nichts auszumachen. Es lag alles in schieferfarbigem Grau. Sie fuhren schon mehr als eine Stunde, in der Hauptsache schweigend. Plötzlich sagte der Agent mit aufgesetzter, fröhlicher Stimme: «Du wirst bald lernen kennen deine Mischpoche. Dos wird geben ab a Hetz!»

«Herr Nárrody …», druckste Antonia herum.

«No?» sagte er und setzte eine onkelhafte Miene auf.

«Herr Nárrody, wie weit ist es noch bis zur lieben Frau Amerika?»

Erst blickte der Agent das Mädchen aus baffen Froschaugen an. Dann mußte er derart heftig lachen, daß ihm die Tränen kamen, und er konnte mit dem Gepruste nicht mehr aufhören. Sobald er «Frau Amerika!» ausrief, ging das Gespucke schon wieder von neuem los. Im Fond zitterte und vibrierte alles von den Zuckungen seines schweren, schwabbeligen Körpers. «Frau Amerika!» polterte Nárrody fort und fort, und daß er sich gleich die Hose annässe. Nein, er könne einfach nicht mehr! Das bringe ihn noch um! Als der Lachkrampf ausgestanden war, tappten seine schweren Hände nach Antonia. Er zog ihren Kopf zu sich, die Lippen spitzten sich schon zum Kuß, aber das Mädchen wehrte dem Zugriff und entschlüpfte wie ein Wiesel. Da wurde der Agent unvermutet zornig. Aus dem Nichts brandete Antonia eine Ohrfeige ins Gesicht, so heftig, daß ihr gleich darauf das rechte Ohr ertaubte. Den Schmerz zu zeigen, diesen Triumph gönnte sie Nárrody nicht. Auch Kolumbans Kopfnüsse hatte sie ohne einen Mucks ertragen. Sie setzte sich unverzüglich wieder auf die Lederbank. Das Gesicht gloste ihr, als sei sie vornüber in die Brennesseln gefallen, doch sie kniff die Augenlider zusammen, um ihren Zorn zu kühlen, und schwor sich, diesem Mann von jetzt an mit größter Vorsicht und Verschwiegenheit zu begegnen.

«Dich mecht' einer nicht mehr geben her», grummelte der Agent, so als wollte er sich entschuldigen. Offenbar war er über sich selbst und sein cholerisches Aufbrausen erschrocken. Antonia kochte vor Wut, wünschte ihm heimlich die Krätze, nickte aber freundlich, verhielt sich still, damit er nicht auf neue, unangenehme Ideen käme.

Etwa um die Mittagszeit erreichten sie die Stadt Bregenz am Bodensee, die Hauptstadt des rheintalischen Landes. Ein schmuckes Grenzstädtchen, durchzogen von einer ungepflasterten, matschigen Hauptstraße, die von zwei oder drei Nebensträßchen gequert wurde. Ein Ort von an die hundert lieblichen Häusern, einem Bahnhof, zwei Kirchen und Menschen, die mit wichtigen Gesichtern in alleräußerster Eile ihren Geschäften nachgingen. Genau vor der Bahnhofspforte brachte der Chauffeur die sechzig Pferde zum Stehen. Das Bild beschäftigte noch immer Antonias Phantasie, und sie hatte angefangen, den Pferden Namen zu geben. Darüber war sie eingeschlafen. Jedenfalls hatten sie die Pferde weit weggetragen von dem ungemütlichen Nárrody, und das Ohrensausen war auch verrauscht. Der Chauffeur packte die Koffer aus und fuhr unverzüglich davon. Er wandte sich nicht um, sprach kein einziges Wort, sagte nicht einmal: «Auf Wiedersehen!»

In der Bahnhofshalle stellte sich dann zu Antonias Verblüffung heraus, daß Herr Nárrody eine große Familie hatte. Er besaß eine Schwester, einen Sohn im mannbaren Alter, zwei Töchter mit Namen Gretel und Hedwig, zwei Nichten und einen Neffen. Es war ein elender Anblick, dieser Haufen verlumpter Kinder und Halbwüchsiger. Haut und Knochen in schäbigem Nesselstoff. Schrundige Köpfe mit glühenden, vor Hunger verbrennenden Augen. Steinalte Gesichter, vor der Zeit ergraut am Übermaß der Entbehrung und des Kummers. Alle schienen auf Nárrodys Ankunft geplant zu haben. Als sie ihn erblickten, stolperten sie ihm entgegen, gespenstisch stumm, betasteten ihn, griffen und langten in seine Taschen, wurmten um ihn herum in der Hoffnung, etwas Eßbares zu erheischen. Der Agent schubste die Lumpen von sich weg und rief aus: «Ihr müßt anständig euch den Speck verdienen zuerst!» Resigniert zogen sich die Schatten wieder zurück, ließen ihre ausgemergelten Körper auf die Habseligkeiten sinken, die sie bei sich hatten: Körbe, Kleidersäcke und zerbeulte Koffer.

Dann geschah etwas Seltsames, jedenfalls für Antonias Ohren: Der Agent redete plötzlich in einer anderen Stimme. Er sprach gänzlich ohne Akzent. Bei den Kindern hatte sich nämlich noch eine weitere Person aufgehalten, von der Antonia zuerst dachte, sie gehöre auch zu ihrer neuen Familie. Aber sie täuschte sich. Der junge, hübsch gekleidete Mann trat auf Nárrody zu. Die beiden umarmten sich wie Kriegskameraden und begannen eine vertrauliche Unterhaltung im Flüsterton.

«Paul, ich hab' die Schnauze voll von diesem Geschäft», sagte Nárrody, oder wie auch immer dieser Mann wirklich heißen mochte. «Die Margen sind nicht mehr das, was sie einmal waren. Die Zeiten sind schlecht. Weißt du, noch vor einem Jahr hab' ich pro Kopf und Nase das Vierfache gekriegt. Aber jetzt kostet allein die Fahrkarte nach Hamburg fünfeinhalb Billionen Mark. Wo das noch hinführt?»

«Hör auf zu jammern», versetzte der junge Mann, «rück lieber die Lappen raus. Ich will heut' noch über die Grenze.»

Nárrody drückte dem Burschen – er hatte schwarze Zähne – einen Packen Geld in die Hand und brabbelte etwas von Telegraphieren, aber nicht vor dem 26.

Während Antonia neugierig Mund und Ohren aufsperrte, ereignete sich noch etwas anderes, mindestens ebenso Seltsames: Sie verspürte plötzlich einen luftigen Zug im Nacken, etwas wie der warme Atemhauch eines Menschen. Im gleichen Moment hörte sie jemanden ihren Namen sagen. Dann noch einmal. Sie konnte sich unmöglich täuschen. Da stand jemand hinter ihr und flüsterte: «Antonia!» Sie erschrak, drehte sich um, zuckte wie ein Eichhörnchen nach allen Seiten, aber da war keine Menschenseele. Die Härchen sträubten sich ihr auf den schwanenweißen Unterarmen, und es fröstelte sie. Das konnte doch nicht sein! Jemand hatte ganz deutlich ihren Namen ausgesprochen. Sie schöpfte nach Luft, um sich von dem Schrecken zu erholen, ließ den Blick abermals durch die Bahnhofshalle wandern. Da starrte ihr ein Junge direkt in die Augen, als hätte er nur auf diesen einen, winzigen Moment gewartet. Ja, es war ein Junge, groß, mit unheimlich auffälligen Augen. Er stand ziemlich weit entfernt von ihr, am anderen Ende des Saals. Mehr konnte sie nicht erkennen. Denn als sie genauer hinsah, war er verschwunden, und im selben Augenblick klatschte der Agent in die Hände und rief: «No, Kinder, Zeit is', daß wir mechten inniger werden miteinander! Eine prächtige Familie sind wir!» Dabei zog er eine von den stinkenden Zigarren aus der Brusttasche des Gilets und biß ihr den Kopf ab.

Antonia luchste nach dem Punkt, wo der Junge gestanden war. Nichts. Das heißt: Zwei Dienstmänner mit blauen Mützen karrten einen hölzernen Überseekoffer in Richtung Bahnsteig.

2

Sehr aufregend war alles. «Fürchtermalfürchterlich» aufregend, hätte Veronika jetzt bestimmt gesagt. Schade, daß sie nicht mit dabei war, denn eine Neuigkeit jagte die andere, huschte an Antonia vorbei wie die Fluren, die Wälder, die Hügel im Waggonfenster. Je länger der Zug dahinschnaubte mit seinem unermüdlichen Da-damm-da-damm, desto mehr klarte der Himmel auf. Die Berge wurden weniger, und gegen Nachmittag verschwanden sie überhaupt. Es ging durch flaches, einförmiges Land entlang eines breiten, eisgrünen Flusses. Der Waggon war mit Menschen vollgepfropft und die Luft zum Schneiden. Viele Leute mußten stehen. Antonias Familie klebte zu acht auf der Holzbank, welche unter normalen Verhältnissen für vier Personen gedacht war. Die Kleinen kauerten auf den Knien der Großen. Nárrody, der in einem anderen Teil des Zugs reiste, sagte noch, man müsse froh sein, überhaupt einen Sitzplatz in der dritten Klasse ergattert zu haben. Die Zeiten seien schlecht. Und das stimmte auch, wenn es sich Antonia recht überlegte. Der Gedanke, im fensterlosen Güterwaggon um den Anblick dieser golddunstigen Herbstlandschaft gebracht zu werden, ließ sie die blauen Flecken und das Rückenweh vergessen. Dankbar war sie, am Fenster sitzen zu dürfen. Diese Dankbarkeit wollte sie auch zeigen, indem sie nicht wie Hedwig und Gretel alle halbe Stunde den Abort aufsuchte oder dauernd vom Essen lamentierte. Nein, sie konnte ein braves Kind sein, obwohl ihr der Magen laut knurrte, als sie sah, wie ein älterer Herr genüßlich an einem Marmeladebrot lutschte. Da mußte sie an Almas Tannenhonig denken. Das wär' das erste, worum sie die liebe Frau Amerika bitten würde: um ein Brot mit Tannenhonig drauf. Ach je, war das Leben schön!

Und einen Bruder hatte sie jetzt auch. Er hieß László. Eigentlich hieß er Karl. Aber der Agent hatte ihm den Namen László gegeben. Alle hatten sie neue, lustige Namen erhalten, und die galt es sich fest einzuprägen. Denn hin und wieder betrat Herr Nárrody den Waggon, um die Kinder mit abrupten Fragen zu überraschen: «Du, wie heißt du?» fuhr er zum Beispiel Hedwig an. Die Dumme sprach ganz einfältig die Wahrheit, und schon hagelte es eine Watsche mitten ins Gesicht. Ihr, Antonia, konnte das nicht passieren. Sie hieß jetzt Elza Batka. Sich das zu merken war kinderleicht. Selbst als sie wieder eingeschlafen war und von Balthasar träumte, wie er sich auf der Fensterbank vom letzten Sonnenlicht bescheinen ließ, als sie träumte, von der groben, fleischigen Hand des Agenten durch die Lüfte von St. Damian gewirbelt zu werden, selbst dann kamen ihr beim Aufwachen die Worte «Elza Batka!» wie selbstverständlich von den Lippen.

Gegen Abend gab es schließlich Zwieback, Käse und Süßmost. Die lieben neuen Verwandten stürzten sich drauf und putzten alles weg im Nu. Unappetitlich war es anzusehen. Hatten die keine Manieren? Bald hieß es wieder umsteigen in den nächsten Zug. Es mußte sich um eine sehr große Stadt handeln, denn die Decke der Bahnhofshalle war hoch wie die Wolken am Himmel, und es füßelten viele hundert Menschen wie Ameisen durcheinander. Ihre Stimmen klangen metallisch, sie redeten ein hartes Deutsch. Das schmeckte nach Rost.

In dem neuen Zug war reichlich Platz für alle, ja, so viel, daß jedes Kind eine Bank für sich allein in Beschlag nehmen konnte. Herr Nárrody reiste, wie er sagte, in einem anderen, noch viel armseligeren Abteil. Das deshalb, weil er ungestört sein mußte und Wichtiges zu erledigen hatte. Wie er überhaupt den ganzen Tag nichts als fleißig arbeitete. Im Abstand von etwa einer bis zwei Stunden ließ er sich im Waggon blicken, um nach der Familie zu sehen und den großen Katalog von Fragen und Antworten einzustudieren, der für alle überlebenswichtig sei, wie er mit ernster Miene sagte. Weil Herr Nárrody so besorgt war, dachte Antonia, durfte man ihn nicht enttäuschen, indem man die Antworten vergaß auf die Fragen, die er einem stellte:

«Wie heißt du? Wie alt bist du? Woher kommst du? Wie heißt dein Vater? Wie heißt deine Mutter? Kannst du lesen? Wieviel Geld hast du? Wer bezahlt die Überfahrt? Warum willst du in die Vereinigten Staaten?»

Am schwersten tat sich László mit der Beantwortung. Der Junge stotterte nämlich und war überdies nicht gerade ein Schlaukopf, wie Antonia feststellen mußte. Je bedrohlicher sich der Agent vor ihm aufbaute, desto heftiger fing László zu stammeln an. Bis dem Agenten der Geduldsfaden riß und er den Buben an den Haaren packte, zu Boden schmetterte und mit den Schuhkappen auf ihn eintrat. Er spitzte ihm die Absätze in Rücken und Rippen, wurde immer zorniger, weil László keine Ruhe gab, sondern nur noch verzweifelter stammelte. Bis er endlich verstummte und keinen Mucks mehr tat, sondern liegenblieb, ohne die geringste Bewegung.

Es war nicht das Mitleid, was Antonia für den Jungen einnahm. Freilich taten ihr die Schläge im Herzen weh, aber László hatte nun mal die Aufgaben nicht gemacht. Was sie empörte, war, daß Herr Nárrody es wagte, ihren eigenen Bruder zu schlagen. Da schwor sie sich ein zweites: Irgendwann und irgendwo werde sie es diesem bösen Menschen heimzahlen. Oh, sie konnte warten! Er mußte nicht glauben, daß sie ihm das jemals vergäße.

Und wenn er jedem einzelnen die Seele aus dem Leib herausprügeln müsse, tobte der Agent noch völlig außer sich, er lasse nicht ab, bis die Antworten wie aus der Pistole geschossen kämen. Hier handle es sich um keinen Sonntagsausflug. Ob das allmählich klar sei? Alle nickten mit geduckten Köpfen. Dann wandte er sich nach der Tür, stampfte davon, kehrte aber gleich wieder zurück, packte Hedwig beim Arm und führte sie fort. Es war das erste Mal, daß er Hedwig – eigentlich Márta – zu sich in das Abteil nahm, um ihr «mit Privatunterricht beizustehen», wie er sich ausdrückte. Als sie dann zurückkam mit strubbeligem Haar und einer dunkleren Stimme als sonst, roch sie wie er. Sie böckelte fürchterlich. Angenehm war das nicht.

In jener Nacht, als das Waisenkind Antonia Sahler nach Hamburg verbracht wurde, an die Elbe, wo die Schiffspassage ihren Anfang fände, stoppte plötzlich der Eisenbahnzug mit einem ohrenbetäubenden Quietschen. Antonia erwachte auf der Stelle, während ihre neugewonnenen Freunde wie Murmeltiere weiterschliefen. Sie wischte ein Sehloch ins beschlagene Fenster und äugelte hinaus. Der Morgen dämmerte schon bläulich in weiter, ebener Ferne. Der Zug hatte auf freiem Feld gehalten, jedenfalls war kein Haus auszumachen oder etwas, das an menschliches Leben erinnerte. Antonia verspürte das platzende Verlangen, den Abort aufzusuchen. Nach dem, was Herr Nárrody mit László angestellt hatte, wollte sie ohnehin kein gutes Mädchen mehr sein. Er hatte nicht verdient, daß sie ihr Bächchen artig zurückhielt. Nicht den kleinsten Funken ihrer Zuneigung hatte er verdient. Sie hätte ihn vielleicht gern gehabt. Vielleicht. Aber jetzt war alles verscherzt.

Die Kleine erhob sich von der Sprossenbank – die Glieder schmerzten, und der Kopf war ein großer Ballon –, schlurfte durch den Korridor, gewiesen vom kärglichen Licht der blanken Glühbirnen. Noch während sie ihr Geschäft verrichtete, fuhr der Zug ächzend an, beschleunigte und dröhnte bald wieder vom monotonen Räderschlagen. Erst wollte sie an ihren Platz zurückkehren, fühlte sich aber munter. Zu munter, um auf dem harten, unbequemen Lager wieder einnicken zu können. Warum nicht ein wenig durch den Zug spazieren, wo man schon einmal drin war? So schlenderte sie von Wagen zu Wagen, fing an, die Menschen zu zählen, die schlafenden, schnarchenden und die noch wachen. Tür um Tür öffnete sie, gelangte von der dritten in die zweite Klasse und schließlich in die erste. Staunte über den sich wundersam vermehrenden Komfort, je tiefer sie in die Korridore drang: daß die Holzbänke nunmehr blau gepolstert waren, die Glühbirnen heller prangten hinter geschliffenen Übergläsern. Daß die Aborte über blitzsaubere Porzellanmuscheln verfügten, über Spiegel, in welchen man sich von allen Seiten betrachten konnte, und über nach Kamille duftende Seifen: «So! Von jetzt an gehe ich auch auf den schönen Abort!» versprach sie ihrem Spiegelbild und zurrte die Haarmasche fester.

Als sie sich an dem ganzen Prunk satt gesehen hatte, machte sie kehrt. Auf dem langen Marsch durch die schwankenden Gänge befiel sie ein Anflug von Heimweh. Sie mußte an Balthasar denken und an die Schildkröte Ella. Was die jetzt wohl machten? An Alma, die's bestimmt nicht länger in dem schwarzen Sarg ausgehalten hatte und schon singend in der Küche zugang war. Sie dachte an Vater, der es niemals gestattet hätte, daß Herr Nárrody den Kindern Schwarzbrotrinde zu essen gab. Von einem zum andern schweiften ihre Gedanken, und wenn sie es recht besah, hatte sie von der Reiserei die Nase voll. Gleich morgen würde sie den Agenten bitten, sie wieder nach Hause zu bringen. Und überhaupt: Was sie der lieben Frau Amerika zu sagen hatte, konnte auch in einem Brieflein geschehen, das sie dem Nárrody dann zu treuen Handen überlassen würde. Oh, wie sehnte es sie nach dem Plätzchen neben Veronika! Wie hätte sie es jetzt ästimiert, in der Kälberkiste zu liegen, an die Decke zu schauen und sich Geschichten zu den flammenden Maserungen der Holzkassetten auszudenken!

Sie gelangte wieder nach der dritten Klasse, zerrte an den schwergehenden Türen, und da fiel ihr Blick urplötzlich auf ihn. Ihn, den Jungen vom Bahnhof. Den Jungen, der sie von hinten angesprochen hatte, der sie beim Namen kannte, der ihr etwas in den Nacken gehaucht hatte. Kein Zweifel. Er war es. Das zittrige, kümmerliche Licht reichte aus, um ihn wiederzuerkennen. Er schlief, dahingestreckt auf die Bank, das Gesicht unbedeckt, den Mund offen. Als Kopfpolster diente ihm sein Mantel. Aus den Wollsocken guckten die Zehen hervor. Neugierig trat Antonia näher, um das Antlitz des Jungen zu betrachten. Es dünkte sie, daß er ein merkwürdiges Gesicht hatte. Sehr kantig, mit einer breiten, kurzen Nase und hervorstehenden Wangenknochen. Das Seltsamste war die Haut. Es war eine ungesund aussehende, ledrige, fast gelbliche Haut, die sein Gesicht überzog. Der Junge hatte einen breiten Mund und übergroße Ohren. Das Schönste aber an ihm waren die Hände. Noch nie hatte sie einen Menschen mit so spinnenlangen Fingern gesehen. Es mußten sehr vornehme Hände sein, dachte sie. Der Anblick hatte etwas Beängstigendes und Anziehendes zugleich. Jedenfalls konnte Antonia nicht davon ablassen, sie begierig zu studieren. Immer wieder mußte sie den Blick auf diese Hände heften, auf die verdreckten Fingernägel, die Knöchelchen, die Handwurzeln.

Und merkte nicht, daß der Junge die Augen aufgetan hatte und sie anstarrte. Als sie das gewahrte, erschrak sie zu Tode, verlor das Gleichgewicht, kippte um und fiel auf den Hinterkopf. Sie fing an zu schreien, hell und gellend und stürzte davon, als müßte sie um ihr Leben rennen. Das Herz dröhnte ihr wie ein Bergwerk, und sie konnte die unheimlichen Augen nicht mehr loswerden. In ihrer Bestürzung kroch sie in Hedwig alias Márta hinein und stellte sich vor, daß es Veronika sei. Ja, sie verkrampfte sich förmlich in Mártas knochigem Leib. Es währte lang, bis sich ihr Kopf wieder geklärt hatte. Dann dämmerte sie weg, betäubt vor Müdigkeit, und als sie am Vormittag erwachte, hatte sie vergessen, worum sie den Agenten bitten wollte. Es fiel ihr beim besten Willen nicht mehr ein. Außerdem hieß es «Pressieren! Pressieren!» und den Koffer bereithalten.

3

Schau, Márta, das ist der Walfisch, wo der Monsignore im Katechismus erzählt hat. Er ist noch viel, viel größer als der Pilatuskopf!» überschlug sich Antonias Stimme, als sie die Kronprinzessin Cecilie am Schuppen 22 des Hamburger Hafens daliegen sahen. Majestätisch prangten die rotweißroten Schornsteine in der gläsernen Oktoberluft. Die ungeheure Massigkeit dieses Dampfers, seine immens hohe, rostbraune Stahlwand mit den nicht zu zählenden Bullaugen darin überragte selbst noch das Dach der Abreisehalle für die Auswanderer, wohinein der Agent seinen achtköpfigen Anhang schleifte. Jenö Nárrody schnarrte seine Sklaven an, nicht ein Jota von den exerzierten Verhaltensregeln abzuweichen. Wehe, eines lasse die Hand des andern los und verlaufe oder verirre sich! Wehe, eines rede, wenn es nicht gefragt sei! Und doppelt Wehe, eines verplappere sich im Namen, im verwandtschaftlichen Verhältnis!

Die Reisehalle übertraf alles bisher Gesehene. Sie hatte ein riesiges Glasfenster, das bestimmt vielmal größer war als die Kirchentür von St. Damian. Die Wände glänzten von blauen und weißen Kacheln und wurden von Bildern geziert, auf denen Schiffe zu sehen waren, gemalt in den buntesten Farben. Über dem Hauptportal stand in Schönschrift zu lesen: «Mein Feld ist die Welt.» Darunter hing eine kreisrunde Uhr, so groß, daß auf dem Zifferblatt das Gemüsegärtchen der Köchin Rotraud gut und gern Platz gefunden hätte.

Und die Menschen erst! Dieses heillose Durcheinander von Männern, Frauen, Kindern und Greisen. Die bärtigen Gestalten mit den schwarzen, knöchellangen Mänteln. Die farbigen Hüte der Damen und Fräuleins. Ihre schönen, roten Münder, ihre genervten Gesichter. Ihre entzückenden Kostüme mit den tiefen, modischen Ausschnitten. Die langen Perlenketten, die Lederstiefelchen mit den hohen Absätzen, die seidenen Sonnenschirme von himmlischer Farbigkeit. Dann wieder Leute in armseligstem Kleidzeug und derart ausgelatschten Schuhen, daß man sich wundern mußte. Ja, einige standen gar barfüßig da. Dann eine Familie mit lustig geschnittenen Augen, das Haar pechschwarz, fettig und verwahrlost. Verschossene Kopftücher und Schals. Vertragene Hüte und Melonen. Überall schreiende Wickelkinder. Überall Koffer, Körbe, Taschen, Rucksäcke, an denen Pfannen, Kessel, Kellen und Blechtöpfe baumelten. Alles schepperte und läutete zusammen wie die Turmglocken beim Angelus. Überall stolzierten honorige Mannsbilder herum, die Arme auf dem Rücken verschränkt. Das waren die Inspektoren, vor denen man Obacht geben mußte. Sie trugen hochstegige Mützen, hübsche Spitzbärtchen und Uniformen, deren Messingknöpfe einen nur so blendeten, wenn sie im Sonnenlicht blitzten ... Es war nicht zum Sagen!

Antonia kam aus dem Schauen nicht mehr heraus, weniger noch aus dem Hören. Diese hundertfältigen Geräusche, dieser schier unfaßliche, berauschende Klang! Stimmen erhoben sich, näherten sich ihr von allen Seiten und drangen in sie. Worte, deren Sinn sie nicht erfassen konnte. Ein Lachen, ein Scherzen, ein Geschrei und ein Weinen in zahllosen Sprachen und Dialekten. Grad wie das Durcheinander beim Turmbau zu Babel, von dem der Monsignore gepredigt hatte.

Fürs erste galt es, sich kerzengrad in die Viererreihe zu stellen und wie Lots Weib zur Salzsäule zu erstarren. Als die Menschenschlange nur zäh vorwärts ging, erlaubte der Agent den Kindern, sich ein Weilchen auf dem Gepäck auszuruhen. Je näher sie den Inspektoren kamen, die mit ernstem Gesicht jeden ausfragten und ihm ein Papier an den Mantel hefteten, desto aufgedrehter wurde der Agent. Er lächelte und scherzte immerzu, tätschelte seine Schwester, die jetzt Katalin hieß. Er streichelte sogar seinen Neffen László, klopfte ihm auf die

Schulter. Und mit György, dem Sohn, unternahm er einen harmlosen Boxkampf. Vielleicht war es das schöne, sonnige Herbstwetter, das ihn so vergnügt machte, überlegte Antonia. Noch ehe die Reihe an ihnen war, kam dem Národy aber eine sehr unangenehme Idee. Er hob sie, Antonia, auf den Arm und nuschelte und wuschelte durch ihr Haar. Er redete nicht, er schrie geradezu, so daß es der Inspektor einfach hören mußte: «No, meine Lilie, Blimchen, du! Bald wir steigen ein auf Schiff!»

Alles klappte wie am Schnürchen. Die Ledermappe mit den Dokumenten gefiel dem Inspektor, denn er war zufrieden und ließ alle passieren. László Batka hatte zwar seinen Namen wieder nicht herausgebracht, aber wenigstens geschwiegen und niemanden in Schwierigkeiten gebracht.

Dann hieß es wieder aufrücken und weitergehen in die nächste Halle, wo die Männer von den Frauen getrennt wurden, die Jungen von den Mädchen. Von dort ging es abermals in einen neuen Saal, wo einen freundliche Frauen mit strahlend weißen Schürzen und Hauben begrüßten. Sie sagten, jede müsse ihren Kopf entblößen, damit man herausfände, ob eine Laus darauf niste. Die weißen Frauen beherrschten viele Sprachen, und dennoch rochen die Worte, egal wie die Sprache klang, nach dem Medizinkoffer des Doktors aus Weidach. Schließlich mußte man sich aller Kleider entledigen. Als Nackebutz ging man in eine fensterlose Badestube, aus deren Decke plötzlich eiskaltes Wasser herausspritzte. War das entsetzlich!

Eine ältere, kahlköpfige Frau bemühte sich, die wütige Antonia davon zu überzeugen, daß sie nur als desinfizierter, das meint als gewaschener Mensch nach Amerika einwandern dürfe. Weil dort nämlich die Straßen so sauber seien, daß man Spiegeleier drauf braten könne. Antonia blieb stur. Da wurden die weißen, so freundlichen Frauen im Handumdrehen rabiat. Sie ergriffen das Kind und schrubbten es ab, von Kopf bis Fuß. Mit blau unterlaufenem, zornigem Gesicht kehrte Antonia von dem antiseptischen Bad zurück und stieg zittrig in ihre Kleider.

Nun, auch das ging vorbei, denn es gab eine warme Mahlzeit, und jedes Kind erhielt sogar etwas zum Schlecken. Das sei ein großzügiges Geschenk der Hapag, sagte Herr Nárrody. Verdient habe es der Sauhaufen nicht. Dann hieß es wieder warten, warten und noch einmal warten.

Am späten Nachmittag – die Sonne war eben verloschen, die Häuserfassaden im Hafen flirrten von türkisem Himmelsblau, das Wasser lag metallisch glatt – schiffte sich die Familie Nárrody auf dem Zwischendeck der Kronprinzessin Cecilie ein. Antonia erklomm mit sicherem Tritt die steile, hölzerne Landungsbrücke, stand vor der engen Lukentür, darüber sich der gigantische, stählerne Schiffsbauch aufblähte. Sie wandte sich noch einmal um, ob der Junge, der ihren Namen kannte, nicht vielleicht an Bord ginge. Dann tat sie einen kräftigen Satz, und – hups! – war sie wie Jonas vom Walfisch verschluckt.

4

Da zog sie hinaus, die Cecilie, mit rauchenden Schloten, dröhnenden Nebelhörnern und gellenden Typhonen, assistiert von vier Schleppern und einigen Barkassen des Norddeutschen Lloyd. Wanderte dem tintenblauen Horizont entgegen, an dessen Rändern schon die Sterne aufblinkten. Schnaubte und stampfte auf die offene See, beladen mit zwölfhundert Menschen und deren Sehnsucht nach dem gelobten Leben. Beladen mit reich und arm, vermögend oder verlumpt. Durch Klassen tunlichst voneinander geschieden, auf getrennten, übereinanderliegenden Decks mit eigenen Promenaden und einer halben Armee von Stewards, die dafür Sorge trugen, daß

Gleiche unter Ihresgleichen blieben. Auf dem Oberdeck Stahl- und Eisenbarone aus dem Brandenburgischen, Reeder aus Danzig, Textilfabrikanten aus Süddeutschland, Zecheninhaber aus dem Schlesischen, adlige Bonvivants aus dem ehemaligen Österreich-Ungarn, entmachtete Aristokraten und Hofschranzen aus St. Petersburg, Bankleute aus dem Hannoveranischen, Eminenzen aus dem Galizischen und so fort. Dann, im sogenannten Zwischendeck, dessen Sehfenster knapp über dem Wasserspiegel lagen, die Passagiere der dritten Klasse. Menschen, die alles und sich selbst verloren hatten, deren letzte Hoffnung diese Passage war: weißrussische Juden aus der Gegend um Minsk, die einem Pogrom nur knapp entkommen waren und deren Kinder jedesmal, wenn sich eine Tür öffnete, zusammenschraken. Halbverhungerte Bauern aus dem einstigen Bessarabien, welche von der rumänischen Regierung enteignet worden waren. Verwahrloste litauische Grubenarbeiter. Ungarische Studenten, die um ihrer demokratischen Gesinnung willen verraten wurden. Ihrer Stellung verlustig gegangene Dienstmädchen aus Warschau. Kleinhäusler aus Breslau. Hopfenbrocker aus Mähren, deren Ernte durch einen Jahrhundertsturm verwüstet war. Marketender aus Riga, eine Schaustellerfamilie aus Posen. Juden aus allen Teilen des Alten Rußland, Hutterer aus Böhmen und Österreich, Wiedertäufer aus der deutschsprachigen Schweiz, Amische aus dem Elsaß, Mennoniten aus den niederrheinischen Gebieten und so fort.

In den stickigen und salzig feuchten Schlafsälen, wo die Schiffsgesellschaft diesen «elenden Auswurf», wie sich Nárrody ausdrückte, in Gruppen zu je fünfzig Personen unterbrachte – sie hausten auf dreistöckigen Rohrgestellen, die kaum als Betten zu bezeichnen waren –, entdeckte Antonia eine wahre Fundgrube an Tönen und Geräuschen. Ein Schlaraffenland der Stimmen. Das Tausendundeine-Nacht der Klänge.

Es war die unermüdliche, kindliche Neugierde – das Stolpern von einer Impression in die andere, die rauschhafte Genußsucht des Ohrs –, welche Antonia erst gar nicht zur Besinnung kommen ließ. Zu beschäftigt war sie mit der Fülle des Moments, als daß sie hätte – wie all die andern – in die Zukunft grübeln mögen. Dazu war einfach nicht die Zeit. Und vielleicht war es genau dieses Betrunkensein vom Gegenwärtigen, das sie betäubte und den Ernst ihrer Lage nüchtern nicht erkennen ließ. Ihre ganze Aufmerksamkeit verschenkte sie ans Zuhören.

Und sie konnte nicht satt werden davon: Es böhmakelte, es jiddelte und berlinerte. Es schwäbelte und kölschte. Es fränkelte, sächselte und wienerte. Es babbelte und mauschelte. Es säuselte, krächzte, ruckste und radebrechte. Es palaverte und parlierte, stammelte und weinte. Es schweinigelte und fluchte. Es schwieg, und es schnarchte.

Was hätte Veronika, was hätten erst Amalie und Magdalena für Augen gemacht! Und der Halblehrer Eisen! Selbst der Kolumban wär' vor lauter Neid zerplatzt! Mit diesen Gedanken schlummerte sie ein, zog den abgenagten Tannzapfen unterm Hemd hervor, den sie mitgeschmuggelt hatte, und roch daran.

Und sie machte sich ganz dünn und legte sich steckengrad auf ihre Pritsche: Denn er war wiedergekommen, der Beschützer, der Schutzengel Michael. So verschlief sie behütet die erste Nacht auf der Kronprinzessin Cecilie, während etliche seekrank wurden, sich erbrachen und überhaupt kein Auge zutaten.

5

Eine lustige Zeit wurde das auf dem Ozeandampfer! Zwar stank es am Morgen nach Erbrochenem, und einige Passagiere nahmen es mit dem Abort nicht so genau, zwar gab es am Mittag gedünstete Kartoffeln und gebratenen Hering, am Abend gebratene Kartoffeln und gedünsteten Hering, zwar schnauzten einen die Matrosen an, wenn man an der Reling herumturnte, aber die Stunden verstrichen wie ein Augenblick. Kaum war es Morgen, war es auch schon wieder Mittag. Kaum war es Mittag, ging schon wieder die Sonne unter.

Freilich, am ersten Tag schnupperten noch alle etwas scheu und wortlos aneinander herum. Man war sich eben noch fremd. Doch nach dem Mittagessen, das jeder in seinem mitgebrachten Teller oder Blechnapf fassen mußte, sangen die Deutschen «Am Brunnen vor dem Tore». Die Russen ließen sich nicht lumpen und sangen ihrerseits Volkslieder in Moll, und so ging es von Land zu Land. Es war herrlich zuzuhören, und wie gern hätte Antonia «Guter Mond» zum besten gegeben, aber der Mut wurde ihr klein, und außerdem paßte es nicht zum Mittagstisch.

Ihr Augenmerk, ihre ganze Zuneigung aber galt einem Instrument, in dessen samtig dunklen Klang sie auf den ersten Ton verschossen war. Es handelte sich um eine Klarinette. Sie gehörte einem Mann, der bereits am Vorabend ihr Interesse geweckt hatte. Der schwarzbärtige Mensch – trotz Melone kaum einen Kopf größer als sie –, nahm die Mahlzeiten nämlich nicht wie die andern ein. Er schlang und würgte nicht wie die Hopfenbrocker und die Posener Zirkusfamilie. Er soff nicht wie die Russen. Er knauserte nicht wie die Schwaben, die selbst noch die Fischgräten in ihre Sacktücher wickelten.

Nein, zuerst wusch er sich umständlich die Hände und quakelte unverständliches Zeug. Er hatte ein hohes Organ, aber es roch nach frischen Tannennadeln. Man durfte sagen: Seine Stimme war grün und anheimelnd.

Der Klezmer und Geflügelschächter Berl aus dem russischen Städtchen Slutsk war so klein von Statur, daß er wie die Kinder auf Zehenspitzen durchs Bullauge spähen mußte. Bloß: Wenn er durchs Fenster guckte, sah er immer Dinge, die kein anderer vor oder nach ihm sah. Das war sehr ärgerlich.

«Tu a Kuck, do reitet a Dolphin!» schrie er einmal mit seiner quarrenden Stimme, raffte Antonia hoch und deutete auf die blanke, glatte See: «Grod senen sey noch do geweyn. Dos tut mir leid.» Ein andermal sagte er: «Sich ain her! Dortn droißendik geyt a Malech oif'n Wasser ariber, a Engele.» Das konnte aber nicht sein, überlegte Antonia, und sie ging dem Berl diesmal nicht auf den Leim. Der Engel wärmte ihr ja gerade den Rücken.

«Wos? Du gleibst mir nischt, Maidl?»

«Nein-nein!» entgegnete sie mit verpreßten Lippen.

«Du gleibst nischt dem Berl, dem Son von dem barimten Chasn Chaim Mendel von Gomel, wos hot gesungen vor dem Zar, dem zweiten Nikolaus?»

«Nein-nein-nein!» Sie schüttelte den struppigen Blondschopf, strahlte Berl mit taubenblauen Augen an, legte die Stirn in Falten und setzte eine schulmeisterliche Miene auf. Da mußten beide gleichzeitig so von Herzen herauslachen, daß die Umstehenden von diesem Lachen angesteckt wurden und ebenfalls unverhohlen damit anfingen.

Es war, als hätten sich die schwerhängenden Wolken der Vergangenheit und die heraufdräuenden Nebel einer noch ungewissen Zukunft für einige Minuten frag- und sorglos gelichtet. Man lachte, weil es das Wertvollste war, das man von der Alten Welt herübergerettet hatte. Und man lachte vielleicht auch, weil man plötzlich wieder grundlos lachen konnte.

Die Klarinette war es – im Grunde die Musik –, welche die Freundschaft zwischen Antonia und Berl besiegelte. Dieses so melancholisch tönende Instrument, das urplötzlich spaßig daherdudeln konnte. Antonia gab der Klarinette des Berl einen Namen: Sie hieß jetzt Veronika. Bei den Mahlzeiten suchte das Kind fortan die Nähe dieses zwergenhaften Mannes mit der Stupsnase und dem lustigen Zwicker drauf. Selbst beim Essen zog Berl seinen knöchellangen, pechschwarzen Mantel nicht aus, geschweige, daß er die schmierige Melone jemals vom Kopf genommen hätte. Als es Freitagabend wurde, brachte er Antonia bei, wie man die Königin Schabbat zu begrüßen hat. Er reichte ihr zwei Kerzen, die sie selber anzünden durfte. Danach mußte sie die Augen mit den Händen bedecken und ein stilles Gebet sprechen für das Wohlergehen ihrer Familie. Mit innigem Ernst und Fleiß war sie bei der Sache.

Die weite Ozeanfahrt brachte auf dem engen Zwischendeck die Menschen einander näher. Es wurden Freundschaften geschlossen, Adressen und gar Telephonnummern ausgetauscht, Schwüre getan, sich im weiten Amerika nicht aus den Augen zu verlieren. Es verliebte sich ein ungarischer, pausbäckiger Student in ein polnisches, blondgezopftes Dienstmädchen. Es starb eine Frau aus Podolien, deren Leichnam auf einer Rutsche dem Meer überantwortet wurde. Berl spielte für ihre Seelenruhe. Es wurden die ungeheuerlichsten Geschichten darüber ausgestreut, welch ein Schlaraffenland Amerika sei. Es machten Photographien die Runde von zu Prosperität und Reichtum gelangten Verwandten. Sie zeigten Menschen, vor großen Automobilen posierend, mit stolzen Gesichtern und aufblitzenden Zähnen. Das habe der und der binnen eines halben Jahres zuweg gebracht, hieß es lakonisch.

Eines dieser Bilder zeigte ein junges, sehr hübsches Fräulein mit vereistem Lächeln. Es saß mit ausgestreckten Beinen auf dem Stamm einer fast waagrecht in den Strand hinausschießenden Palme. Das Fräulein trug ein kurzes, schneeweißes Kleid in Glockenfasson. Bei dem Schnappschuß handle es sich um ein Bild ihrer besten Freundin, die ihr bereits nach Miami vorausgeeilt sei, babbelte eine Fädlerin aus Mainz. Dann las sie mit glitzernden Äuglein die Bildunterschrift vor: «Sat's se way to get se coconut!» Natürlich wollte die Fädlerin damit zeigen, daß sie ein makelloses Englisch sprach. Und weil ihr niemand Beachtung schenkte, wiederholte sie den Satz mehrere Male laut, ja beinahe erbost.

Das, was alle zusammenschmiedete, war die lose Zukunft. Daß sie alle in einem Boot saßen mit der mehr oder minder berechtigten Hoffnung auf ein besseres, freies Leben. Und sosehr sie sich an ihren fast hanebüchenen Utopien berauschten, so wenig glaubten sie daran.

Denn die vom stetigen Brummen der Turbinen erfüllten Nächte erzählten die Geschichten anders und wohl auch offenkundiger. Was litten diese Menschen in ihren Stockbetten an Alpdrücken! Wie oft schrien Kinder und Erwachsene im Schlaf, wenn das Riesenschiff auf einer Welle querschlug und mit leichter Schlagseite in ein Wellental hinabsank! Welche Erinnerungen wogten dergestalt in ihre Seelen hinein? Welche Bilder erschuf das Nebelhorn in ihren ungezählten Angstträumen? Welche das Stampfen der Dampfkondensatoren? In welche Gedanken wurde der auf- und abebbende Klang der Schiffskapelle gestanzt, zwei Decks darüber? In welche der ferne Klang der Walzermusik und des Charleston mit seinem lebenssüchtigen, synkopierten Rhythmus? Wurde die Wohnungstür abermals von der Meute eingetreten? Wurde der Vater, der Onkel, der Bruder ein zweites Mal am Bart durch den Rinnstein des Schtetls geschleift, bis ihm die Kinnhaut abschilferte und das Blut floß? Prasselte die Synagoge erneut im tosenden Feuer? Brauste der Orkan noch immer über die erntereifen Felder? Ersoff das mit irren Augen brüllende Vieh noch einmal?

Bei aller Verzweiflung, die diese Menschen litten – lag das

Grauen doch erst hinter ihnen –, sie menschelten trotzdem. Drum gab es auch viel Kurioses zu hören, Komisches zu sehen und Lachhaftes zu erleben.

Wie etwa die Episode mit jenem Bierbrauer aus Göppingen, der die Passage angetreten hatte, um in Dubuque, Iowa, einen Biergarten zu eröffnen, gemeinsam mit seinen drei Brüdern. In Wahrheit sei er reich, schwäbelte der untersetzte Mann mit dem bulligen Brustkorb. Reich sei er wie der König Midas, Sohn des Gordios und der Kybele. (Es handelte sich bei dem Herrn um einen humanistisch gebildeten Bierbrauer.) Er habe es nämlich gar nicht nötig, in der dritten Klasse zu reisen. Das wirklich nicht. Er tue es bloß aus Vorsicht, eigentlich aus geheuchelter Bescheidenheit. Das Leben habe ihn eines Besseren belehrt, sintemal sich die Göppinger durch den schamlosesten Neidcharakter auszeichneten, der ihm jemals untergekommen ...

«Du und reich? Wer's glaubt, wird selig, du Knallkopf!» grunzte ihn eine höhnische Stimme an. Das aber erzürnte den Benno – so hieß er mit Namen –, und er bat sich zum ersten das Siezen aus. Zum zweiten, den Knallkopf zu bereuen. So duzte und siezte es eine Zeit wortstark auf und ab, bis man den Benno dahin brachte, einen Beweis seines Reichtums vorzulegen. Das tat er, obwohl ihn das Leben eines Besseren belehrt hatte. Aus seiner abgeledertern Jacke zog er ein Büschel Dollarnoten hervor, nicht viele, aber es langte, die Neider verstummen zu machen. Am folgenden Morgen, in aller Herrgottsfrühe, lief der Benno lärmend durch die Schlafsäle des Zwischendecks. Sein einziges und letztes Geld sei weg, schrie er wie am Spieß. Antonia nannte ihn fortan den Siez-Benno, und gegen Mittag erfreute sich der Spitzname bereits allgemeiner Beliebtheit.

6

Als Márta und László in ihre Stockbetten krabbelten, rochen sie nach Nárrodys Veilchenwasser. Es war kurz vor Mitternacht. Im Schlafsaal summte und brummte es behaglich von den unterirdischen Motoren. Aus dem Ritz-Carlton, dem Schiffsrestaurant, bröselte hin und wieder ein Klang von Tanzmusik herab.

Wer jetzt noch promenierte, auf dem Lidodeck oder dem beengten, halboffenen Deck der dritten Klasse, der durfte sich einer geradezu unbeschreiblich schönen Mondnacht hingeben. Ein Sternenhimmel von grandioser Tiefe mit seinem milliardenfach kalten Licht spannte sich über den nördlichen Atlantik. Die Kronprinzessin Cecilie pflügte durch eine See von so geringer Dünung, daß man glauben mochte, festen Boden unter den Füßen zu haben. Nur manchmal erstand ein leiser Windzug, gefolgt von zarten Kräuselwellen. Aber die Wellen hielten so flach, daß ihnen kaum geschäumte Kämme erwuchsen. Der Mond war so klar, daß man sein Gebirge erkennen konnte, und er goß ein beinah gleißendes Licht auf das spiegelglatte Meer herab. Freilich, die Luft stand in winterlicher Kälte, da der Kurs ja gegen Norden hielt. Am Vormittag war es bei phänomenaler Fernsicht an einer wie eine rote Mauer aus dem Meer aufschießenden Insel vorbeigegangen. Gegen Nachmittag wurden zum letzten Mal Seevögel gesichtet. Nun würden endlose Tage in der völligen Wüstenei des Meeres folgen.

Antonia lag noch wach, als Márta und László zurückkehrten und ihre geschändeten, verratenen Körper unter der Bettdecke begruben. Der Agent machte keinen Hehl mehr aus seinem wahren Charakter. Wenn er sich auf dem Zwischendeck blicken ließ, fiel einem als erstes auf, daß er nobel gekleidet war und glattrasiert. Er trug jetzt einen Frack, weiße Handschuhe und einen Zylinder. Er redete akzentfreies Deutsch, und er patschte zudringlich am Leib der 17jährigen Márta herum. Einmal lachte er und sagte, daß er dem Herrgott für diese üppigen Paradiesäpfel danke. Und es sei schon ein Geheimnis, daß eine Jungfer anders rieche als eine Witwe.

In dieser Nacht mußte der Unterricht besonders schrecklich gewesen sein, resümierte Antonia. Daß er den ganzen Tag wie ein Berserker schuftete, glaubte sie dem Agenten schon lange nicht mehr. Daß er in der allerschäbigsten Kajüte hauste, daß er furchtbar allein war und es nicht so lustig hatte wie sie, die sie unter netten Menschen sein durften, daß er in den Nächten vor Kummer kein Auge zutat, weil er nur an das Wohlergehen seiner Kinder dachte … nein, das alles kaufte sie ihm nicht mehr ab. Sie wußte, daß er oben bei den feinen Leuten reiste, daß die Betten blau gepolstert waren und die Aborte Kamillenseife hatten und Spiegel, in welchen man sich von allen Seiten anschauen konnte.

«Halt's Maul und hör auf zu flennen! Es ist ja vorbei!» zischte Márta den bitterlich weinenden László an. Und sie drohte ihm mit tränenerstickter Stimme: «Wenn du keine Ruhe gibst, holt dich die Berghexe und schneidet dir die Hände ab!»

László weinte noch aufgelöster, schluckte und gluckste. Das Büblein wand und krümmte sich vor Schmerzen und war nicht in der Lage, grade im Bett zu liegen. Einen Stein konnte das erweichen. Wie schlimm aber die Blessuren wirklich waren, sollte erst der Morgen ans Licht bringen. Das Bettlaken zeigte blutige Flecken.

Ach! Wie konnte man bloß so ein Esel sein und die Antworten einfach nicht im Kopf behalten! zürnte Antonia mit László. «Erstens: Ich heiße László Batka. Zweitens: Ich bin neun Jahre alt. Drittens: Ich bin mit meiner Familie aus Ungarn geflüchtet. Viertens: Mein Vater hieß János Batka. Sie haben ihn erschossen. Fünftens: …»

Aber der Junge weinte nur noch lauter und noch verzweifelter. Da wurde ihr selbst das Herz auf einmal so schwer, daß sie sich keinen Rat mehr wußte. Und sie hielt sich die Ohren zu und schwor zum dritten Mal, daß sie es dem Nárrody irgendwann heimzahlen werde. Der solle sich bloß nicht zu früh freuen! Dann vergrub sie wieder das Haupt unterm Kopfkissen, weil es nicht nötig war, daß man selber auch noch losheulte. Und schließlich tat sie etwas, das zum Wunder dieser Nacht wurde. Nicht bloß für László und Márta, sondern für alle in dem Schlafsaal IV auf der Kronprinzessin Cecilie.

Antonia sprang von der Pritsche herab, setzte sich auf Lászlos Bettkante, sammelte sich und fing zu singen an. Hatte sie nicht auf diese Weise einmal ihre Schwester getröstet? War es ihr nicht damals gelungen, durch das Singen die Sonne wieder scheinen zu lassen? Sollte es jetzt nicht auch möglich sein?

Erst klang die Stimme unsicher und dünn. Jemand rief: «Ruhe, Herrgottnochmal!» Und das machte ihr merkwürdigerweise erst richtig Mut. Die Hände wurden ihr warm, der Schweiß verklebte das Nachthemd am Rücken, und ihr Herz pochte laut in den Schläfen. Und es war, als lauschte Antonia der eigenen Stimme. Sie hörte sich gewissermaßen selber zu. Unsicher noch und ängstlich, der Ton könnte mißglücken, die Worte ihr entfallen. Dann aber wurde ihr kleiner Sopran voller, und der Klang aus dem Herzen dieses Mädchens stahl sich anheimelnd in die Ohren der schlafenden oder noch wachen Passagiere. Antonia empfand sich plötzlich so aufgeräumt und sorglos. Wie selbstverständlich fügten sich die Töne zur Melodie. Die Musik mußte nicht erst gefunden werden. Sie war da. Nichts konnte schiefgehen, nichts falsch gemacht werden. Ja, man mußte nicht einmal darüber nachdenken. Es war so kinderleicht: einfach nur singen.

> Frau Wirtin hatte auch ein Huhn,
> das tat, was sonst nicht Hühner tun:
> Es gackerte und pickte

und stellte selbst dem Hahn ein Bein,
dieweil er Blümlein pflückte.

Ein Lied ums andere, was ihr grad in den Sinn kam, sang Antonia Sahler. Und es wurde totenstill in dem Schlafsaal. Einige erhoben sich, um nach dem Ort zu spähen, von wo die seraphische Stimme herdrang. Eine Frau zwickte ihren schnarchenden Mann in die Nase. Eine andere fing an, ihr Kind zu stillen. Wieder andere lagen mit offenen Augen auf der Pritsche, hielten den Atem an, spitzten die Ohren, um ja keinen Ton dieser kostbaren Musik zu versäumen.

Und als sie so lauschten, fühlten sie sich unmerklich an die Orte und Plätze ihrer Kindheit getragen. Sahen sich faulenzen an den Frühlingsufern der Moldau, des Dnjepr, der Oder und der Havel. Guckten in den Augusthimmel, deuteten Fabeltiere in den sich aufwerfenden Wolken eines nahenden Gewitters. Rochen jäh wieder das Haar und den Schweiß des ersten geliebten Menschen, an den sie nie mehr gedacht hatten. Ja, sie meinten, den Geruch wirklich an ihren Händen zu schmecken und wieder auf den Lippen zu haben. So nah waren auf einmal Mitja, Sascha, Anika, Katjuscha, und wie sie sonst noch heißen mochten.

Sogar der Siez-Benno verdrückte eine Träne. Aber nicht, weil er seines ersten Abenteuers gedachte oder weil ihn Antonias Stimme so berührte, sondern weil er einsehen mußte, daß das Leben nicht aufhören mochte, ihn eines Besseren zu belehren: Nicht bloß die Göppinger waren verdorbene Neidcharaktere. Diese furchtbare Erkenntnis drückte ihm glatt noch mal auf die Tränendrüsen, und er greinte in sich hinein.

Antonia sang mit blühender Stimme und glühenden Wangen. Sie entwarf eine geschickte Dramaturgie der Lieder. Von den lustigen ging es zu den traurigen und dann wieder zu Heiterem. Enden sollte der Vortrag mit Almas Gedicht vom Bären. Eine Schauspielerin war geboren, das ist wahr.

Sie stimmte eine neue Weise an, und da geschah etwas, das selbst ihr für Augenblicke die Stimme zuschnürte. Die erste Strophe war noch nicht zu Ende, da kroch ein leiser, samtiger Klang in ihr Ohr. Berl hatte sich mit «Veronika» dazugesellt und improvisierte eine zweite Stimme, so wundervoll und traurig, daß Antonia beim besten Willen nicht mehr in den Text zurückfand. Der zwergenhafte Mann, der Mantel und Melone auch beim Schlafengehen nicht abnahm, trat näher, nickte mit der Klarinette dem Mädchen zu, doch ungeniert fortzusingen. Und so entspann sich ein Duett, von dessen Wohlklang und Schönheit die Menschen derart ergriffen waren, daß sie noch tagelang davon schwärmten. Das Lied, welches Antonia angestimmt hatte, gehörte einzig und allein László. Gehörte ihrem Bruder, dessen Schluchzen – sie hatte es gar nicht bemerkt – verstummt war.

Irgendwo auf der Welt gibt's ein kleines bißchen Glück,
und ich träum' davon in jedem Augenblick.
Irgendwo auf der Welt gibt's ein bißchen Seligkeit,
und ich träum' davon schon lange, lange Zeit.
Wenn ich wüßt', wo das ist, ging' ich in die Welt hinein,
denn ich möcht' einmal recht so von Herzen glücklich
    sein.
Irgendwo auf der Welt fängt mein Weg zum Himmel an,
irgendwo, irgendwie, irgendwann.

7

Am sechsten oder siebten Tag der Überfahrt – auf der endlos gleichförmigen See verliert man rasch das Zeitgefühl – gab es eine große Aufregung im Schlafsaal IV. László war verschwunden. Das Bettzeug seiner Pritsche war unberührt geblieben. Lautsprecher verkündeten auf dem ganzen Schiff, wie sehr sich der Onkel Nárrody Sorgen mache und daß sich der Junge, wo immer er sei, ganz schnell beim Personal melden solle. Weder der Aufruf, durchgegeben im Abstand von einer Stunde, noch das fieberhafte Suchen führten zum Erfolg. László ließ sich nicht mehr blicken. Herr Nárrody schäumte, obwohl ihm ein netter Mann von der Besatzung tröstend auf die Schulter klopfte. Vor lauter Wut vergaß Nárrody sogar den ungarischen Akzent, und da stutzte der Steward ein wenig.

Ach, es werde sich alles wieder finden, sagte der Steward. Das sei schon ein paarmal vorgekommen, daß sich so ein Lauser irgendwo im Maschinen-, Proviant- oder gar im Kühlraum versteckt hätte. Aufgetaucht sei noch jeder. Mit diesen Worten salutierte er und tänzelte dem Aufgang zu. Als er weg war, ging das Donnerwetter erst richtig los. Nárrody kläffte und blaffte wie der Spitz vom Adlerwirt, wenn er vom Kolumban und seinen Brüdern scharfgemacht worden war. 35 Dollar habe ihn das Ticket gekostet, belferte er. Nichts außer Undank und Scherereien! Falls die Ratte auftauche, solle man ihn unverzüglich rufen. Ob das jeder kapiert habe? Alle nickten.

László war doch ein Schlaumeier, überlegte Antonia, da er am folgenden Tag noch immer nicht gefunden werden konnte. Und es erfüllte sie mit stiller Genugtuung, daß der Agent von Tag zu Tag hilfloser wurde. Einmal weinte er sogar und hatte plötzlich ein schönes Gesicht. Gerüchte über Lászlos Verbleiben machten die Runde. Dies und jenes wurde geredet. Was Antonia ärgerte, war, daß ihr László nicht gesagt hatte, wo er sich versteckt hielt. Auf einen Bruder war halt eben doch kein Verlaß.

Die Zeit auf der Kronprinzessin Cecilie neigte sich ihrem Ende zu. Das war deutlich zu spüren, ohne daß es einem gesagt werden mußte. Die Menschen gerieten in Unruhe. Es wurde nervös in Taschen, Körben und Säcken gekramt, gewühlt, genestelt und gesucht. Es wurde gepackt, umgepackt und wieder ausgepackt. Als man nach Einbruch der Dunkelheit den Leuchtturm und die Lichter von St. Johns auf Neufundland herüberlugen sah, schrien einige Dummköpfe, die Fahrt sei zu Ende. Dabei wußte jedes Kind, daß man noch zwei Tage unterwegs sein würde.

Am liebsten vertat Antonia die Zeit mit Berl. Es waren unbeschwerte Stunden, ihm und seiner traurigen «Veronika» zuzuhören. Nach dem Aufwachen betete sie, wie er ihr beigebracht, das «Mode ani», das heißt, sie bedankte sich in ihren rheintalischen Worten bei Gott, daß die Seele wieder zurückgekehrt war. Man wusch sich rituell die Hände; zum Glück verlangte der liebe Gott keine Gesichtswäsche von Berl! Antonia lauschte gebannt den unverständlichen Worten, wenn Berl das nachmittägliche «Mincha» brabbelte oder das Abendgebet.

Sooft es die Witterung erlaubte, flanierten die beiden Freunde auf dem Promenadendeck auf und nieder. Er, die Arme auf dem Rücken verschränkt, die Melone tief in die Stirn gezogen. Sie, die Arme auf dem Rücken verschränkt, den Schal um Kopf und Hals gebunden. Denn es kündigte sich ein Wetterumschwung an. Eine mäßige Brise stand auf, und die Wellen wurden allmählich länger, ihre Kämme brachen schon. Der Himmel braute sich ein Süppchen zusammen. Meer und Wolken verrührten sich in einen grauen, fast lichtlosen Brodem.

Dann erzählte Berl Geschichten aus seinem Heimatstädtchen Slutsk, einem Örtchen, durchzogen von einer ungepflasterten, matschigen Hauptstraße, die von zwei oder drei Nebensträßchen gequert wurde. Daß er nie ein Schächter habe werden wollen. Das zuletzt! Ein Chasan wollte er sein und in der Synagoge von Gomel singen, der prächtigsten von allen dreißig, weil sie von der Spitze bis zur Türlaibung mit Gold bedeckt war. Aber wie das Schicksal halt so spiele: Sein Vater, der berühmte Chaim Mendel, sei zu der Überzeugung gelangt, daß Berls Stimme nicht zum Kantor tauge. Schon eher, um die Frösche beim Dreiwäldchenteich zu erschrecken. Der Vater habe oft mit Gott, dem unaussprechlichen Gott, gehadert, weil er die Zwergwüchsigkeit des einzigen Sohnes nicht habe verwinden können. Wie dem auch sei, die Musik hätte ihn, Berl, dennoch nicht losgelassen. Zuerst wünschte er, ein Klaviervirtuose vom Rang eines Eugen d'Albert zu werden, wogegen der Vater mit triftigem Grund eingewandt, daß Klavierspielen eine Sache für Mädchen sei und daß man ein so plumpes Instrument nicht dauernd von einem Pogrom zum andern schleppen könne, von Minsk nach Pinsk. Er solle sich drum ein leichteres Instrument aussuchen. Das habe er auch getan und sich zu den Klezmerim gesellt, was freilich eine Schande war und den Vater völlig gegen ihn aufgebracht hatte.

Nun, so sei er von Hochzeit zu Hochzeit getappelt, und da es wegen dem Plündern und Morden immer weniger Leute seinesgleichen gab, die heiraten mochten oder Kinder kriegen, habe er angefangen, koscher Fleisch zu machen. Leben mußte man schließlich von etwas.

«Weißt du, Maidele», sagte Berl und guckte Antonia mit seinen müden, nußbraunen Augen an, «wenn ich hob dem Hindl oifgeschnitten dos Gergele, hob ich miss'n gedenken far mein Reisel. Sichroine livroche! Do hob ich alles aweckgeworfen und farlossen und mich aingeschifft gen Amerika.»

Wenn er von Reisel erzählte, schmiegte sich ein fast melodiöser Klang an seine Stimme. Sie verlor den quakenden Ton, der die Frösche beim Dreiwäldchenteich so erschreckt hatte. Und einmal, als er so an der Reling lehnte, lang nichts mehr sagte, sondern stumpf vor sich hin brütete, hob er plötzlich voller Zorn seinen Arm und schrie: «Gott, haSchem jisbarech! Far wos hot dos Lebn nischt kein Sinnen? Far wos muss ich bleibn lebn? Reisel!! Wu bist du!?»

Da roch Antonia Sahler plötzlich wieder Mutters Brüste,

schmeckte Almas Milch, und ein furchtbares Heimweh überfiel das Mädchen. Gottlob bimmelte es zum Abendessen – gebratener Hering mit gedünsteten Kartoffeln –, und das zerstreute dem Kind seine trüben Gedanken.

Während sie lustlos und voller Langeweile in den Kartoffeln herumstocherte – die Schwaben wickelten schon die Fischköpfe samt Gräten in ihre Sacktücher –, kam ihr eine, wie sie fand, recht vernünftige Idee. Auf László brauchte sie nicht zu warten. Der schwamm ja mit den Fischen durch die Nacht, wie Berl gesagt hatte. Zum Spielen käme der heute bestimmt nicht mehr. Warum also nicht ein wenig durchs Schiff spazieren, wo man schon einmal drauf war?

Sie pässelte einen günstigen Moment ab, um irgendwie auf das obere Promenadendeck zu gelangen, woher noble Musik drang. Das war nicht so einfach, weil alle Aufgänge des Zwischendecks von Männern mit adretten Uniformen bewacht wurden. Und das waren sehr gewissenhafte Männer, die ihre Arbeit liebten und drum ein wachsames Auge hatten. Mit Raffinesse stahl sie sich an den Posten vorbei, und eh sie sich versah, stand sie unverhofft in einem langen Korridor, dessen Wände mit rotem Samt ausgeschlagen waren. Die Knäufe an den stetig auf- und zuschwingenden Glastüren waren vergoldet.

War das ein Kommen und Gehen! War das eine Augenweide! So viele Herrschaften auf einmal hatte Antonia noch nie gesehen. Herren mit glattgelegten Frisuren und gelben Nelken im Revers führten grüne und blaue Luftballons spazieren. Fräuleins wehten durch Türen heraus und wieder hinein, gekleidet in die zartesten, luftigsten Kleider, die man sich ausdenken konnte. Sie hatten rote Münder, farbige Augenlider, trugen Diademe im Haar oder Topfhütchen, und ihre «Paradiesäpfel» wogten vor Atemlosigkeit putzmunter auf und nieder. Einfach köstlich! Drinnen, im Ritz-Carlton, spielte die Schiffskapelle. Es wurde getanzt und gegessen. Hell prangende Kandelaber hingen von der Decke. Alles blitzte und glänzte, strahlte und funkelte. Ergötzlichkeiten ohne Ende.

«Fräulein, bitte! Please! S'il vous plaît! Äh ... Priwjet!» hörte Antonia hinter sich eine Stimme. Geistesgegenwärtig zielte sie auf die erstbeste Schwingtür und flatterte hinein, lief einem älteren Herrn mit gelblichweißen Haaren prompt in die Arme, das heißt, sie stolperte ihm direkt ins Dessert.

«Hoppla!» orgelte der Herr, jonglierte den Teller und vermochte ihn nicht mehr zu fassen: «Da haben wir die Chose!» Er lächelte Antonia mit mausgrauen Knopfaugen an, betrachtete etwas verwundert ihre verwahrloste Erscheinung, ließ sich jedoch nichts anmerken, säuberte sich mit einem Tüchlein die weiße Frackweste und sagte: «Hat sich das Fräulein verlaufen?»

«Hm-mh», verneinte Antonia.

«Hat es Hunger?»

«Mh-hm», bejahte sie.

«Großen Hunger?»

Antonia nickte. Der Herr mit der Orgelstimme schöpfte nach Luft, um etwas zu sagen, da baute sich plötzlich Nárrody vor ihm auf. «Gestatten Sie?» bat der Agent, packte Antonias Hand und zerrte das Kind weg. Antonia wehrte sich und rief: «Nein!» Es traten zwei Stewards hinzu, um die Peinlichkeit vertuschen zu helfen. Mit flötenden Stimmen drangen sie auf das Mädchen ein, streichelten sein Haar, machten Versprechungen, bugsierten es in Richtung Tür. Antonia ließ sich aber nichts versprechen, zappelte an Nárrodys Hand und wurde am Ende fuchsteufelswild. Da trat der Herr mit den grauen Knopfaugen – ein Eisenbaron aus Neuruppin – vehement dazwischen und ließ seinen Orgelbaß ziemlich laut erschallen: «Gentlemen! Diese junge Dame ist mein Gast. Wenn Sie uns jetzt bitte entschuldigen möchten?» Nárrody war so verblüfft, daß er sein Fischmaul nicht mehr zukriegte. Mit einfältigem, servilem Grinsen stand er da, indessen der Eisenbaron Antonia bei der Hand nahm und sich an seinen Tisch verfügte. Galant bot er ihr einen Stuhl an, darauf sie an der äußersten Kante Platz nahm. An dem Tischchen saßen drei Geschöpfe, die genervte Gesichter machten und appetitlos an ihren Crêpes Suzette schnäbelten. Alle hatten sie lange, schlanke Hälse, und sie dufteten wunderbar. Ihr Atem, fand Antonia, roch nach Pfefferminze.

«Meine Prinzessinnen! Darf ich vorstellen: Das ist ... Na, wie heißt du denn?»

«Elza Batka, ich bin acht Jahre alt, eigentlich neun, ich bin mit meiner Familie aus Ungarn geflüchtet, mein Vater hieß János Batka, sie haben ihn erschossen, ich habe kein Geld bei mir ...»

«Na, na, na!» unterbrach der Eisenbaron Antonias Redeschwall. «So genau wollten wir's auch wieder nicht wissen! Elsa heißt du also. Das ist ein sehr schöner Name. Elsa, was möchtest du essen? Hm?» Er winkte nach einem Ober, und im Handumdrehen stand der Steward da, um die Order aufzunehmen.

«Verlang, was dein Herz begehrt», ermunterte der Eisenbaron Antonia.

Sie brauchte nicht zu überlegen: «Bitte ein Honigbrot!»

«Wie meinen?» fragte der Ober mit einem gewissen Unterton. «Ein Honigbrot», orgelte der Eisenbaron laut, «wie es die Dame wünscht!»

«Sehr wohl», verneigte sich der Ober und schwitzte davon.

«Sag mal, Wera, findest du nicht auch, daß es hier stinkt?» näselte die älteste von den drei Prinzessinnen.

«Du hast recht», säuselte die mittlere.

«Reißt euch zusammen, ja!» herrschte der Eisenbaron seine Töchter an. «Bloß weil ihr auf die Sonnenseite des Lebens gefallen seid, habt ihr noch lange nicht das Recht, dieses bedauernswerte Häufchen Mensch zu verachten. Schaut sie euch genau an! Die dreckigen Fingernägel, das verlauste Haar, das schäbige Kleidchen. Das ist Armut. Das ist Elend. Was hat dieser Wurm vom Leben zu erwarten? Nichts. Rein gar nichts. Und doch will so ein Mensch leben. Ist das nicht erstaunlich? Sie wird in einer Glühbirnenfabrik schuften für 35 Cents pro Tag oder Seidenblumen drehen im Akkord. Dann wird sie für 15 Cents in einem ‹Delicatessen› Brot kaufen und eine Dose Bohnen. Hausen wird sie in irgendeinem hoffnungslos überfüllten Tenement in der Mulberry, oder drüben in der Rivington. Mit zwanzig wird sie alle Zähne verloren haben und umgeben sein von fünf bis sechs schreienden Bälgern. Mit vierzig wird ihr das Haar ausfallen. Wenn sie Glück hat, wird sie fünfzig. Ja, schaut euch die Armut nur an! So sieht sie aus.»

Es entstand ein langes Schweigen. Antonia war sichtlich beeindruckt von der Redekunst des Eisenbarons, und sie bemühte sich, vornehm zu wirken. Als das Honigbrot auf einem silbrigen Tablett serviert wurde, hüstelte sie elegant und hielt die Hand im Abstand von exakt einer Zeigefingerlänge vor den Mund.

«Komm, meine Allerliebste, laß uns tanzen!» sagte das Mädchen, das Wera hieß, zu dem Mädchen mit dem Namen Fedora.

«Eine bessere Idee, Verehrteste, hättest du nicht haben können!» säuselte Fedora, erhob sich damenhaft vom Tisch, reichte ihrer Schwester den Arm und geleitete sie zur Tanzfläche.

Es war ein Hochgenuß. Das Honigbrot einerseits, andererseits, den beiden Mädchen beim Tanzen zuzusehen. Wie sie gekonnt ihre Füße ein- und ausdrehten, bei geschlossenen Knien die Unterschenkel emporwarfen und mit den Händen groteske Bewegungen vollführten. Dann spielte das Orchester eine Musik, bei der sich die Paare eng aneinanderschmiegten. Das war auch herrlich anzusehen. Wie sich die Menschen anlächelten. Wie die Herren eine Hand behutsam auf den Rükken der Dame legten und sie mit der anderen geschickt übers

Parkett führten. Ein Wunder, daß bei so vielen Leuten keiner den andern rempelte.

Antonia schaute und schaute, registrierte offensichtlich nicht, daß sie die längste Zeit mausallein am Tisch saß. Als sie es schließlich doch merkte und Ausschau nach dem schön sprechenden Herrn mit den Knopfaugen hielt, aber weder ihn noch seine drei langhalsigen Töchter erspähen konnte, auch nicht auf der Balustrade, von wo es blaue und grüne Luftballons herabregnete, beschloß sie, daß es an der Zeit sei, mit Berl das «Maariv» zu sprechen. Sicherlich wartete er ungeduldig auf sie. Außerdem verspürte Antonia ein mulmiges Gefühl im Bauch. Die Kandelaber hatten einmal heftig gezittert, und der Ballsaal schwankte unmerklich auf und ab, als wollte er selber tanzen.

Wie sie ins Freie hinaustrat, wurde sie allenthalben von der Meeresgischt angestäubt, welche von den Schaumkronen der hochgehenden Wellen hereinwehte. Und obwohl es beinahe finster war, konnte man die aufragenden Wellenberge mit ihren langen, überbrechenden Kämmen ausmachen. Die See stampfte. Wandte man den Blick nach achtern, zeigten sich gewaltig hohe Dünungen. Blickte man bugwärts, schossen riesige Gischtfontänen in den Nachthimmel und staubten auf Kirchturmhöhe in sich zusammen. Ein orkanartiger Wind war aufgestanden, und der Kommodore der Kronprinzessin Cecilie hatte bereits vorsorglich die Geschwindigkeit drosseln lassen, damit kein Schaden an Fracht und Passagieren entstünde.

Anstatt nach unten zu halten, stieg Antonia aufwärts. Die widrigen Sichtverhältnisse hatten sie jegliches Richtungsgefühl verlieren lassen, und plötzlich fand sie sich auf der Brückennock, wo sie von einem verdutzten Offizier aufgegriffen wurde. Dieser eskortierte die Ausreißerin im Kasernenhofton nach der dritten Klasse. Durchnäßt bis auf die Haut und frierend trat sie in einen Korridor, der ihr gänzlich fremd war. Der Offizier hatte sie nämlich irrtümlich auf die Backbordseite des Zwischendecks verbracht. Der Schlafsaal IV lag aber auf der rechten Schiffsseite. Da bekam es Antonia mit der Angst, denn die Cecilie war ein gefährliches Labyrinth, und anstatt nach oben zu gehen, suchte sie sich jetzt einen Weg nach unten. Sie gelangte zu den vorderen Laderäumen, dorthin, wo sich die Automobilgaragen befanden.

Da hockte er. An die Wand gelehnt wie ein vergessener Mehlsack. Liegengelassen. Kauerte unter dem grellen Licht einer Gasbogenlampe. Saß zusammengesunken da, die Beine angewinkelt, und blätterte mit seinen spinnenlangen Fingern in einem türkisblauen Büchlein, das aussah wie ein Poesiealbum. Antonia erkannte es sofort. Es war Almas Büchlein. Er mußte es ihr unterm Kopfkissen herausgestohlen haben. Wie gemein!

Er sah sie an, als hätte er die längste Zeit auf sie gewartet. Sein kaltes, glattes Gesicht zeigte keine Regung. Vielleicht eine Idee von dem Gedanken, der in etwa besagte: Na endlich! Wurde aber auch Zeit!

Zum ersten Mal konnte sich Antonia ein genaueres Bild von dem geheimnisvollen Jungen machen. Und merkwürdig: Sie verspürte nicht die geringste Scheu. Ja, sie getraute sich, ihn mit unverfrorener Offenheit anzublicken und zu betrachten. Er mußte ziemlich groß sein, und er befand sich etwa in Kolumbans Alter. Ein Bartflaum lag ihm an den Backenknochen und auf der Oberlippe. Wunderlich, ja fast gespenstisch waren seine Augen. Sie erweckten einen stolzen und doch elenden, jämmerlichen Eindruck. Vielleicht auch deshalb, weil das Weiß blutunterlaufen war. Es fühlte sich, ja, es hörte sich beinahe an, als schrien diese Augen immerfort um Hilfe.

«Ich bin die Antonia aus St. Damian. Und du?» durchbrach sie mit freundlicher Stimme das Schweigen und streckte dem Jungen die Hand hin.

Er blickte sie unverwandt an, reagierte aber nicht, gab keinen Ton von seinen Lippen. Er schien nicht einmal zu atmen.

«Kannst du nicht sprechen?» fragte sie mit selbstsicherem Ton.

Der Junge antwortete nicht.

«Gut», sagte Antonia, «dann heißt du Balthasar. Außerdem gehört das Buch mir.»

Der Junge drückte es Antonia in die Hand, erhob sich vom Boden und schoß in die Höhe wie ein junger Kirschbaum. Er sagte noch immer nichts, und sein Antlitz wurde noch eisiger, und die Augen schienen noch verletzter.

So standen sie einander gegenüber und blickten sich ununterbrochen in die Augen. Antonias Kindergesicht strahlte auf. Ihre von jeder Traurigkeit unberührten Augen verströmten ein Licht, das schon äonenlang in ihrer Seele prangte, um in Rupert Sahlers Gedanken zu sprechen. Ein unbegreifliches Licht ohne Quelle. Ein allerkürzestes, urplötzlich übers Antlitz huschendes, göttliches Licht. Genau in diesem Moment ging die Liebe über Antonias Gesicht.

Es tat nicht weh. Ein bißchen, aber nicht wirklich. Gut, man blutete halt aus der Nase, und die Zotteln würden schon wieder nachwachsen. Aber dem Nárrody zu zeigen, daß man seiner Hiebe wegen weinte ... Niemals! Sie tat es nicht, und Márta hatte es auch nie getan. Danach. Wenn er weg war. Ein wenig ins Kopfkissen schnupfen, das war in Ordnung. Außerdem hatte er in diesem Fall ausnahmsweise recht: Es schickte sich nicht, daß man bei feinen Leuten verkehrte. Man war eben ein «elender Auswurf». Und das war auch etwas.

Wie schön es war, auf der Welt zu sein! Mit Berl zu beten, mit Márta und den Kleinen Blindekuh zu spielen, auf dem Knie des Siez-Benno zu gigampfen, den Schwaben die Fischköpfe zu stehlen, sich mit György in die Telefunkenstation zu schmuggeln und dort die Stecker zu vertauschen ...

8

Am Samstag, dem 25. Oktober 1923, gegen Nachmittag, tauchten die ersten Assistenzschiffe aus dem Nebel auf. Ihre Aufgabe bestand darin, wußte der Siez-Benno spuckend zu erzählen, sich mit der Cecilie vorsichtig an die Pier von New York heranzutasten. Der Nebel war sehr dicht, und man konnte grad von hier bis da sehen. Man solle innehalten, sagte Nárrody, und für eine glückliche Landung beten. «Brave Cecilie», flüsterte Antonia und tätschelte die stählerne Schiffswand.

Die Aufregung war fast nicht mehr auszuhalten. Immer wenn der Lautsprecher eine Durchsage machte, fingen die Dienstmädchen aus Warschau zu flennen an, bekreuzigten sich, packten ihre Habe ein und aus oder sortierten aufs neue ihr Geld.

Ferner gab es eine erfreuliche Nachricht zu vermelden: László war zurückgekehrt. Hunger hatte er wie ein Drescher, und rußgeschwärzt war er von Kopf bis Fuß. László tat so, als sei nichts gewesen. Er grinste sogar. Antonia zeigte ihm die kalte Schulter, was ihr – zugegeben – durchaus schwerfiel. Aber einen Bruder mußte man erziehen, sollte man auf ihn zählen können. So einfach, wie sich das László vorstellte, war es nämlich nicht. Man hatte sich schließlich große Sorgen gemacht. In Wahrheit zersprang ihr das Herz vor Freude. Man war wieder eine Familie.

Ansonsten war der Vormittag kein Honigschlecken gewesen. Herr Nárrody hatte wieder Unterricht gegeben. Zu den geläufigen Antworten kamen neue hinzu. Man mußte aufpassen wie ein Heftelmacher, und das ermüdete einen. Übrigens hatte sich der Agent in die dritte Klasse umbuchen lassen und dort ein Quartier bezogen. Er war jetzt auch recht ärmlich gekleidet. Nur die goldene Uhrkette verriet ihn.

«No, und wann der Inspektor mecht wissen a bissel mehr: Mit dem Weinen fangen an! Sofort!»

Nach dem Mittagessen hielt es keine Menschenseele mehr unter Deck. Alle strebten auf die Promenaden hinauf, um sich einen günstigen Platz an der Reling zu sichern. Und obwohl es sehr frisch war und zugig, harrten die Leute stundenlang in der Kälte aus. Berl hatte sich und Antonia ein Plätzchen mittschiffs gesichert. Allerdings drängelten die Leute immer nach vorn – besonders die Fädlerin aus Mainz –, und so durfte man anstelle der Aussicht lauter Rücken und Hüte studieren. Das war ärgerlich.

Wie auf ein unsichtbares Zeichen wurde es plötzlich totenstill auf dem ganzen Schiff. Es war eine ganz und gar unerklärliche Stille. Berl schulterte Antonia, und bald erfuhr sie den Grund dieses wunderlichen Verstummens, das jeden erfaßt hatte.

Aus dem aschgrauen Horizont dämmerte ein grünliches Licht herauf. Ein flirrendes Etwas ohne Kontur, das wie ein Zicklein hin- und herhüpfte. Nach und nach gewann der Punkt menschliche Züge. Ein Rumpf, ein Kopf, ein erhobener Arm. Eine Dame war es, angetan mit einem dunkelgrünen Kleid. Die Dame schwebte näher, wurde größer und bedeckte gleißend schon den halben Horizont. Und hinter dieser Dame ragten Häuser auf, hoch und glatt wie Felsenwände. Eines sah aus wie der Pilatuskopf. Ein anderes war so spitz wie das Hohe Licht, und ein drittes hatte die Gestalt der Martinswand. Die Felsen standen unter Tausenden von Lichtern. Ringsum glimmte und glühte alles in kaltem Licht. Auf der Stirn des Pilatus tanzten und flackerten die Lichtzünglein, und die übrigen Felsentürme glänzten und schimmerten wie Christbäume.

Mitten in dieses sonderbare Schweigen hinein platzte ein Trommelwirbel. Er drang aus allen Lautsprechern heraus. Man erschreckte sich «fürchtermalfürchterlich». Dem Trommelwirbel folgte eine sehr feierliche und erhebende Blechblasmusik. Wie beim «Tantum Ergo», wenn der Monsignore an Fronleichnam mit der Monstranz Feld und Haus benedizierte. Sie brachte die Männer dazu, sich augenblicks die Mützen, Melonen und Hüte vom Kopf zu reißen. Die Frauen brachte sie zum Weinen. Die Fädlerin aus Mainz sang laut und falschtönig mit. Dann sank sie schluchzend in die Knie. Viele sanken in die Knie und weinten sich von Herzen aus. Das hatte den Vorteil, daß einem die Aussicht endlich nicht mehr vergällt wurde.

«Seest du ihr? Di do is di libe Froi Amerika!» rief Berl mit tränenerstickter Stimme.

«Das ist sie nicht!» erwiderte Antonia trotzig. Aber Berl hörte es nicht, denn im selben Moment knallten und pfiffen auf dem Lidodeck Raketen und Feuerwerkskörper in die nebligen Schwaden hinaus, röteten, grünten und bläuten den Himmel. Und ein Geschrei war zu gewärtigen, aus allen Kehlen gleichzeitig. Ein schier unglaublicher Jubel brach los. Die Menschen fielen sich in die Arme. Wildfremde Leute umschlangen sich und küßten einander die Wangen. Kinder wurden gedrückt, Hände, Arme, Beine, Bäuche, Nasen, Koffer und Körbe. Ein Geschiebe und Gepresse gab das ab! Angenehm war das nicht.

In all dem Trubel hielt Antonia nur Ausschau nach dem einen: dem schlaksigen, stummen Jungen mit den filigranen Fingern und den so verletzten Augen. Keine Hand gehörte ihm. Kein Augenlicht war wie sein Augenlicht. Aber Balthasar war da. Ganz bestimmt war er da. Sie fühlte doch seine Nähe.

Nachdem sich die allgemeine Aufregung gelegt hatte, sah man drei Barkassen an die Cecilie heranschwimmen. Es währte noch Stunden, bis man aussteigen durfte, denn zuerst waren die noblen Leute an der Reihe. In je zwei Hundertschaften wurde man auf den hübschen, schlotenden Dampfbooten an Land gebracht. Dort betrat man einen herrlichen Palast, der vier Zwiebeltürmchen hatte und drei derart riesenhafte Fenster, daß in eines allein das ganze Damianer Kirchlein hineingepaßt hätte.

Drinnen wiederholte sich die ähnliche Prozedur wie schon in Hamburg, nur daß die Inspektoren viel freundlicher waren, zuvorkommender, und einen sogar anlächelten. Es galt, sich wieder in die Viererreihe zu stellen und zu warten, die Inspektionskarte zu hüten wie den eigenen Augapfel. Alles ging sehr zügig vonstatten. Von einer Reihe ging es in die nächste. Die Menschen wurden nach Sprachen getrennt, so daß man schließlich in der Reihe der Deutschsprachigen zu stehen kam.

Dort, in der Registraturhalle von Ellis Island, verloren sich Berl und Antonia aus den Augen. Er wurde nämlich in eine andere Reihe überstellt, weil ihm der Inspektor mit einer weißen Kreide einen großen Buchstaben auf den Ärmel gezeichnet hatte. Das habe nichts zu bedeuten, rief Berl noch herüber, und man treffe sich wie verabredet in der Speisehalle. Er blinzelte Antonia zu. Dieses Zwinkern war das letzte, das sie von ihm sah. Auch der Siez-Benno trug einen Buchstaben auf dem Arm, und ihr fiel auf, daß die Leute mit den Buchstaben sehr angstvolle Gesichter machten. Ein Buchstabe konnte nichts Gutes verheißen.

Als die Familie Nárrody an jene Pulte heranrückte, wo die Inspektoren ihre Nasen in foliantengroße Papierbogen steckten – es handelte sich um die Passagierlisten –, überfiel den Agenten die sonnigste Laune, die sich denken ließ. Voll des Frohsinns war er, nuckelte heftig an seiner erkalteten Zigarre und machte ein Scherzchen ums andere. Er teilte sanfte Nasenstüber aus, kraulte und wuschelte in Mártas Haar, und schließlich nahm er Antonia wieder auf den Arm, da sie vor dem Inspektor standen.

Die Befragung währte nur kurz. Es war eigentlich gar keine Befragung, und die erlernten Antworten waren alle für die Katz, ärgerte sich Antonia. Man durfte passieren.

«Haben Sie aber eine entzückende kleine Nichte!» sagte der Dolmetscher noch zu Nárrody und strich Antonia mit der Hand über die Wange: «Na, wie heißen wir denn?»

«Antonia aus St. Damian.»

«Das ist ein schöner Name. Und jetzt weitergehen, bitte!»

«Ich heiße nicht Elza Batka, Herr Dolmetscher!»

Jenö Nárrody wurde leichenblaß im Gesicht. Und dieses Mal fiel ihm die Zigarre wirklich aus dem Mund. Schlagartig traten ihm die Schweißperlen auf die Stirn. Antonia konnte förmlich zusehen, wie sich die Tröpfchen aus den Poren herausdrückten, so nahe war sie dem Gesicht dieses Scheusals, dieses gemeinen Menschen, der einen so sekkiert hatte.

«Moment mal! … Stehenbleiben!» dämmerte es jetzt dem Dolmetscher, und er starrte Nárrody wie vom Donner gerührt an.

Denn es geschah nicht selten, daß sich dubiose Subjekte als der Kopf einer Großfamilie ausgaben, in Wirklichkeit aber ihre vermeintlichen Kinder diversen Fabrikanten in Hoboken oder Brooklyn gegen Bares verkauften als unentgeltliche, rechtlose Arbeitskräfte. Darum waren die Inspektoren angehalten und trainiert, ein waches Auge, ein helles Ohr für Ungereimtheiten zu haben.

Jenö Nárrody sah sich plötzlich von vier Beamten umstellt. Da war es mit dem freundlichen Lächeln rasch vorbei. Wortlos wurde man aus der Reihe gezogen und ziemlich unsanft den Händen des Agenten entrissen. Es fielen bedeutsame Worte in einer fremden Sprache. Dann sagte der Dolmetscher, man solle ihm und den Inspektoren folgen. Es ging in ein großes, kalkgeweißtes Zimmer. Dort standen Bänke, auf denen alle Platz nehmen mußten. Nárrody war noch immer unfähig zu sprechen. Er wischte sich andauernd die Stirn mit einem Tüchlein ab. Der Rücken seines Anzugs war vollgesogen vom Schweiß. Die Hände zitterten.

Es wurde eine endlose Befragung, und je mehr der Agent die Echtheit seiner Papiere beschwor, desto tiefer verstrickte er sich in Widersprüche. Vor Aufregung vergaß er mit Akzent zu sprechen, und das brachte den Dolmetscher auf die Idee, einen ungarischen Kollegen hinzuzuziehen. Dann war die Katastrophe perfekt. Natürlich sprachen weder Nárrody noch die rheintalischen Kinder ein Wörtchen ungarisch.

Der beleibte Mann fing zu weinen an wie ein Kind. Er fiel sogar auf die Knie und beteuerte winselnd die Richtigkeit seiner Angaben. Er machte ein so erbärmliches Gesicht, blinzelte die Inspektoren mit seinen Froschaugen so treuherzig an, daß Antonia vom schlechten Gewissen angeweht wurde. Schließlich war sie dafür verantwortlich, daß er sich in dieser unglücklichen Lage befand. Sie konnte es kaum mit ansehen, wie er seinen dicken Mund aufsperrte und nach Worten rang, oder nach Luft. Der Mann litt wie ein geschlagenes Tier. Das durfte nicht sein. Deshalb beschloß sie, die Wahrheit rückgängig zu machen. Aber dazu war es zu spät. Alle bekamen sie ein großes «B» auf die Ärmel gezeichnet, und das «B» stand für «Back».

Sie wurden wieder allesamt in die Registraturhalle verbracht, um von dort in ein Nebengebäude eskortiert zu werden. Dann geschah etwas, das man ein Ding der Unmöglichkeit nennt, weil es sich aus mehreren Zufällen ergibt, die im genau richtigen Moment zusammenwirken: Zum einen war die Halle übervoll von Menschen, denn ein Schiff der Cunard-Linie hatte mit Verspätung angelegt, und die Zwischendeckler jenes Dampfers wollten auch noch abgefertigt sein, ehe die Tore von Ellis Island wie jeden Tag pünktlich um 19 Uhr schlossen. Deshalb entstand eine unvorhergesehene, beträchtliche Hektik unter den Inspektoren. Und ebendiese Hektik, diese Unachtsamkeit, nutzte zum andern eine spinnenfingrige Hand zu ihren Gunsten aus. Es ging schneller, als man denken konnte. Jäh wurde Antonia Sahler am Arm gepackt und weggerissen. Vor Schrecken glitt ihr der Koffer aus der Hand. Ein Mantel flog ihr über die Schultern, um so das Kainsmal zu überdecken. Blitzschnell pflanzte sich Balthasar vor ihr auf, so geschickt, daß sie für die andern wie vom Erdboden verschluckt war. Zum dritten, und es ist das Erstaunlichste: Mit unglaublicher Geistesgegenwart schubste Márta den blauen Koffer genau vor Balthasars Füße. Dann lächelte sie den Jungen an und wurde gleich darauf von einem Inspektor angefahren, sich zu beeilen. Zum vierten: Balthasar stand in der Reihe, die sämtliche Befragungen und medizinischen Untersuchungen erfolgreich hinter sich gebracht hatte. Er wartete in der Reihe derer, die Amerika betreten durften.

Eine letzte Barkasse – eine Bootsfahrt von an die 20 Minuten – brachte schließlich Antonia und Balthasar an die Waterfront der Stadt New York. Brachte sie nach Manhattan, das langzüngig in die Nebelschwaden der Upper Bay hinausleckte. Balthasar sprach noch immer kein Wort. Er zog einen zerknüllten Zettel aus der Hosentasche, darauf eine Adresse stand, und hielt ihn dem erstbesten Passanten unter die Nase. Der Wind frischte auf, und es fing zu tröpfeln an.

III

ad bestias

I

Hätte es das Wort Glück nicht gegeben oder es wäre ihr entfallen – ihr Deutsch wurde weniger, und zum Stehlen bedurfte es keines Englischs, sondern flinker Beine –, Tony hätte das Glück mit der Pier 16 umschrieben. Nach dem verwaisten Stückgutschuppen der «Porto Rico Line» an einer von den zahllosen Kaizungen, welche die Waterfront am East River umkränzten. Dort war ihr Zuhause. Ihr richtiges Zuhause. Dort saß sie an Sommerabenden, in frühlingshaften Nächten und herbstlichen Morgen auf dem Steg, ließ die Beine baumeln und sinnierte vor sich hin. Hielt Zwiesprache mit sich oder starrte stundenlang in den Fluß, schaute den mächtigen Frachtkähnen nach, bis sie zu Stecknadelköpfen geworden waren, draußen in der Upper Bay.

Die Pier 16, dieser von Menschen entwöhnte Platz, ließ sie sein. Sie wollte nichts von ihr. Niemand fragte, niemand antwortete. Ratten waren ihre Gespanen, herumstreunende Köter und Katzen, die sie vom Fulton Fish Market bergeweis mit Gekröse oder sonstwie stinkendem Abfall versorgte. Bisweilen, wenn der Magen vor Hunger schmerzte, wenn sie zu faul war, sich in die Nassau Street zu schleppen, wo die Heilsarmee freitags Donuts verteilte, oder sich schlicht im Tag vertan hatte – sie orientierte sich nicht nach Wochentagen, sondern nach Sonne und Mond –, aß sie selber von dem madigen Zeug. Fraß es ebenso hastig in sich hinein wie die sie umringenden, heißhungrigen Tiere. Später erbrach sie es.

Die Pier 16 war ihr stilles Glück, obwohl der Ort alles andere als still gelegen war. Vom Ufer her dröhnte in minütlichen Abständen ein ohrenbetäubendes Poltern, das von der Elevated herrührte, einer Art Hochbahn auf Stahlpfosten.

Darunter toste der Lärm der South Street, der auch nachts nicht weniger wurde, gurgelten und surrten die Automobilhupen ohne Ende. Und auf dem East River stampften die Schiffsmotoren, röhrten die Nebelhörner und Sirenen der Lastkähne aller Herren Länder. Denn der East River war in jenen Tagen noch der wichtigste Warenumschlagplatz der Stadt New York.

In dem ganzen Lärm fand Tony jedoch die Stille, die sie suchte, die ihr Frieden gab, die sie ausruhen ließ. Hier konnte sie niemand hören, wenn sie laut mit sich redete, wenn sie sang. Freilich: Das Singen war das letzte, auf das sie sich etwas einbildete. Aber ohne sich dessen bewußt zu sein, pflegte und hütete sie diese Gabe wie einen kostbaren Schatz. Singen half ihr zu überleben. Es war wie satt werden, denn es sättigte auf eine andere Weise, ja vermochte manches Mal den Hunger zu überlisten. Diese Speise teilte sie mit niemandem. Sie behielt ihre Stimme für sich. Nicht einmal Balthasar ließ sie daran teilhaben. Sie vertraute ihre Stimme den räudigen Tieren an, deren von Maschinenöl verätztes Fell sie kraulte, wenn sie durch die Melodien der Kindertage streifte. Melodien, deren Worte ihr allmählich abhanden kamen.

Und da war der Mond, um dessentwillen sie diesen Platz so sehr liebte, weshalb sie sich wieder aufgerafft, ihr Loch verlassen hatte und auf den Steg hinausgetreten war. In all den Jahren hatte Tony ein untrügliches Gefühl für die Zeiten und Farben des Mondes entwickelt. Sie ahnte auf die Minute genau, zwischen welchen Häusern er jenseits des Flusses von Brooklyn heraufschaukeln würde. Sie wußte, wann er sein fast blendendweißes Licht zum ersten Mal in das Wasser hineinwarf. Im vorhinein verstand sie die Bahn zu erraten, die er nehmen würde. Nach einer kleinen Weile säße er auf der Spitze des Hohen Lichts, und damit meinte sie das Pyramidendach der Bank of Manhattan. Dann begänne er sich allmählich über der Martinswand zu vergolden; dabei handelte es sich um das zwiebelförmige Dach des Singer Towers. Schließlich versänke er weiter oben, gerötet, hinter dem Virgenpaß; darunter verstand sie die Silhouette der Häuser von Midtown. Der Anblick des Mondes vermittelte ihr ein Gefühl der Geborgenheit. Er war das einzige, das ihr vom alten Zuhause geblieben war. An ihn konnte sie sich halten. Er verriet sie nicht. Man durfte auf ihn zählen. Er war das Zentrum ihres «Little Damian», das sie sich wiedererschaffen hatte. Die fünf, sechs Blöcke um den Fischmarkt herum waren ihr und Balthasars Daheim, und der Schlafplatz, an dem sie seit nunmehr drei Jahren hausten, befand sich in einem aufgelassenen Geräteschuppen im Inneren der Auffahrtsrampe zur Brooklyn Bridge.

Ganze Nächte konnte Tony an der Pier 16 verbringen, dumpf vor sich hin brütend. Sie konnte stundenlang dasitzen, ohne einen Finger zu rühren, und wenn dann der Morgen anbrach, kam es ihr vor, als sei's ein Augenblick gewesen. Ehe sie heimwärts trottete, machte sie stets den Umweg in die Water Street, Ecke Maiden Lane. Dort erschien pünktlich um vier Uhr morgens der Brezenmann, den sie und Balthasar einmal niedergeschlagen und beraubt hatten. Aber der Brezenmann hatte die Verfolgung aufgenommen trotz blutüberströmten Gesichts und sie beide gefaßt. Seit jenem Vorfall – Tony wußte nicht, wie ihr geschah – durfte sie sich bei ihm täglich eine Gratisbreze abholen.

Das tat sie auch jetzt. Müde erhob sie sich, knöpfte die ausgebeulte Uniformjacke zu – ein Geschenk vom General – und schlurfte zum Brezenmann. Er lächelte in ihr von Narben und eitrigen Pusteln übersätes Gesicht, reichte ihr wortlos das Frühstück. Sie nahm es ebenso wortlos entgegen, kniff die Augen mißtrauisch zusammen und blieb auf der Hut. Denn der merkwürdigen Großherzigkeit des Brezenmanns mußte irgendwann das dicke Ende folgen, seine wahre Absicht zutage treten, überlegte Tony. Aber er schmunzelte wie immer freundlich und machte keine Anstalten, etwas von ihr zu wollen.

Gierig biß sie in die noch ofenwarme Köstlichkeit und zog davon. Das geschah am Morgen ihres 14. Geburtstags, dem 30. März 1929. Daß sie Geburtstag hatte, wußte sie nicht. Sie wußte nicht einmal, wie alt sie war.

2

Auf dem zerknüllten Zettel, den Balthasar bei der Ankunft in New York den Vorübergehenden hingestreckt hatte, war zu lesen gewesen: «Geh in die Dritte Avenü und Ecke 14. Straß. Numero 320. Dort zeigst du dem Onkel Paul manirlich Brief.» Ein deutsch sprechender «Runner» hatte die beiden schließlich dorthin kutschiert und bei der Gelegenheit dem Jungen die halbe Barschaft abgeknöpft, denn bei der Anlegestelle der Fähren aus Ellis Island wimmelte es nur so von zweifelhaften Elementen, die es auf das Geld der Einwanderer abgesehen hatten.

Der Onkel Paul war Pferdemetzger und Absinth-Trinker – eher umgekehrt –, weil er schon beim Aufwachen unter erbärmlichen Krämpfen litt, die sich erst nach einer halben Flasche Wermutlikör betäuben ließen. Er trank eigentlich den ganzen Tag, ob er die Schlächtermesser wetzte, bei der Wurstmaschine stand, die Knochensäge ansetzte oder unten im Laden die Kundschaft bediente. Er war ein beleibter, kurzhalsiger, streng katholischer Mensch mit seltsam eckigen, langustenroten Ohren. Ein glühender Verehrer Papst Pius XI., dessen Konterfei hinter dem Verkaufstresen zwischen Preßwürsten, Schulterstücken und Knochenschinken hing und vor welchem er sich, wenn sein Blick darauf fiel, andächtig bekreuzigte.

Der Mann sagte kein Wort, als ihm Balthasar den Zettel unter die blaue, von Kratern durchfurchte Nase hielt. Überschwang stand jedenfalls nicht in seinen Augen zu lesen, eher Überdruß, hieß es doch, von nun an zwei weitere Mäuler zu stopfen. Onkel Paul hatte nämlich elf Kinder, und die Hälfte davon war nicht sein eigen Fleisch und Blut, sondern stammte aus der weitverzweigten Verwandtschaft in seiner alten rheintalischen Heimat. Zuerst tat der Onkel einen heftigen Schluck von der Schnapsflasche, dann nahm er einen Besen und drückte ihn Antonia in die Hand. Sie solle den Laden kehren.

Bei diesem gottesfürchtigen Mann blieben die beiden fast drei Jahre lang wohnen, logierten mit der übrigen Brut in einem lichtlosen Halbgang ohne Strom und Wasser, welcher sich direkt über der Metzgerei befand. Oftmals wurde Antonia vom Scharren und Wiehern der altersschwachen Gäule und Schindmähren aus dem Schlaf gerissen, die den bevorstehenden Gnadenschuß witterten. Es waren fast menschlich anmutende Laute, die zu ihr heraufdrangen, ein Todeswiehern, das ihr im Herzen drin weh tat. Damals bemerkte sie an Balthasar eine Sonderlichkeit, die sie nicht begreifen konnte. Er, der noch immer kein einziges Wort redete – er galt als stumm –, schien ganz vernarrt zu sein in die Metzgerei des Onkels. Begierig ließ er sich in den Gebrauch der Abhäute-, Stech- und Blockmesser einlernen, stand mit einer Eselsgeduld beim Kutter und an der Faschiermaschine, war von einer unübertrefflichen Geschicklichkeit beim Zerlegen und Zerhacken, stopfte und wurstete so flink, daß selbst dem Onkel die Augen übergingen. Er konnte vom Metzgen nicht genug kriegen. Eines Morgens versäumte es der Onkel, ihn zur rechten Zeit ins Schlachthaus zu bestellen, wo gerade ein Tier getötet werden sollte. Der Junge sah sich um sein Vergnügen betrogen, wurde zornig, jellte auf, patschte mit Absicht die flache Hand in einen Bottich siedenden Wassers und verbrühte sich. Dann stürmte er davon und blieb vier Tage lang vom Erdboden verschluckt.

Im großen und ganzen war es eine behütete Zeit, die Antonia bei Onkel Paul verleben durfte. Es war ein leichtes gewesen, sein Herz zu erobern, hockte doch ein zarter, marianisch gestimmter Geist hinter seiner fleischigen Stirn. Schon nach wenigen Tagen nannte er sie «Miin only Schatz», und ihr wurde die große Ehre zuteil, das Emailschild in der Ladentür polieren zu dürfen, das Schild, auf dem «A Wienerwurst» stand. Ja, sie durfte gar das Bildnis Pius XI. abstauben, eine Angelegenheit, die unter den weiblichen Geschwistern viel Neid und böses Blut erzeugte. Die Sprache, in der man redete, war Deutsch, vielmehr war es der rheintalische Dialekt, durchsetzt mit einigen englischen Wörtern, kurz: ein entsetzliches Kauderwelsch. Der Onkel hatte auch befunden, daß aus Antonia Tony werden müßte, damit sich die Kundschaft leichter tat, und so blieb ihr fortan dieser Name.

Bis eines Tages, wohl verursacht durch die katastrophalen hygienischen Verhältnisse in des Onkels Haus, Tony ernstlich krank wurde. Es war in den Hundstagen des Sommers 1925. Die Stadt brannte in derartiger Hitze, daß man von Amts wegen die Hydranten öffnen ließ oder zumindest wegsah, wenn sie geöffnet wurden, um den Menschen ein bißchen Kühlung zu gestatten. Über den Straßen zitterte und flirrte es von Luftspiegelungen. Ganze Stadtteile rückten plötzlich in Gegenden, wo sie sich nie befunden hatten. Nicht eine flaue Brise wehte vom Atlantik herein, um die klebrige Luft auszuwaschen.

Tony erwachte mit hohem Fieber und rissigen Lippen. Der Onkel maß der Angelegenheit nicht sonderliche Bedeutung bei, riet vielmehr, kräftig zu trinken und das Bett zu hüten. Am Abend war ihr ganzes Gesicht fleckig geworden und am darauffolgenden Morgen die Haut schrundig. Zuerst an den Schläfen, dann auf den Oberarmen. Schließlich rötete und näßte ein aggressives Ekzem Achselhöhlen, Leisten und Kniekehlen. Es juckte und brannte höllisch. Man verabreichte ihr nasse Wickel zur Kühlung, doch sie schmälerten die Pein keineswegs. Beulen schwollen an, rissen auf und drückten weißen Eiter heraus, durchsetzt mit blutigen Schlieren. Das Kind mußte sich immerfort erbrechen, und als sein Magen geleerter nicht mehr sein konnte, der Brechreiz jedoch anhielt, spie es einen dünnen, roten Faden aus. Tonys Zustand verschlimmerte sich von Stunde zu Stunde. Sie fing zu phantasieren an, flüsterte etwas von törichten Jungfrauen, einem Bräutigam, und daß der Onkel einen Ölvorrat anlegen müsse, ehe es zu spät sei.

Am vierten Morgen lag sie völlig apathisch im Bett, mit offenen Augen und geweiteten, starren Pupillen. Sie reagierte auf nichts mehr, weder auf Worte noch auf Handzeichen oder Berührungen. Ihr Atem floß dünn und unregelmäßig, die sonst so kecken taubenblauen Augen waren ermattet und milchig geworden. Die Haare gingen ihr jetzt schüppelweise aus, die Finger- und Zehennägel verloren den Halt im Nagelbett.

Als der Onkel Paul das Kind so elend daliegen sah, wußte er, daß es diesen Tag nicht mehr überstehen würde. Er zog die Metzgerschürze aus, setzte sich hin, flennte und überlegte. Eine Flasche Absinth mußte er leer saufen, bis ihm die Idee kam, einen Arzt zu rufen. Der Mann aus Queens, mehr Kurpfuscher als Arzt, kam dann auch gegen Mittag und ließ das Kind zur Ader. Mehr fiel ihm zu dem Kasus nicht ein.

Die ganze Zeit über hatte Balthasar bei dem Mädchen Krankenwache gehalten, hatte kein Auge mehr zugetan und die Bettstatt nur verlassen, wenn ihn die Notdurft plagte. Plötzlich war ihm das Sterben und Metzgen unten in der Schlachterei gleichviel geworden. Es interessierte ihn nicht mehr. Was er hier studieren konnte, forderte seine Phantasie in viel reicherem Maße, nahm seine gesamte Vorstellungskraft in Beschlag. Mit Ausnahme des Pfuschers aus Queens ließ er niemanden an Tony heran. Er allein wollte bei ihr sein. Als eines der Geschwister mit zwei brennenden Kerzen den Halbgang betrat und sie auf den kleinen Kanonenofen stellen wollte, sprang er auf und schlug dem Buben die Faust so brutal ins Gesicht, daß diesem sofort das Blut aus der Wange spritzte. Zu Tode erschrocken stürzte der Bub davon. Seitdem wagte es keiner mehr, den Raum zu betreten, nicht einmal der Onkel Paul. Die Kinder bezogen draußen auf der Feuertreppe ein provisorisches Quartier.

Wie er das Antlitz des sterbenden Kindes betrachtete, zog zum ersten Mal so etwas wie Mitgefühl auf Balthasars glattes, unbelebtes Gesicht. Zum ersten Mal empfand er wieder Hilflosigkeit. Er, der glaubte, auf dieser Welt sei nichts mehr, das ihn erschüttern könne. Er, der meinte, nichts vermöge ihn jemals wieder zu berühren. Nach so vielen Jahren fühlte er sich zum ersten Mal wieder ohnmächtig, nicht mehr Herr seiner selbst. Er wußte nicht, wie mit dieser Art Gefühl umgehen. Sollte er es unterdrücken oder gewähren lassen? Sich dem Herzklopfen hingeben? Nein, er mußte Tonys Sterben nüchtern beiwohnen, mit äußerster Konzentration und Teilnahmslosigkeit. Er mußte sich selbst zurücknehmen, sich als Person gewissermaßen in ein imaginäres Dunkel setzen, von wo aus er dem Tod in die Karten blicken konnte. Keine Sekunde durfte er versäumen von dem geheimnisvollen Verlöschen des Lebens. Keinen Augenblick vergeuden von der plötzlichen, unbegreiflichen Stille des Atems, dem allmählichen Brechen der Augen, dem Erkalten der Lippen, dem Eintreten der Leichenstarre. Vielleicht gelänge es ihm dieses Mal, die Seele zu schauen, von der ihn gelehrt worden war, sie verharre noch eine Zeitlang schwebend über dem Angesicht des Toten, um dann durch eine Fenster- oder Türöffnung, eine Ritze oder einen Spalt zu entfliehen.

Er neigte sein Ohr an Tonys Mund, aus dem gerade noch ein leiser, zuckender Odem herausbrach, und auf einmal hatte er wieder den eingeschlagenen, hirnverspritzten Kopf seines Herrn vor Augen. Tag um Tag war er bei dem Leichnam gehockt und hatte gewartet. Aber die Seele hatte sich nicht gezeigt. Erst als der Gestank infernalisch geworden und die Seele noch immer nicht erschienen war, hatte er das Unterfangen aufgegeben. Balthasar suchte das Gespenst aus seinen Gedanken zu verscheuchen, aber es glückte nicht.

Was, wenn er ihrem Sterben jetzt ein wenig nachhülfe? Noch lebte sie, und die Seele mußte noch in ihr drin sein. Was, wenn er ihr sanft die Hände um den Hals legte und einfach langsam zudrückte? Ob es ein langer Todeskampf wäre? Ein kurzer? Bekäme sie es mit? Kennte sie in der Ewigkeit ihren Mörder? Vielleicht? Aber hier auf Erden? Wer wollte ihm hier etwas nachweisen? Sie war ja bereits so gut wie tot. Niemand würde sich wundern, niemand Fragen stellen. Viel eher würde er vom Onkel bedankt sein für das selbstlose Verweilen an ihrem Sterbebett. So ist die Welt! Die Wahrheit kennen nur die im Dunkeln!

Balthasar bekam wieder Herzklopfen, und ihm wurde noch elender zumute. Er ließ seine filigranen, knochigen Finger über Tonys schwärende Wange streichen, nahm ein nasses Tuch und benetzte ihre Lippen. Mit halbgeöffnetem Mund starrte er das Mädchen an, wohl eine halbe Stunde lang.

Da – er wußte nicht, wie ihm diese Worte auf die Zunge fallen konnten – krächzte es plötzlich aus ihm heraus: «Schtirb nit!» Da zuckten die Pupillen des Mädchens einmal und zweimal auf. Es war eine Idee von einem Zucken, ein beinahe unmerkliches Zittern. Mehr war es nicht. Aber nach einer Weile senkte Tony die Augenlider und wandte den Kopf zur Seite. Da fand der Atem allmählich in seinen Gleichklang zurück.

Zum ersten Mal hatte er zu ihr geredet. Er war also doch nicht stumm. Nun würde alles besser sein. Man durfte beruhigt einschlafen und wieder gesund werden.

Eine Nacht und einen Tag schlief das Mädchen durch. Als

es erwachte, wollte es trinken, immer wieder trinken, und es beschwerte sich bitterlich, so mutterseelenallein im Halbgang liegen zu müssen.

Je rasanter es mit Tonys Genesung bergauf ging, desto steiler ging es mit dem Onkel Paul bergab. Seine Trunksucht wurde derart verheerend, daß er zum Metzgen nicht mehr taugte, geschweige denn im Laden zu gebrauchen war. Manchmal sah man ihn bäuchlings die 3rd Avenue heimwärts kriechen, weil er nicht einmal mehr imstande war, auf allen vieren zu gehen. In seinen Vollräuschen brach er gewissermaßen in sich selbst zusammen. Niemals hatte ihn der Absinth die Hand gegen einen seiner Schützlinge erheben lassen. Der Alkohol machte ihn vielmehr in Selbstmitleid ersaufen und bei jeder nur erdenklichen Gelegenheit in Tränen ersticken.

In einer von einem Blizzard durchtosten Januarnacht trat er auf die Feuerleiter hinaus und wähnte sich als der leibhaftige Papst Pius XI. Er fing zu predigen an und zu lamentieren. Er monierte den allgemeinen Sittenverfall, beschimpfte die Konkurrenz, die ihm mit ihren Schleuderpreisen das Geschäft versaute. Er prangerte die Gottlosigkeit der Stadt New York an, insonderheit den Sündenpfuhl hinten in der 4th Avenue – eine Frechheit von dem Hayduk, das Lendenstück um einen Quarter feilzubieten! Am Ende seiner aufrüttelnden Ansprache ging er daran, den päpstlichen Segen «urbi et orbi» zu spenden. Weil ihm grad nicht das Weihwasser zur Hand war, öffnete er seinen Hosenstall, stellte sich auf die Zehenspitzen und segnete dergestalt die Nachbarschaft. Dabei kippte er vornüber, fiel vom Geländer und brach sich das Genick.

Der Aufenthalt im Orphan Asylum in Gramercy währte nicht einmal drei Wochen. Dorthin hatten nämlich die Nachbarn Pauls unmündige Kinder gesteckt. Tony und die kleineren Geschwister wurden zur Adoption freigegeben, ja regelrecht zur Adoption annonciert, aber dazu kam es nicht, jedenfalls nicht bei Tony. Um Mitternacht stieg Balthasar in das Waisenhaus ein – er selbst war beinahe volljährig und deshalb in einem Männerasyl untergebracht –, schwärmte durch die Schlafsäle und schrie immerzu nach Tony. Alles lief mit der ihm angeborenen Kaltschnäuzigkeit ab. Noch ehe die Nachtschwestern um Hilfe rufen konnten, schlenderte er mit der Kleinen an der Hand wie selbstverständlich durch den Haupteingang hinaus in die Nacht. Doch eins ließ er sich nicht nehmen: Er kehrte noch einmal um, ging zurück und warf der Portierschwester einen gelben Rotz ins Gesicht. Dabei funkelte er sie mit derart bösen Augen an, daß der armen Frau der Atem stehenblieb. Es waren bestimmt die längsten Sekunden ihres Lebens, denn in so unheimliche Augen hatte sie noch nicht gesehen.

Wie gut, dachte Tony, einen Bruder zu haben, auf den man sich einfach und immer verlassen konnte. Zählend hüpfte sie von einem Bein aufs andere und fragte voll Tatendrang: «Was machen wir jetzt?» Balthasar antwortete nicht.

Bei der unvorhergesehenen Flucht – es ist erwähnenswert – ging ihr der blaue Koffer abhanden. Nun, der Koffer ließ sich verschmerzen, aber Almas Gedichtbüchlein nicht. Und der von den Damianer Eichhörnchen abgenagte Tannzapfen, den sie noch immer zum Einschlafen brauchte, schon gar nicht.

Die erste Zeit stapften sie von Suppenküche zu Suppenküche, von Asyl zu Asyl. Sie lungerten in den Haltestationen der Elevated herum, die über Kohleöfen verfügten, denn es herrschte klirrende Februarkälte. Dort machte Tony die Bekanntschaft mit einem Mann in Uniform, der Deutsch sprach, ein teigiges Gesicht und eine Warze auf der Wange hatte und sich selbst den General nannte. Tony fühlte sich augenblicklich zu diesem Menschen hingezogen. Es war eine Zuneigung ohne Worte: Sympathie auf den ersten Blick.

Der General brachte ihr das Stehlen bei. Es war nämlich die einfachste Sache auf der Welt, wenn man sie handhabe wie die einfachste Sache auf der Welt. Wie jemand eine Treppe hochsteigt, sich auf einen Stuhl setzt, guten Tag sagt, ohne lange zu denken. Im Grunde, so der General, sei es wie einkaufen. Mit der kleinen Ausnahme, daß sich ein Dieb alles leisten könne. Er solle in den Geschäften seiner Wahl auf eine zuvorkommende Bedienung dringen. Der eigentliche Trick bestehe in der Überraschung.

Es war, wie's der General vorausgesagt hatte: Als sich Tony in der Bleecker Street ein Stück Emmentaler reichen ließ, ein genervtes Gesicht machte, weil ihr der Keil viel zu groß geschnitten erschien, dem Verkäufer bedeutete, das Stück zu halbieren, als sie hierauf noch etwas Nougat, Krokant und Marzipan – nicht so geizig, ja! – sowie eine Handvoll Katzenzungen einpacken ließ, als sie die Ware zur Kassa trug, die Kassiererin anlächelte, nicht zu freundlich, nicht zu kühl, wie man eben eine liebe Freundin begrüßt, auf die man verzichten kann, als sie noch nachdenklich an der Kassa verharrte, ob man denn auch wirklich nichts vergessen … da fand sie sich schon wieder auf der Straße. Dann hieß es rennen. Und sie rannte. Wie sie rannte!

Die Zeit mit dem General war voller Abenteuer, aber auch voller Gefahren. Und wenn einen manches Mal das schlechte Gewissen ankam, mußte man sich nur vor Augen halten, in welch einem Reichtum diese pelzbesetzten Drecksäue mit ihren feisten Hurenböcken – der General brachte ihr auch das Fluchen bei – in der Park Row dahinlebten, während man selber nicht einmal ein Dach überm Kopf hatte.

Letzteres änderte sich im Frühling des Jahres 1926. Wieder war es Balthasars Unverfrorenheit zu danken. Er und Tony streiften gerade ziellos durch den Fulton Fish Market. Die Sonne brannte ungewöhnlich heiß für die Jahreszeit, der Himmel leuchtete im herrlichsten Tintenblau, das sich ausmalen ließ. Tony stand der Sinn nach einem Sonnenbad an den Piers, aber Balthasars Blick fiel auf die Brooklyn Bridge. Etwas hatte seinen Instinkt wachgerufen. Obwohl Tony ihn anfauchte, sich doch mit ihr auf den Steg zu begeben und fünfe grad sein zu lassen, schlug er ignorant die Gegenrichtung ein, um sich die Brücke näher zu besehen. In der Auffahrtsrampe befanden sich zwei zugemauerte Rundbögen. In die Mauern dieser Bögen waren drei kleine Fenster eingelassen. Freilich, das Ganze war mit Brettern und Balken verbarrikadiert, aber alles deutete darauf hin, daß die Mauern hohl waren.

3

Noch am selben Abend bezogen die beiden ihr neues Heim in der Brooklyn Bridge. Niemandem von der Brückenaufsicht, keinem Schutzmann und keinem unter den Tausenden von Passanten und Automobilfahrern, die täglich diese Brücke querten, wäre auch nur im Traum eingefallen, daß in der Anfahrtsrampe, ein paar Meter unter ihnen, ein Mädchen und ein Junge hausten.

Der General organisierte fürs erste Matratzen und einen Packen Paraffinlichter. Dann ging er mit Balthasar daran, eine Art Holzrost auf den feuchten, steinernen Boden zu zimmern, damit man nicht an der Lunge erkrankte. Zu guter Letzt karrte er noch einen winzigen, gußeisernen Ofen herbei, schnitt ein kreisrundes Loch in eines der verbretterten Fenster, paßte das Rohr ein und erteilte die Weisung, wegen der Rauchschwaden den Ofen nur bei Dunkelheit zu befeuern. Doch dem General stand noch Größeres im Sinn. Ein Mensch von derart handwerklichem Geschick wie er trug sich natürlich mit dem Plan, das Mauerloch zu elektrifizieren, indem er ein

Lichtkabel anzuzapfen gedachte. Ja, er stellte sogar fließend Warm- und Kaltwasser in Aussicht, eine Badewanne, ein Lavabo und – sofern Bedarf vorhanden – ein Telephon. Das Unternehmen blieb jedoch Stückwerk, weil der Mann mit dem teigigen Gesicht und der grauen Uniform von einem Tag auf den anderen spurlos verschwand. Wiewohl sie an den geheimen Plätzen nach ihm suchten oder auf ihn warteten, gefunden werden konnte er nicht. Tony vermißte seine Gesellschaft sehr, während er Balthasar nicht im geringsten zu fehlen schien. So war er eben: unberührt von den Gefühlen der Freundschaft, der Treue und all jener lichtvollen Charakterzüge, die über den eigenen Horizont hinauszünden. Er kannte nur sich, und als sei's ein Abbild seines tiefsten Seelengrunds, fühlte sich Balthasar nur daheim an lichtlosen Orten.

Im Gegensatz zu Tony. Ihre Vorstellung war es, aus der Kälberkiste, wie sie sich ausdrückte, ein gemütliches Zuhause zu erschaffen. Mit Vorhängen, Teppichen, Geschirr, hübschen Blumentöpfen mit Fuchsien und Kapuzinerkresse darin, mit einem Kätzchen, das auf der Fensterbank dösen und sich das Fell von der Sonne bescheinen lassen würde. In jenen Tagen stahl und raffte sie so vieles zusammen, daß es ein paarmal brenzlig wurde. In der Park Row erwischte man sie mit acht Tischdecken aus feinstem französischem Atlas. Um ein Haar landete sie in der «grünen Minna», konnte just im letzten Moment vom Trittbrett springen und türmen. In der Nassau Street rutschte ihr ein gestohlenes Silberbesteck aus dem Ärmel, und sie vermochte sich aus dem Schwitzkasten der gar nicht zuvorkommenden Bedienung erst zu lösen, als sie der Frau – selbst noch eine Halbwüchsige – die Gabel in den Unterarm getrieben hatte. Um den Haushalt würdig einzurichten, war Tony das Teuerste und Gediegenste, oder was sie dafür hielt, gerade recht genug.

Denn endlich hatte sie ihren großen Bruder für sich allein. Man brauchte nicht mehr Rücksicht zu nehmen auf fremde

Onkel und deren kinderreichen Anhang. Man wurde nicht länger von einem Ort zum andern expediert. Niemand durfte einen herumkommandieren. Kein Herr Nárrody und kein Onkel Paul. Man konnte verschnaufen. Die Aussicht auf eine Zukunft, in der es weder ein «Du sollst!» noch ein «Du darfst nicht!» gab, inspirierte sie zu den leuchtendsten Vorstellungen, deren sie überhaupt fähig war.

Nein, in ihrem Haus würde nicht Kommißbrot gekaut werden wie in den Suppenküchen; Biskuit und Meringe mußten es sein. Keine Griebenwurst sollte auf den Tisch kommen wie bei Onkel Paul, sondern die Salami aus der Bleecker Street. Und die Wäsche würde nicht mit Kernseife geriffelt und gesotten; Kamillenseife mußte es ein.

Mit ihrem euphorischen Gestaltungswillen stieß sie jedoch auf wenig Verständnis und Gegenliebe. Balthasar hatte keine Augen für die schönen Dinge dieser Welt. Sie interessierten ihn nicht, vorausgesetzt, daß er überhaupt imstande war, sie als solche zu erkennen. Tonys Intuition in derlei Angelegenheiten war ihm völlig fremd. Einmal mehr vermißte sie die Fürsprache des Generals, der zumindest seinen Einfluß auf Balthasar geltend gemacht hätte. Davon war sie überzeugt. Als sie eines frühen Morgens mit einem Grammophon daherkam – der Himmel allein weiß, wie sie das angestellt hatte –, wurde Balthasar böse. Er nahm den Kasten und warf ihn in den East River. Das empörte Tony so sehr, daß sie anfing, auf ihren Gefährten einzuschlagen, ihm die Wange zu zerkratzen, während er, ohne Gegenwehr zu leisten, dastand und immer höhnischer lachte. Es war das erste Mal, daß es zwischen den beiden zu Gewalttätigkeiten kam. Danach lief sie heulend davon, hinaus auf die Pier 16, und entdeckte auf diese Weise jenen Ort, der für sie so bedeutsam werden würde.

Gewiß, Tony blieb hartnäckig in ihren Forderungen nach einem heimeligen Zuhause, und es wäre ja nichts mehr von dem trotzigen Bauernkind aus St. Damian übriggeblieben, wenn sie nicht mit der alten Sturheit an ihren Träumen festgehalten hätte. Zwei Dinge bemerkte sie bald: Mochte ihr Balthasar aufgrund seines Alters und seiner Konstitution überlegen sein, an Raffinesse konnte er es nicht mit ihr aufnehmen. Und: Er brauchte sie. So überzeugend er auch drohte, sie zu verlassen, sooft er sein endgültiges Verschwinden andeutete – er blieb.

Man traf eine wortlose Übereinkunft und teilte die Kälberkiste in zwei Hälften, deren unsichtbare Wand den Übergang vom heillosen, fauligen Durcheinander zu den Prinzipien von Ordnung und Achtsamkeit darstellte. Vor dem Zubettgehen faltete Tony anfänglich noch ihr verlumptes Kleidzeug zusammen, bürstete die Uniformjacke aus, wichste ihr ausgelatschtes Schuhwerk, kämmte sich am Morgen die Haare, wusch ihre Leibwäsche, fegte die Krumen auf ihrem Stückchen Karton zusammen, während ihr großer Bruder höchstens ein angewidertes Grinsen für all das übrig hatte. Monatelang konnte sie sich nicht damit abfinden, wie er allem Anschein nach zufrieden im eigenen Dreck schlief. Nicht einmal Schweine fühlten sich wohl im Kot: Wie genossen sie es, sich im entmisteten Koben zu suhlen! Wie grunzten sie auf vor Wonne, wenn sie im frischen Stroh rüsselten und schnoberten!

Doch schon bald war sie von Balthasars lebensmüder Teilnahmslosigkeit korrumpiert und fing an, sich gehen zu lassen, ohne es zu merken. Sie hatte einfach keine Kraft mehr, die Illusion von einem geordneten Leben aufrechtzuerhalten. Von Woche zu Woche wurde sie willenloser, gab nichts mehr auf Sauberkeit, schlief in ihren schmuddeligen Kleidern, blieb tagelang auf der Matratze liegen, ließ den Dreck in ihr einst so umkämpftes Stübchen hineinwachsen. Es ist anders nicht zu sagen: Tony und Balthasar verrotteten beinahe in dem Loch unter der Brooklyn Bridge. Verfaulten in ihrer Höhle, deren Wände noch zu allem Überdruß ununterbrochen vibrierten vom tosenden Brückenlärm. Ja, sie rafften sich nicht einmal mehr auf, ihre Notdurft wie zivilisierte Menschen zu verrichten. Sie schissen einfach auf den Lattenrost. Das Wasser schlugen sie ab, wo sie grad standen, hockten oder lagen, und wenn das Mädchen seine Tage hatte, verkrustete das Blut an den Strümpfen.

Sie verloren die Empfindung für Zeit, denn sie war da im Übermaß. Ein Versprechen galt nichts mehr, ein Wort war kein Wort. In öder, um sich selbst kreisender Grübelei, im endlosen Halbschlaf vertaten sie das Leben. Das Haar wurde ihnen aschig und spröd, das Gesicht madenweiß, unter den Augen bildeten sich Ringe. Zu den Unternehmungen, die sie täglich planten, kam es nie. Die Trägheit, die Mattigkeit war stärker. Ihre Gegenwart bestand im Vertagen und abermals Vertagen. Weder ein sonniger Morgen noch der erste Schneefall noch der Wechsel der Jahreszeiten vermochten ihrem sinnlosen Leben Auftrieb zu geben, einen Impuls, das Schicksal endlich selbst in die Hand zu nehmen. Es ging in unsäglicher Langeweile dahin, Woche um Woche, Monat für Monat, und es wurden Jahre, die sie in dem Verlies unter der Brooklyn Bridge zubrachten. Unentdeckt. Von keiner Menschenseele erahnt oder aufgespürt. Wie auch? Sie selbst waren bald keine Menschen mehr. Sie lebten nicht, sie vegetierten.

Wenn sie sich aus ihrem düsteren Gelaß hinausstahlen, dann um zu stehlen. Auf den Diebestouren gaben sie sich wenig Mühe, nicht gefaßt zu werden. Sie wurden nachlässig, räuberten mit einer Dreistigkeit durch die Straßen, die einem das Blut in den Adern gefrieren ließ. Ihre Ansprüche sanken, während die Ruchlosigkeit zunahm. Mit einer verrosteten Fahrradlenkstange schlugen sie eines Morgens den Brezenmann in der Water Street nieder, aber nicht um an sein Geld zu gelangen, sondern weil der Duft der dampfenden Brezen sie plötzlich zu Bestien gemacht hatte. Vielleicht erhofften sie sich von derlei unverhohlener Brutalität, daß etwas von außen Kommendes ihr erstarrtes Leben in Bewegung bringen würde.

Etwas anderes kam: Der General war wieder zurückgekehrt. Er sei in dringenden, höchst lukrativen Geschäften unterwegs gewesen, begründete er launig sein fast einjähriges Verschwinden. Natürlich war sonnenklar, daß er im Gefängnis gesessen hatte. Erstmals blitzten und funkelten Tonys Augen wieder auf, verhießen wieder etwas von ihrer unbändigen Lust zu leben. In jener freudigen Wiedersehensnacht rauchten sie zum ersten Mal von einer dunkelbraunen, gummiähnlichen Substanz. Sie rauchten Opium.

Alles in allem waren es die Jahre, da in Tony die Sehnsucht nach einem Geliebten entbrannte. Es war die Zeit der ersten großen Liebe. Die Zeit, da man auf eine atemberaubend leichte Weise Kopf und Kragen riskiert, da man auf dünnem Eis geht, wo andere einbrechen, sich im Regen sonnt, wo andere naß werden, durch die Lüfte fliegt, wo andere bleiern dastehen, das Leben verschwendet, wo andere bloß an die Kosten denken. Eine Zeit, da die Seele im irrlichternden Dunkel des aneinander Vorübergehens plötzlich aufleuchtet und demjenigen, der gemeint ist, einen Weg bahnt. Eine Ära, der das Mißtrauen fehlt, die Vorsicht, die Ahnung, das Bedenken, der Zweifel, die Schuld und wie all die Worte lauten, die ersonnen wurden, um die Enttäuschungen, die die Liebe beibringt, erträglicher zu machen. Eine Epoche der vollkommenen Unberührtheit von Zweck und Berechnung. Eine Zeit, da man selbst zum Geschenk wird um des Schenkens willen, da im Menschen plötzlich ein Lebenssinn erscheint: daß er umsonst liebt im eigentlichen Gehalt des Wortes – zwecklos.

Freilich, Tonys Liebe zu Balthasar entzündete sich nicht von heute auf morgen. Die Liebe war immer schon dagewesen. Eine bagatellhafte Begebenheit genügte, um sie vollends zu entfachen. Es war an einem jener zeitlosen Nachmittage, die sie totzuschlagen suchten. Draußen regierte wohl ein prachtvoller Tag, denn die Sonne goß blendendes Licht in die Bretterritzen. Balthasar wälzte sich unruhig und setzte sich schließlich auf. Da fiel ein Sonnenstrahl auf ihn hernieder, und eine Garbe weißen Lichts beschien sein Antlitz. Er hockte regungslos auf der Matratze, bis die Sonne aus seinem Gesicht hinausgewandert war. Der Anblick dieses Mannes, seine nackte, unbehaarte Brust, das glatte, kalte Gesicht, der spärliche Bartwuchs, die blutunterlaufenen Augen, das ölige, tiefschwarze Haar, die so fein modellierten Finger: Die kümmerliche Erscheinung im gesamten ließ das Mädchen fast aufschreien vor der Sehnsucht nach Umarmung. Anschmiegen wollte sich Tony und von Balthasar gehalten sein.

Sie schwindelte sich in seine Nähe, ließ sich auf der Matratze nieder und saß stumm neben ihm. Sie bekam Herzklopfen, und ihre Wangen brannten. Unsicher griff sie nach seiner Hand und fing an, sie zu streicheln. Wie oft hatte sie sich Zärtlichkeiten mit Balthasar ausgemalt. In ihren Tagträumen nannte sie ihn «mein Augenstern», und beim Einschlafen ließ sie ihm einen Platz an ihrem Rücken. Tony richtete sich auf, umfing Balthasars weiße Schultern, zog den Oberkörper an sich und klammerte sich beinahe an ihm fest. Zuerst war es wie eine Erlösung, aber nach einer Weile wurde ihr mulmig zumute. Es dünkte sie auf einmal, sie halte einen nassen, glitschigen Stein umschlungen. Nicht, weil Balthasar die Liebkosung unerwidert ließ, sondern weil sie sein Herz nicht erlauschen konnte. Balthasars Herz klang nicht. Es schlug nicht.

Lange blickte sie ihm in die verletzten Augen. So nah war sie diesen Augen noch nie gewesen. Diesen grünen, flaschengrünen Augen. Sie mußte ihn immerzu ansehen. Balthasar ließ auch das mit sich machen.

Er ließ alles mit sich machen, und in Wahrheit lag Tony mit der Empfindung vom fehlenden Herzschlagen nicht ganz falsch. Es schien, als habe er seine gesamte Körpertätigkeit, die Bewegungen, ja selbst noch die Gedanken auf ein Mindestmaß verlangsamt. Es schien, als müsse er mit allem, was er hatte, haushalten. Als müsse er seine Kräfte genauestens dosieren, um auf diese Weise einen großen, strengen Winter zu überstehen. Einen bitterkalten, innerlichen Winter. Diesem rätselhaften Menschen, von dem man nicht einmal wußte, wie er wirklich hieß – vielleicht wußte er es selber nicht mehr –, diesem Menschen stand der Sinn nicht nach Liebe. Er war nicht imstande, erotische Phantasien zu erschaffen. Dazu hatte er keine Kraft. Die Reserven, die ihm noch geblieben waren, konzentrierte er auf ein einziges Ziel: Rache.

4

Benommen vom Opium vagierte er ziellos durch die Nacht. Wer ihm begegnete, mußte erschrecken. Groß und wie ein Skelett stand er phlegmatisch vor einem da. Mit verwildertem Haar, gierigen Augen, halbgeöffnetem Mund, darin die Zähne wegfaulten. Eine scheußliche Erscheinung, die noch dazu einen bestialischen Gestank verbreitete. Doch es erschreckten sich nicht viele, denn er ging den Menschen aus dem Weg. Er kannte die Hinterhöfe, die Schlupflöcher, die verwaisten Kontore in seinem Quartier. Seine Passion war es, das Dasein aus der Dämmerung heraus zu betrachten, wenn es nachtete, wenn der Morgen noch gähnend dalag in ödem, fahlem Licht. Das waren seine Stunden, in denen er beinahe so etwas wie auflebte.

Er streunte beim Fulton Fish Market herum, wo ein Trupp chinesischer Hafenarbeiter lärmend zugang war, eine Schiffsladung zu löschen. Es mochte auf drei Uhr gehen. Balthasar schlich heran und beobachtete das Treiben versteckt hinter einem Eisenpfeiler. Er wagte sich einige Schritte näher hin, weil etwas sein Interesse in Beschlag genommen hatte. Aus dem

Bauch des Frachtkahns hievte man Kästen und Reusen herauf, die über einer mächtigen Holzplattform entleert wurden. Eine Unmenge von länglichem Getier wabbelte ineinander und durcheinander, drehrund, breiig und schleimig. Männer rechten mit einer Art Harke das schlüpfrige Gezücht eben, während andere mittendrin knieten und die Riesenwürmer in diverse Kisten sortierten. Balthasar konnte von dem Schauspiel nicht genug erspähen. Fasziniert starrte er auf den vom elektrischen Licht gelblich besonnten Fischberg. Starrte hypnotisiert auf die abertausend unbeweglichen Fischaugen, die ihn – so meinte er – mit vereistem, silbrigem Blick ansahen.

«Hab' ich nicht gesagt, daß die Ware um vier gelöscht sein muß!» wetterte ihm eine Stimme in den Rücken. Noch ehe er überhaupt reagieren konnte, wurde ihm eine langstielige Harke in die Hand gedrückt.

«Laß dich nicht noch einmal erwischen! Oder ich reiß' dir die Arschbacken bis zu den Schulterblättern auf!»

Balthasar verstand kein Wort von dem wirbelnden Amerikanisch des kurzbeinigen, geschniegelten und gebügelten Mannes, und trotzdem begriff er augenblicklich. Er faßte die Harke und begab sich, ohne mit der Wimper zu zucken, auf die Holzrampe zu den Chinesen.

So fand Balthasar eine Arbeit bei der «John O'Dais Corporated», einer Firma, die sich auf den Handel mit Fluß- und Brackwasseraalen spezialisiert hatte. Der gepflegte kleine Mann war der Inhaber der Firma selbst. Die Arbeiter hatten großen Respekt vor ihm, wie Balthasar rasch feststellen durfte, und sie nannten ihn Mr. Adonis.

Seiner an Liebeskummer erkrankten Gefährtin verschwieg Balthasar, wo und in welcher Weise er nun die Nächte zubrachte, und das machte Tony noch einsamer. Sie sah ihn kommen und gehen, schlafen und erwachen. Wiewohl sie nie viel miteinander geredet hatten, schien es jetzt, als habe Balthasar endgültig beschlossen, stumm zu sein. Das machte sie derart traurig, daß sie mit dem Gedanken spielte, an der Pier 16 ins Wasser zu gehen. Aber nicht, weil das Leben für sie keinen Sinn mehr hatte, sondern weil es durch die Liebe recht eigentlich sinnvoll geworden war. Das war der bohrende Schmerz. Ein sinnloses Leben war leicht zu ertragen. Man brauchte sich nur hinzulegen, die Glieder auszustrecken und zu warten, bis es vorbei ist. Aber ein Leben auszuhalten, in dem es plötzlich eine Vision gab, die sich nicht erfüllen sollte, war unerträglich.

Mit dem letzten Quentchen an Intuition, das sie noch besaß, und ihrem angeborenen Vertrauen in die Welt sprang Tony dennoch nicht ins Wasser. Wohl möglich, daß ihr der General mit seinen Zoten und Albernheiten manches Mal über eine sackfinstere Stunde hinweggeholfen hat. Mehr noch getröstet wurde sie aber von dem nicht auszurottenden Glauben an Balthasar. Nein, sie konnte sich doch nicht in ihm getäuscht haben! Hatte er sie nicht damals am Bahnhof mit Namen angesprochen? Und an dem Tag, als ihr ein Inspektor den verhängnisvollen Buchstaben auf den Ärmel gezeichnet hatte, war ausgerechnet er zur Stelle gewesen. Hatte er nicht den Mantel über ihre Schultern geworfen und sie in seine Reihe gezerrt? Nein, sie täuschte sich nicht. «Dummes, ungeduldiges Kind!» leierte sie laut vor sich hin, wenn die Zweifel wieder nagten. Und sie nagten sehr. Eines Nachts litt es Tony nicht mehr. Sie spionierte Balthasar aus, schlich ihm hinterher, um dann doch nur enttäuscht und gleichzeitig beruhigt zu sein, daß er lediglich einer geregelten Arbeit nachging. Sie war eifersüchtig, entsetzlich eifersüchtig.

Während Tony die meiste Zeit an der Pier 16 zubrachte, arbeitete Balthasar im Kontor von Mr. Adonis für fünf Dollar die Woche. Zu sagen, die Beschäftigung hätte ihm Freude oder Genugtuung bereitet, wäre übertrieben. Nichts machte ihm Freude, denn das Wort selbst war ihm fremd. Im Grunde verabscheute er körperliche Anstrengung. Sie lenkte ihn vom Wesentlichen ab: vom Sinnen auf Rache. Was ihn bei Mr. Adonis hielt, war auch nicht das Geld, dessen Bedeutung und Funktion er gar nicht recht kannte. Er hielt es für wertlos, und was es dafür zu kaufen gab, konnte genausogut gestohlen werden. Für ihn machte das keinen Unterschied. Er verschenkte es an seine Kumpane. Dafür ließen sie ihn hochleben, und das schmeichelte ihm. Die Vorstellung, daß ihn jene lobten, die er abgrundtief verachtete und nicht einmal eines Schnaufers auf dieser Welt für würdig hielt, erregte ihn. Was ihn von Mr. Adonis nicht loskommen ließ, war eine geheimnisvolle, alte Erinnerung. Eine älteste Erinnerung sogar, deren magischem Wirken Balthasar sich nicht entziehen konnte. Er war sich dieser Erinnerung nicht wirklich bewußt. Er spürte sie. Er fühlte sie durch seine Knochen rieseln, wenn er mit Mr. Adonis allein war, denn der Patron hatte angefangen, den jungen Mann zu quälen.

Erst durch simples Schikanieren, indem er etliche Kisten mit bereits sortierten Aalen vor Balthasars Füßen ausleerte, so daß dieser die glitschige Ware eilig wieder aufzulesen hatte, ehe der Fischladen geöffnet wurde und die Kundschaft kam. Dann beim nächtlichen Entladen des Schiffes, als der Drehkran plötzlich ein Netz ausließ, das zentnerschwer über den Köpfen der Arbeiter gebaumelt hatte. Um ein Haar wären Balthasar und drei weitere Männer von dem Netz erschlagen worden. Obwohl der junge, allzeit tonlose Mann seinem Herrn nicht das geringste Ärgernis bot – er schuftete manchmal für zwei –, entstand der Eindruck, als habe Mr. Adonis einzig und allein ihn auserkoren, um seine Wut zu kühlen, denn die Geschäfte liefen mäßig. Balthasar, der seinen Namen nicht preisgab und von Mr. Adonis «die Stille» geheißen wurde, muckte weder auf noch zeigte er einen Anflug von Kränkung oder Zorn. Seine chinesischen Kompagnons schüttelten oftmals den Kopf und wunderten sich, daß da einer aufgetaucht war, der das Dienen noch besser beherrschte als sie.

Aber sie täuschten sich: Die Stille kuschte nicht, weil sie um ihren Job fürchtete. Sie hielt mit allem, was ihre Emotionen betraf, deshalb hinterm Berg, um das Unrecht studieren zu können. Ungerechtigkeit berauschte Balthasar. Er hielt sie für den größten Wert der Menschheit. Also ließ er sich von Mr. Adonis anschreien, tyrannisieren, fertigmachen. Nicht der Tort der Erniedrigung verschaffte ihm Lust und den Antrieb zu leben. Für Schmerz war er unempfänglich seit Kindertagen. Dagegen war er resistent. Ihn faszinierte der Geist, das genuin Luzide der Grausamkeit. Er forschte nach dem Destillat des reinen, unberührten Bösen, aus dem gewissermaßen die moraline Säuerlichkeit bereits verdampft war. Die Seele allen Unrechts mußte er finden.

Als hätte Mr. Adonis geahnt, was hinter der Stirn dieses eisigen Spielergesichts schwelte, trieb er die Kränkung auf die Spitze. Dieser verstockte, kalte Mensch, dem nichts weh tat, stachelte ihn zu stetig perfideren Beleidigungen an. Der Stillen war das nur recht. Mag sein, daß Mr. Adonis die Musik machte. Die Stille aber schlug den Takt, und sie schlug ihn lautlos.

5

Es kam auf Heiligabend des Jahres 1931, und die Stadt der tausend Dörfer, die Megalopolis sämtlicher Provinzen dieser Welt, hatte sich in eine leise tönende Winterlandschaft verwandelt. Wie Stalagmiten unerdenklichen Alters standen die Wohn- und Geschäftstürme von Manhattan da. Die Spitze des Hohen Lichts kratzte am schwarzblauen Firmament, aus dem es unaufhörlich schneite, sanft und windstill. Die Kuppel der Martinswand wurde von einer tiefhängenden Wolkenbank umgeistert. Der Schneefall dämpfte den wichtigtuerischen Lärm der Großstadt, und die Menschen taten verwundert, weil ihren Ohren diese Stadt plötzlich so fremdartig klang. Selbst im Gemäuer der Brooklyn Bridge wich das stetige Brummen und Vibrieren einem verhaltenen Raunen. Es klang nach dem Abendwind im Hochwald von St. Damian.

Das 16jährige Mädchen mußte in letzter Zeit oft an die rheintalische Heimat zurückdenken, die ihm freilich nur noch bruchstückhaft im Gedächtnis stand. Wenig war geblieben. Ein paar unauslöschliche Klänge, Bilder, einige Gesichter und drei, vier Gerüche. Der Duft des Monsignore zum Beispiel, dessen Rede nach Milch geschmeckt hatte. Der Geruch des Honigs aus den Jährlingen der Rottannen. Der knatternde Ton von Vaters kleinem Lastauto, wenn es spätnachts heranfuhr. Der unvergeßliche Klang der Stimme jener Frau aus dem Lichtspieltheater. Und immer wieder das auf- und abwogende Rauschen im Hochwald von St. Damian, durchsetzt vom friedvollen Geschelle einiger versprengter Herdenglocken.

Tony hatte Heimweh. Heimweh nach Balthasar. Der Liebeskummer verging nicht, und er war dann am quälendsten, wenn sie diesem Mann am nächsten war. Wenn sie seine Hände nehmen und sie betrachten durfte. Größere Nähe duldete er nicht. Er wußte nicht, was mit dieser Nähe anzufangen sei. Weder war sie angenehm noch lästig. Er begriff einfach nicht, weshalb Tony ihn berühren wollte. Wenn Zärtlichkeiten geschahen, hockte oder stand er knorrig da, ja versteinerte innerlich.

Zur besagten Weihnachtszeit betrat der General wieder die lichtlose Bühne ihres Lebens. Jede Nacht erklang der verabredete Uhu-Ruf. War Tony einmal nicht danach zumute, den Kauz einzulassen, setzte er sich mit einem Fußtritt gegen die notdürftige Tür über ihren Willen hinweg. Dabei machte er die unschuldigste Miene, die ein Mensch aufzusetzen imstande ist. Tony konnte ihm nicht böse sein, auch wenn sie ihn am liebsten auf der Stelle abgemurkst hätte. Seinem teigigen

Lausbubengesicht mit den rehbraunen Augen war nicht zu widerstehen. Und der Schuft tat noch so, als wüßte er das nicht.

Was sie von diesem etwa 50jährigen Mann kannte, war, daß er eine Grille für Uniformen hatte. Wenn es nur glänzte und glitzerte, mit Kokarden, Abzeichen und Sternen besetzt war, dann schwellte dem General die Brust. Sobald ihm das Opium zu Kopf gestiegen war, erzählte er schaurige Geschichten aus einem großen Krieg. Daß der Vater unvorstellbar reich gewesen, daß «nüscht, aber jar nüscht» von dem Zaster übriggeblieben sei. Schmunzelnd lauschte sie seinem zackigen Deutsch, und für seine Streiche, Späße und Marotten hätte sie ihm gern den «Orden von Tonys Gnaden» spendiert, wenn ihm eine derartige Auszeichnung etwas bedeutet hätte.

Übellaunigkeit kannte er nicht. Tony erlebte ihn selten niedergedrückt oder entmutigt. Er war von gleichförmiger Heiterkeit, und die Menschen auf der Straße, wie sie gehetzt ins Nirgendwohin stöckelten und stiefelten, inspirierten ihn zu dreistem Schabernack. Er konnte Passanten von ihrer Wegrichtung abbringen, indem er sich wie ein Schutzmann vor ihnen auftürmte, mit Handzeichen einen Umweg wies, dazu ein Gesicht von nationaler Wichtigkeit machte und jeden, der ihm mit dummen Fragen kam, anschnauzte, schneller zu gehen. Widerstand wurde selten geleistet. Und wenn, leuchtete seine Phantasie erst richtig auf. Einmal langte er im Vorbeigehen in die Einkaufstasche einer Dame mit violettem Haar, zauberte eine Braunschweiger Mettwurst heraus und belehrte die Violette, daß wegen der Prohibition der Verzehr von Braunschweiger Mettwurst untersagt sei, da man annehmen dürfe, es könnten dazu alkoholische Getränke konsumiert werden. Eigentlich sei die Braunschweiger Mettwurst der Anfang allen Übels, ja der Anlaß für die Prohibition gewesen. Madam solle bloß nicht so unschuldig dreinschauen. Schämen solle sie sich vielmehr. Er habe es schon lange aufgegeben, an die Ehrlichkeit im amerikanischen Volk zu glauben. Die Wurst sei beschlagnahmt.

Er sprach ein fürchterliches Englisch, und die Violette entsetzte sich, aber nicht des Englischs wegen. Rennen hieß es nämlich, rennen, bis die Sohlen rauchten. Zu einem Weihnachtsbaum gelangte man schließlich, als der General einem Einarmigen, der eben über die Straße setzte und sich mit einer großen Tanne abmühte, die Hand lieh.

Das Verdienst dieses undurchschaubaren Sonderlings war es, daß die alte Unbeschwertheit in Tonys verwahrloste Gegenwart zurückkehrte. Das Mädchen lachte wieder. Es ging leichtfüßig durch den Tag. Der General zerstreute ihm die bohrenden Gedanken. Er half Tony, den Liebeskummer für ein paar Stunden zu vergessen. Daß sie frohgemut war und zuversichtlich, daran war ihm gelegen. Er mochte das Mädchen gern. Er übernahm die Verantwortung für Tony – eine lose Verantwortung freilich, wann ihm eben der Sinn danach stand. Er betrachtete sich in gewisser Weise als ihr Vater.

So geschah es, daß die Kälberkiste auf Heiligabend entrümpelt und entleert wurde. Der General mistete im wortwörtlichen Sinne aus. Er schleppte zwei Farbkübel heran, um die Mauern zu weißen, aber die Farbe trocknete wegen der Kälte nur schwer, und so blieben die Malerarbeiten Stückwerk. Der Tannenbaum wurde gestutzt und in die Ecke gestellt. Lametta, Rauschgold, Engelshaar, Wachskerzchen und fünf thüringische Glaskugeln schmückten ihn, als Balthasar von der Arbeit zurückkehrte. Balthasar würdigte das verschönte Zuhause keines Blicks. Allerdings sträubte er sich auch nicht dagegen. Das war Tony Anerkennung genug.

Am Nachmittag von Heiligabend erklang der Uhu-Ruf wieder. Balthasar schlief. Tony fror, hustete bellend und hatte Temperatur. Der General sprengte die Tür wie gewohnt mit einem Fußtritt auf, guckte in den Verschlag hinein, grinste und fing mißtönig zu singen an: «Ihr Kinderlein kommet, o kommet doch all. Zu … zu … in Bethlehems Stall …» Er mußte die Weise abbrechen, weil ihm die Worte entfallen waren. In schneidigem Ton gab er Weisung, sich für die Weihnachtseinkäufe ausgehfertig zu machen. Balthasar stellte sich taub und wälzte sich auf die andere Seite, zog sich die zerfressene Lastwagenplane über beide Ohren, während Tony nach dem Schuhwerk tappte, obwohl ihr zum Erbrechen übel war.

Der General befehligte Tony in die Mott Street, wo sie noch nie gewesen war und welche ihr mit dem exotischen Glanz, dem Duft unbekannter Spezereien und Zuckerwaren vorkam wie ein Märchen. Sie betraten einen Frisiersalon, Ecke Bayard Street. Dort wechselte der General ein paar Worte mit einem greisen Chinesen, drückte ihm einen Geldschein in die Hand und verließ den Laden. Mit einem geheimnisvollen Lächeln und behutsamen Zeichen hieß der Greis Tony auf dem Frisierstuhl Platz nehmen. Dann schlapfte er mit einer Utensilie nach der andern daher und setzte sich ins Werk, das zottelig verklebte Haar, das bis zu den Hüften reichte, auszubürsten und zu waschen. Bald verging dem Mädchen das Mißtrauen, und es ließ willig Hand an sich legen. Denn die furchteinflößenden, gichtigen Finger des Chinesen wanderten mit wohltuender Zartheit über ihren Schädel. Seine Fingerballen massierten derart sanft die schorfige Kopfhaut, daß Tony darüber am liebsten eingeschlafen wäre. Das lauwarme Wasser, wie es über den Kopf kroch und den Nacken hinabrieselte, verströmte Behaglichkeit. Jede neue Tinktur, jede Salbe, jedes weitere Shampoonieren dünkte sie, als sei sie im Himmel angelangt. Sie schloß die Augen, der Nacken entspannte sich, und sie gab sich ihren Phantasien hin, fing an zu träumen: Balthasar.

Der Alte tippte ihr jetzt schon zum vierten Mal an die Schulter, und er machte ein verstörtes Gesicht. In seufzendem

Englisch fragte er die Miss, ob etwas nicht in Ordnung sei. Was er falsch gemacht habe. Vielleicht sei er mit dem Schneiden doch etwas zu weit gegangen. Aber der Mister habe es so gewünscht. Ohne Frage bekämen sie ihr Geld wieder zurück, und er blickte dabei auf den blonden Haarhaufen zu seinen Füßen. Nervös stand er vor Tony und betrachtete ihre geschlossenen Augenlider. Tränen kullerten dem Mädchen über die vernarbten Wangen, unaufhörlich Tränen. Das machte den Alten fast verzweifeln, weil er eine Anzeige beim Gewerbeamt fürchtete, wodurch sein konzessionsloser Laden auffliegen würde.

Aber Tony weinte ja nicht der verlorenen Haare wegen. Sie weinte vor Glück. Daß es jemanden gab auf der Welt, der so vornehme Hände hatte. Daß jemand so behutsam mit ihr umgegangen war, voller Respekt und Hochachtung. Derart ausgehungert nach Berührung war diese junge Frau. Und sie konnte mit dem Weinen noch immer nicht aufhören, als das Windspiel über der Tür bimmelte und der General wieder in den Laden hereinschneite. Er ließ es sich nicht nehmen, dem Bubikopf mit dem schnurgeraden Pony die Parade abzunehmen. Die neue Frisur erregte sein Wohlgefallen, und der Chinese sah die finsteren Gesichter vom Gewerbeamt ahnungslos am Laden vorbeiziehen. Er mußte glatt aufkichern, daß er auf eine so einfältige Idee hatte verfallen können: Von dieser kleinen Dreckshure drohte ihm doch keine Gefahr. Er verneigte sich höflich, als die Kundschaft den Salon verließ. Dann wartete er ein paar Minuten, ehe er daranging, den Frisierstuhl zu desinfizieren.

6

Der kurzweilige Nachmittag mit dem General – eine Überraschung jagte die andere – machte das Fieber vergehen und sie selbst verstummen vor Dankbarkeit. Zuerst der Besuch bei dem Chinesen, diesem Zauberer. Dann die Taxifahrt durch verschneite, lichtübersäte Schluchten. Der Raubzug durch ein vor Menschen berstendes Kaufhaus, in dem es gemütlich warm war und wo man fast benommen wurde von schwerem, unerschöpflichem Parfümduft. Schließlich der Zwischenfall mit dem glasäugigen Detektiv, der sie beim Stehlen einer Wollmütze erwischt hatte, aber wegen dem «Frieden den Menschen auf Erden», wie er sich überraschend auf deutsch ausdrückte, von einer Anzeige absah. (Als er sich von Tony abwandte, schluckte ihr Ärmel doch noch Balthasars Geschenk.) Und endlich die köstliche Pizza mit einer Portion Extrahonig drauf, die sie im Handumdrehen verputzt hatte. Das alles ließ sie still werden und grüblerisch. Wie es dem General danken? Womit ihm eine Freude machen? Tony überlegte hin und her. Plötzlich kam ihr ein Gedankenblitz: Ganz verschenken wollte sie sich an diesen Mann, den einzigen wirklichen Freund auf der Welt. Schenken wollte sie ihm das, was sie für die größte Kostbarkeit ihrer Existenz hielt.

Die Luft dunkelte, als Tony und ihr väterlicher Begleiter die Bowery abwärts schlenderten in Richtung Brooklyn Bridge. Ein kurioses Paar gaben sie ab. Er, bepackt wie der Weihnachtsmann und gleichzeitig brennend wie ein Christbaum – die funkelnden Orden an seiner Jacke –, sie ein Strich, verlumpt und grau, aber mit einer brillantineglatten Frisur à la mode. Durch den obligaten Fußtritt verschaffte man sich Einlaß, und die beiden staunten nicht schlecht, als sie ein warmes, ja überheiztes Zuhause betraten. Balthasar, den die Kälte ansonsten gleichgültig ließ, hatte zum ersten Mal etwas für

Tony gemacht. So faßte sie es jedenfalls auf, und sie hätte schwören können, ihrem Augenstern sei ein Lächeln übers Antlitz gehuscht, da er ihre neue Frisur erblickt hatte. Dabei hatte Balthasar nicht ihretwegen die Lippen gespitzt. Er schmunzelte, weil ihm plötzlich die Idee gekommen war, an dem Mondgesicht das Entweichen der Seele zu studieren. Er hatte soeben beschlossen, diesen Mann umzubringen.

«Nu is det aber jenuch mit die Kohlen, Döskopp!» polterte der General und schlug Balthasar das Brikett aus der Hand. «Willste, det ick mir verschmore? Gaff nich wie'n Stier und geh mir von der Pelle!»

Balthasar schlich in seine Ecke zurück wie ein genäßter Hund.

«Wat meenste, Tonyken, sollen wer anfangen?»

Sie nickte.

«Denn soll et nu aber doll weihnachten in der juten Stube!» schnarrte er gut gelaunt, langte in die Rocktasche, zog eine Streichholzschachtel heraus und warf sie Tony zu: «Mach mal!»

Sie steckte die Christbaumkerzen an, und bald sah es in dem halbdunklen Loch aus wie in einer Votivkapelle. Die Augen des Generals füllten sich mit allerhöchster Feierlichkeit, und die Warze warf einen langen Schatten über seine rechte Backe. Er legte die Hände an die Hosennaht, knallte die Absätze zusammen, schöpfte tief Luft und bellte: «Dreii und vieer und ... Stiii-il-le Naaacht, Heiii-li-ge Naaacht, aal-les schläääft ...» Es war schlimmer als Katzengejammer. Glücklicherweise kam der Sänger über den Text der ersten Strophe nicht hinaus. Zu lange schon war er der christlichen Folklore entwöhnt. Er ließ den Willen für das Werk gelten und gab Anweisung, unverzüglich mit der Bescherung zu beginnen. Dabei streckte er Tony ein Päckchen hin, das in rostrotes Papier eingeschlagen war.

«Für mich?» hustete sie.

«Für dir, Tonyken», sprach er zart. Sie legte das Päckchen vorsichtig zu Boden, kniete hin, öffnete es umständlich und traute den Augen nicht. Ein taubenblaues, ärmelloses Abendkleid kam zum Vorschein, mit Blüten- und Rankenmustern bestickt.

«Ick dachte mir, det et farblich zu deene Kieker paßt», sagte der General und senkte ein wenig verlegen den Kopf.

Tony wußte nicht, wie ihr geschah. Sie warf die Hände an ihren Mund, starrte auf die Kostbarkeit, nahm sie vom Boden auf, roch an ihr, befühlte sie und roch wieder daran.

«Is jut, is jut!» spielte er den ungestümen Ausdruck der Freude in ihrem Antlitz herunter. «Willste den Fummel nich antun?» Das brauchte er nicht zweimal zu fragen, und das Mädchen begann den Oberkörper zu entblößen. Obwohl der General die Augen von Tony abgewandt hielt, erspähte er für den Bruchteil einer Sekunde ihre weiblichen Reize. Gertendünn, die Brüste apfelsinengroß, die Haut weiß wie Kerzenwachs, sommersprossig, die Hüften knochig knabenhaft, dünkte ihn dieser Körper atemberaubend schön. Der General bekam feuchte Hände, und die Lippen wurden ihm spröd.

Da berührten seine Finger plötzlich Tonys Schulter. Das Mädchen blickte sich um, grinste den General an und sagte, daß es gleich soweit sei, das Kleid vorzuführen. Aber die Hand langte fester zu, so daß Tony den Träger nicht über die Schulter streifen konnte. Sie grinste noch immer und sagte, er solle sich halt gedulden, Mensch. Gleich sei sie angezogen. Aber der General riß sie an sich, streifte ihr das Kleid von den Hüften und begann ihren Hals zu liebkosen. Tony dachte, es sei einer von den üblichen Späßen, und sie fand das Ganze durchaus lustig. Denn plötzlich kniete dieser Mann vor ihr da, buckelte sich, riß die Uniformjacke auf, daß die Messingknöpfe nur so durch die Luft flogen, wimmerte und flehte, sie solle ihm die Schuhkappen in den Arsch treten.

Tony meinte noch immer, alles sei ein Scherz, und sie gab

ihm auch einen Klaps auf den Hintern. Aber das Gesicht des Generals wurde feuerrot, und der Mann fing jäh zu brüllen an mit einem Organ, das sie ihm niemals zugetraut hätte. Schlagen solle sie ihn, Herrgottnochmal, in die Seite, auf den Kopf, in den Rücken, worauf sie Lust habe. In ihrer Ratlosigkeit blickte sie hilfesuchend nach Balthasar, der aufrecht auf seiner Matratze hockte, die Fingernägel kaute und das Schauspiel mit hellwachen Augen verfolgte.

Der General wurde nicht müde, von Tony Gewalttätigkeiten zu erbetteln. Das Mädchen lachte hilflos und rief gleichzeitig, es weigere sich, seinen Kumpel zu schlagen. Dann tat sie es doch, und die Fußtritte wurden stärker, und die Verzweiflung auch. Aufhören werde sie jetzt damit, schrie Tony, lachte schallend vor Hilflosigkeit, schlug den General in die Hüften und flehte wieder, den Spaß doch endlich sein zu lassen.

Plötzlich umschlang er ihre Beine, und eine Gedankenlänge später lag sein fleischiger Körper schon auf ihr, wetzte sich an ihr, und Tony merkte, daß ihr Bauch zu brennen anfing. Der General stöhnte, schnaufte und schrie, daß das Rumpeln die schönste Sache der Welt sei, daß es gesund mache und stark. Dann fiel er in sich zusammen, keuchte und sagte kein Wort mehr. Tony wartete. Sie wartete noch eine Weile, zwängte sich dann vorsichtig unter dem erschlafften Leib hervor. Ihr erster Gedanke ging nach der neuen Frisur. Tony glättete sich das Haar und strich mit den Fingerspitzen den Pony gerade, immerzu.

Der General lag bäuchlings auf der Erde, und auf einmal schlürfte er ein paar Worte in sich hinein: daß er sterben wolle, daß er sich hasse, daß er es nicht verdient habe, auf dieser Welt zu sein. So lallte er erschöpft vor sich hin, während Balthasar unauffällig herangeschlichen war, Augen und Ohren aufsperrte, um nicht eine Sekunde, nicht eine Silbe von dem Schmerz dieses Menschen zu verpassen. Nägelkauend hockte er da und starrte unablässig auf den General.

Tony begriff überhaupt nichts. Was war geschehen? War das das Jetzt? Abend oder Morgen? Neumond? Es kam ihr vor wie ein Traum. War ihre Frisur in Ordnung? Ach, sie war ja gar nicht beim Haareschneiden gewesen. Sie griff sich an den Kopf und strich die Stirnfransen gerade. Schnurgerade mußten sie sein, linealgerade. Dann erhob sie sich vom Boden und zog das Kleid an, das herrliche Geschenk vom General. Wie nobel man sich darin vorkam. Jetzt noch die passenden Schuhe dazu finden und ein Parfüm, das nach Kamille duftet. Da mußte sie lachen, herzlich lachen. Zu Balthasar sagte sie, daß die Bescherung noch nicht vorbei sei. Das hier sei für ihn, und sie reichte ihm die Mütze. Ja, und für den General, dessen Freundschaft ihr alles bedeute, habe sie sich etwas ganz Besonderes überlegt. Er solle sich die Hose hochziehen und es sich auf der Matratze gemütlich machen.

Die Stimme klang heiser, und Tony mußte wegen des Hustens ein paarmal von vorne anfangen, denn das Geschenk wollte makellos sein. Das hatte sie sich in den Kopf gesetzt.

> Guter Mond, dir will ich's sagen,
> was mein banges Herze kränkt.
> Und an wen mit bittern Fragen
> die betrübte Seele denkt.
> Guter Mond, du kannst es wissen,
> weil du so verschwiegen …

Sie vermochte nicht mehr weiterzusingen, beim besten Willen nicht. Die Augen waren naß geworden, und die Tränen schnürten ihr den Hals zu. Eine marternde Frage hatte ihr plötzlich den Kopf durchstochen, und die Frage stach wieder zu: Warum hat er mich allein gelassen? Und stach wieder: Warum?

7

Daß der General wie Quecksilber war, unstet und unzuverlässig, daß er es mit dem Schwören nicht so genau nahm, trug sie ihm nicht nach. Aber daß er sich drei Monde lang nicht mehr blicken ließ und dann eines Nachts mit einem Stiefeltritt unverhofft wieder in der Kälberkiste stand, spöttelte und so tat, als sei gar nichts gewesen, das machte sie gallig. Wie hatte sie ihn vermißt! Seine Gesellschaft, die Streiche, die unerschöpflichen Einfälle, wie sie nur so aus seinem Kopf hervorsprudelten, die listigen rehbraunen Augen. Was hatte sie ihm angetan, daß er sie so schlecht behandelte?

Denn er kam erst wieder zum Vorschein, als die Menschen dem Frühling allmählich glaubten. Als die Luft in jener unvergleichlich klaren Aprilbläue stand, die nur in dieser Stadt zu finden ist. Als die Sonne einem derart grell in die Augen hineinlärmte, daß man nur entlang der Hausschatten Genesung finden konnte.

In dringenden, höchst lukrativen Geschäften sei er unterwegs gewesen, schwadronierte der General, aber sein Tonyken habe er keine Sekunde lang vergessen. Er habe oft an sie denken müssen, habe sogar für sie gebetet, wenn sie's genau wissen wolle, und zwar in St. Mark's auf der Bowery. Wenn sie ihm noch länger den Marsch blase, könne er glatt wieder gehen. Lieb solle sie vielmehr zu ihm sein, ehe das Mondkalb vom Fulton Market heimkomme, dieser verdruckte, miserable Kerl, der ihr im übrigen gar nicht guttue. Das wolle einmal gesagt sein, wenn man schon Tacheles rede. Außerdem habe er sowieso vor, sie aus diesem Drecksloch herauszuholen und hinauszuführen in eine lichte, rosige Zukunft.

So sprach der General und knöpfte dabei gleichzeitig die Uniform auf, entledigte sich der Mütze und des Gürtels. Die Hose rutschte ihm bis zu den Knien hinunter. Er warf sich auf das Mädchen, leckte ihr Haar und ihre Ohren und flüsterte, daß er ab jetzt immer samstags zum Rumpeln komme. Tony fand keine Worte und nicht die geringste Gegenwehr. Wie gern hätte sie dem General bedeutet, daß sie ihn liebhabe. Doch ihr fehlte der Ausdruck. Was auch immer sie jetzt zu ihm gesagt hätte – davon war sie überzeugt –, er hätte es falsch verstanden. Also ließ sie den Akt über sich ergehen. Als hernach seine Augen wieder ihren schelmischen Glanz zurückgewonnen hatten und der Atem gleichmäßig geworden war, schlief er neben ihr ein. Tony betrachtete sein aufgeschwemmtes Gesicht, und fast bekam sie Lust, mit der Fingerkuppe über die Warze zu streichen. Was wohl jetzt in diesem gescheiten Kopf vor sich ging? Welchen Schabernack er noch im Schlaf ausheckte? Oh, sie war so glücklich, daß er sie nicht vergessen hatte. Gebetet hatte er für sie. Jemand hatte für sie gebetet! Also war sie doch noch auf der Welt. Früher, ganz früher hatte auch jemand für sie gebetet. Die Mutter hatte für sie gebetet. Tony wandte sich vom General ab und stürzte in bohrende Gedanken. Ihr Gesicht wurde ärgerlich, weil ihr der Vorname der Mutter nicht mehr einfallen wollte.

Plötzlich schreckte der General auf und fragte, wo er sei. Das Mädchen beruhigte ihn mit sanfter Stimme. Er kleidete sich an, pressierte davon und rief noch herauf: «Ick hab' dir lieb! Aber die Jeschäfte! Bis Samstag!»

Prompt kam er dann auch wieder samstags zur Brücke. Halbherzig erwog Tony den Plan, sich in einem Schuppen an der Pier 16 zu verstecken, aber sie hatte keine Kraft, sich vom Lager aufzuraffen und ihre Erscheinung dem lauen Frühlingsabend anzutun. Sie empfand sich häßlich und hassenswert. Balthasar döste, als der Käuzchenruf des Generals ertönte und kurz darauf die Tür mit Krachen aufsprang. Er wandte sich bloß auf die andere Seite und zog die Plane über seinen Kopf.

Den Fummel, den er ihr geschenkt habe, solle sie anziehen,

sagte der General grußlos. Gute Laune hatte er und schnitt nach jedem Satz eine Grimasse. Er konnte die Augendeckel abwechselnd öffnen und schließen, ohne mit den Brauen zu zucken. Tony tat, was er von ihr verlangte, und kramte das blaue Kleid unter der Matratze hervor, wo sie es wie einen Schatz hütete.

«Damit et wärmer wird im Kopp!» lachte der General und legte ein Briefchen Opium auf das Knie des Ofenrohrs.

An jenem Abend im Mai machte der General Tony zu seiner Hure. Er wurde ihr Zuhälter. Sie gingen etwa eine Viertelstunde stadtaufwärts im Straßengewirr der sich allmählich fiebrig entzündenden Nacht, betraten ein Hinterhofhaus über die Feuertreppe, gelangten in den dritten Stock und von dort in einen großen, fast hallenartigen Raum. Dieser Raum platzte schier vor Möbeln, Antiquitäten und Krempel verschiedenster Provenienz. In einem spanischen Bett mit improvisiertem Baldachin empfing das Mädchen seinen ersten Freier. Danach reichte der General Tony ein Glas mit Kognaksoda und hielt eine ausufernde Rede darüber, wie sich ein Weib lasziv und verrucht zu benehmen habe. Irgendwo wurde Grammophon gespielt.

Tony lernte schnell. Bald wußte sie, was den Freunden des Generals gefiel. Schon nach dem dritten Besuch hatte sie das männliche Geschlecht weit genug studiert, um es von seiner Not – sie meinte, es sei ein Schmerz – zu erlösen, damit der Atem wieder friedvoll gehen konnte. Sie lernte auch, daß mit diesem Körperteil nicht zu spaßen war. Als nämlich einem Freier plötzlich die Erektion versagte, mußte sie lachen, sie wußte nicht weshalb. Darüber wurde der Junge – halb noch ein Knabe – so zornig, daß er auf sie einzuschlagen begann und nicht mehr damit aufhörte. Zum Glück stürzte der General herbei und flehte das Milchgesicht an, die Göre nicht hinzumachen. Himmeldonnerwetter! Sie sei sein einziges Kapital. Tony lernte, Beleidigung, Kränkung und Erniedrigung als das zu verstehen, als was sie gemeint waren: ernst. Also wurde sie dagegen resistent.

Eine kluge Hure gebe sie ab, scherzte der General bisweilen. Schon seltsam, aber den Weibern liege das einfach im Blut: der Verrat. Das sei ein Mysterium. Auf diese Worte war Tony nicht wenig stolz – für sie war es Lob –, denn sie wollte ihrem verehrten General, dem sie so viele heitere Stunden zu danken hatte, keine Enttäuschung sein. Darum gab sie seinen Männern die Empfindung, von ihr gewollt und begehrt zu sein. Nach dem Akt schlüpfte sie in das Hemd, in die Hose, in die Schuhe des Freiers, setzte sich auf seinen Bauch, gab das süße Mädchen, ließ ihn mit durchtriebener Zärtlichkeit ahnen, daß nur er gemeint sei. Alle gingen sie weg in dem Glauben, sie hätten die Hure beglückt, nicht umgekehrt. Und einen Besucher gab es, den Tony wirklich mochte. Er nannte sie Pussy. Es war ein Spanier. Er hatte einen Wasserkopf, und er spuckte beim Reden. Der Spanier brachte ihr stets eine Portion Nudeln mit Sacharin vorbei, und das schmeckte einfach vorzüglich.

Mit dem Geld, das ihr der General in hälftiger Summe dessen, was er einnahm, zusteckte, wußte sie genausowenig anzufangen wie Balthasar. Sie rechnete in Pediküren und Maniküren. Sie trug das Papier in den Frisiersalon des Chinesen in der Mott Street. Nichts Beglückenderes gab es auf der Welt, als von diesen Zauberhänden berührt zu werden. Die Stunden im Frisierstuhl verstrichen wie ein Augenblick, und nicht selten winkte sie mit einem Extradollar, bedeutete dem Alten, mit der Maniküre von vorne zu beginnen. Oder sie kehrte, kaum daß sie den Salon verlassen, wieder zurück, nahm wortlos in dem Stuhl Platz, streckte dem ratlosen Alten die glänzenden Hände hin und guckte ihn aus kecken Augen heraus an.

Der Inhalt ihres Lebens bestand einerseits darin, das taubenblaue Kleid in blitzsauberem Zustand zu erhalten. Ein

Flecken, ein Schmutzrand kam einer Katastrophe gleich. Als sich der Spanier einmal beim Koitus über ihr erbrach, da hatte sie zum ersten Mal in ihrem Leben ernstliche Mordgelüste. Andererseits wohnte tief in ihr drin eine unbegreifliche Treue zu Balthasar und dem General. Sie dachte nie darüber nach. Mochten sie sich ihr gegenüber noch so gleichgültig verhalten, nie vergaß sie Balthasar, daß er sie damals am Bahnhof mit Namen angesprochen hatte. Nie vergaß sie dem General die fröhlichen Momente, das Lachen, das er ihr zurückgegeben hatte. Ja, sie vergaß nicht einmal den Brezenmann in der Water Street, den sie beharrlich allmorgendlich aufsuchte. Aber nicht, weil es ein ofenwarmes Almosen gab, sondern weil sie diesem Menschen seine Großherzigkeit nicht vergessen konnte.

Sie war am Ende. Vielleicht ahnte sie es. Sie durchlebte fiebrige Wahngebilde, wähnte sich als Feuerengel, nannte sich «Mutter der Ratten», weil sie glaubte schwanger zu gehen. Vielleicht vegetierte sie nur darum weiter, weil ihr Körper noch nicht leicht genug war, von dieser Erde wegzufallen wie ein später, friedvoller Gutenachtgedanke, hinein in die bestirnte Nacht, die sie so sehr liebte. Manches Mal lag sie auf ihrem Lager, streckte die Glieder aus und war davon überzeugt, daß sie aus dem kommenden Schlaf nicht mehr erwachen würde. Ihr Augenlicht wurde schwächer, bedingt durch die verheerende Ernährung. Sie litt an Kurzsichtigkeit, und das Dämmerlicht machte sie zeitweilig fast erblinden.

In jenen vollendet schönen Mainächten, wenn der Morgen bereits fahlrot über den Stadtteil Queens hereinrollte, saß sie nach getaner Arbeit auf ihrem Steg und glarte in den East River. Es war an einem Sonntagmorgen, sehr früh, und die Viertel an der Waterfront zwischen Brooklyn Bridge und Wall Street wirkten verschlafen wie ein Schtetl am Schabbat, wie St. Damian während der heiligen Messe. Die Automobile auf der South Street konnte man an zehn Fingern abzählen.

Passanten wirkten wie vergessene Kinder auf einem geleerten Rummelplatz. Man hörte die Vögel erwachen. An jenem Morgen gegen fünf schweifte Tonys Stimme wieder durch die Lieder der Kinderzeit. Mit ihrem hohen Sopran, dessen Timbre sich in all den tristen Jahren mit Melancholie eingedunkelt hatte, stimmte sie mehr lustlos denn beseelt die Choräle, die Kinder- und Volksweisen an. Meistens brach sie schon nach der ersten Strophe ab, weil ihr keines der Lieder behagte oder weil sie schlicht die Worte vergessen hatte.

Es fügte sich, daß ein Mensch des Weges kam. Ein junger Mann, der seine weit auskragende Nase hoch in der Morgenluft spazierenführte. Dazu hatte er auch triftigen Grund, denn Aron Fleisig – so der Name des blonden, hochaufgeschossenen Jungen – hatte am Vorabend das Probespiel zum dritten Korrepetitor der Metropolitan Opera mit Bravour bestanden. Das wollte etwas heißen, galt es doch, sich gegen vierzig Bewerber durchzusetzen. Fleisig hatte es fertiggebracht, das Konsistorium in helle Begeisterung zu versetzen, indem er mir nichts, dir nichts die Partitur des Wozzeck prima vista zu spielen verstand. Ein Ding der Unmöglichkeit, wie selbst die Mitstreiter verbissen anerkennen mußten. Kurz: Ein ungemein begabter Musiker führte an diesem Morgen die Stadt spazieren.

Aron war nicht allein zuweg, sondern in Begleitung einiger Musiker und Kunststudentinnen seines Jahrgangs. Eine kleine Gruppe ausgelassener junger Menschen war es, die in Mahoneys Bar in der Park Row die Nacht durchgefeiert hatte. Junge, vornehme Leute aus der Upper West Side, die ihre Kindheit in einem der typischen Brownstone-Häuser zugebracht hatten. Kinder, die ihr Blechspielzeug sorglos im Vorgärtchen liegenlassen durften – so behütet war ihr Leben. Menschen, zu allem Feinen, den Charakter und die Seele Bildenden wie Ergötzenden erzogen. In wenigstens drei Sprachen fließend parlierend, im Griechischen und Lateinischen halbwegs. Mit gekünstelten Stimmen Ciceros Orator im Central Park rezitierend, mit schneeweißen Fingern Byrdsche Pavanen aus dem Fitzwilliam Book virginalisierend. Eine Kategorie von Menschen, für die der Dreck und das Elend der Stadt nicht existent waren. Menschen, geschult gleichermaßen im Hinsehen wie im Wegsehen, im Hin- und Weghören. Hinhören auf das zum Schönen Erhobene, um das als vulgär Deklarierte zu überhören.

«Hörst du das, Berenice?» sagte Aron zu einer ätherischen Schönheit in grünem Cape, die sich bei ihm untergehakt hatte und gerade himmelwärts lachte. Er blieb stehen und wandte den Kopf nach allen Seiten, um die Richtung auszumachen, woher die Luft den Klang dieser Stimme trug. «Jetzt seid doch bitte mal alle still!» rief Aron. «Hört ihr das nicht? Dieses Singen!»

Es entstand ein höfliches Schweigen unter den Freunden, aber nicht lang, und Berenice lachte wieder. Sie war eine muntere Person, Schauspielschülerin, und zeichnete sich durch zwei Dinge aus: Sie kicherte ohne Anlaß und war ungeheuer phantasiebegabt. Angeben konnte sie, daß die Wände rot wurden. Ein Taxi knatterte an der Gesellschaft vorbei. Die Jungs, angetrunken, grölten wieder in den Morgen hinaus.

«Mein Gott, was ist das?» sprach Aron mit sich, löste den Arm aus Berenices Umklammerung und blieb stehen.

«Was hast du?» poussierte sie mit ihm. Er bedeutete ihr zu schweigen, wandte sein spitzes Gesicht mit den kurzen, wirren Augenbrauen von ihren kirschschwarzen Lippen ab. Berenice ergriff mit gespielter Eifersucht den Unterarm eines andern Jungen. Hätte sie Arons Augen nur ein wenig wacher betrachtet, sie hätte ehrlichen Anlaß zur Eifersucht gehabt. Sie hätte erleben dürfen, wie Aaron genau in diesem Moment die Liebe übers Gesicht ging.

«Was ist das für eine Stimme?» bildeten seine Lippen tonlos. Der junge Musiker brannte sich eine Zigarette an, hielt sie mit zittriger Hand vor seinen Westenausschnitt und lauschte. Berenice rief von fern. Die Koseworte ließen ihn unberührt.

8

Ganz hochgestimmt war der Fischhändler Mr. Adonis am späten Abend des 25. Mai 1932. Der kleine, blitzblanke Ire mit der schön geschnittenen Nase saß im fensterlosen Kabäuschen seines Kontors und blätterte in den Papieren eines Kontrakts, den er mit Mr. Cho Young abgeschlossen hatte. Der Laden war verkauft und der Chinese schamlos übervorteilt. Mr. Adonis schmunzelte. Er durfte eine prosperierende Zukunft gewärtigen. Er setzte sich in seinen Drehstuhl, kreuzte die Beine auf dem fettigen Mahagonitisch, ließ die Arme baumeln, schloß die Augen und dachte an Nenagh. An die saftiggrünen, hügeligen Auen im Rücken des Städtchens. Daran, wie er sich als Junge in den Schattenrissen der dahinfliegenden Wolken zurechtgeträumt hatte. Wie er einmal getrocknete Roßäpfel in Mutters Mürbteig eingeknetet hatte, wie er und ein paar Jungs aus der Nachbarschaft dem alten, fallsüchtigen Pádraic O' Cuiv das Gemächt rasiert hatten. Ach, gute alte Kinderzeit! Mr. Adonis langte nach einer Virginia in der Schublade seines Sekretärs und begann zu singen: «An tAonach, An tAonach, kein Licht strahlt wie dein Licht ...»

Der Kontrakt, mit welchem er den Chinesen über den Tisch gezogen hatte, garantierte ihm einen erklecklichen Batzen Geld, von dem er eine Feinkosthandlung in Yorkville zu kaufen gedachte. Das Geschäft war so gut wie spruchreif. Endlich raus aus diesem scheußlich stechenden Fischgestank! Wieviel Geld hatte er nicht für Moschus ausgegeben, für Duftkerzen und Weihrauchkörner, um wenigstens hier drin eine Ahnung von der mondänen Welt zu erschnuppern! Aber der Gestank war immer stärker. Zum Teufel damit! «Adonis' Delicatessen!» Ja, das Ausrufezeichen mußte auf dem Emailschild stehen. Das machte was her.

So räsonierte Mr. Adonis am Beginn seiner letzten Schicht in der «John O' Dais Corporated». Eine allerletzte Schiffsladung von Brackwasseraalen galt es noch abzuwarten und zu löschen, ehe er dem Laden für immer den Rücken zukehren durfte. Was war er doch für ein Glückspilz! Er nahm einen tiefen Zug von seiner Virginia und blickte zur Decke, von wo ihn das Licht der nackten Glühbirne blendete. Wie haßte er diesen Raum, wo er soviel Mühe aufgewandt hatte, um die Bilanzen zu frisieren! Und nie hatte ihn die Behörde kontrolliert. Er war halt nur ein kleiner Fisch. Wie haßte er das grelle Licht dieser Glühbirne, die er so oft mit einem hübschen Veroneserschirm zu dämpfen gedachte! Nie war es dazu gekommen. In einem stinkenden Fischladen am East River ließ sich das Leben einfach nicht zur Kunst ausrufen. Der Gestank machte jeden feinsinnigen Gedanken lächerlich. Aber damit war es jetzt endgültig vorbei. Duften würde hinfort sein Leben, und man ging immerhin schon gegen Vierzig.

Den kurzbeinigen, adretten Mann hielt es nicht länger im Laden. Es waren noch gut zwei Stunden hin, bis der Frachtkahn anlegen würde, und von seinem lausigen Trupp war noch niemand zugegen. Er griff nach dem Telephon, bestellte kalten Aufschnitt auf Punkt zwei, überdeckte das Sprachrohr mit seiner Hand, um einen Fluch loszulassen, weil das Fräulein nur mühselig Englisch sprach. Dann nahm er Jackett und Sportmütze, rückte die Krawatte zurecht, verließ das Kontor, sperrte ab, schlurfte die steile Treppe hinunter und schlenderte durch die von einem Sprühregen genäßte Water Street. Im Battery Park, wo es aufdringlich nach Jasmin duftete, erging er sich eine Stunde. Er beäugte die Liebespärchen und sann währenddessen über das Ausrufezeichen nach. Bliebe es nun doch weg, wirkte das Ganze nicht so reißerisch, sondern schlicht, ja geradezu négligent. Négligent. Das Wort gefiel ihm. Es paßte vorzüglich in diese laszive Mainacht. Er faßte den Plan, bei Berlitz einen Konversationskurs zu belegen, um sein Französisch aufzufrischen. Als Mr. Adonis der Jasmin süßschwanger in die Nase schwoll, empfand er sich plötzlich ganz aphrodisisch, und er bekam Lust auf eine Sauerei.

Auf dem Rückweg fiel sein kleinlicher Blick in das Schaufenster von Howes Billards. Mr. Adonis wechselte die Straßenseite und betrachtete die männliche Jugend, wie sie sich an den Tischen lümmelte, die Queues mit négligentem Blick bekreidete, Bierersatz trank und Zigaretten qualmte. Chinesen, Kreolen, Neger. Ach, und sieh an! Well, well, well! Drei rothaarige Blaßgesichter. Iren gewiß, Abschaum mit Sicherheit. Alle mischten sie sich wie selbstverständlich durcheinander. Ein verwaister Pooltisch, die Nummer 14, erweckte sein Interesse. Dorthin trat in ebendiesem Moment ein kolossal gebauter Typ mit eng anliegendem, verschwitztem Trikot. Mr. Adonis blieb die Luft weg, und er bekam Herzklopfen. Er konnte die Augen nicht mehr von den im elektrischen Licht glänzenden, kaffeebraunen Schultern lassen. Und so stand er vor Howes Billards, träumte sich in den Schweiß jenes Jungen hinein und vergaß die Zeit. Als er schließlich von zwei obdachlosen Frauen um ein paar Münzen angegangen wurde, erwachte er aus dem erotischen Halbschlaf und watschelte fluchend davon. Was er über Frauen im allgemeinen dachte, gab er mit besonders lautem Organ preis. Négligeable war noch das Harmloseste. Oben an der Pier waren seine Leute schon dabei, die Reusen aus dem Frachtkahn zu heben. Die Stille war wie immer der Fleißigste. Mr. Adonis ging grußlos an ihm vorbei und zog sich in sein Hinterzimmer zurück. Die erkaltete Virginia wollte in Ruhe zu Ende geraucht sein.

Der muskulöse Rücken und das pralle, runde Gesäß des Jungen aus Howes Billards wollten ihm nicht aus dem Kopf gehen. Er griff in die Schublade, langte nach Papiertaschentüchern, machte sich eben am Gürtel zu schaffen, als es weich an die Tür klopfte. Es war Fan, den er Cynthia nannte, wie er überhaupt alle in seinem Laden Beschäftigten mit Mädchennamen rief – der Kunst zu leben wegen.

«Was gibt's?» fragte er Cynthia mit einem Kloß im Hals.

«Die Liste, Mister Adonis», sagte der Knirps und streckte ihm die Frachtpapiere zur Gegenzeichnung unter die Nase.

«Gib her!» entgegnete der Boß und räusperte sich. «Sag mal, Cynthia ...»

«Mister, ich muß wieder ...», stotterte der Bub dazwischen und wollte davon, denn er wußte, wonach Mr. Adonis der Sinn stand. Ein flüchtiger Blick in seine Augen hatte genügt, um zu erkennen, wieviel es geschlagen hatte.

«Cynthia!» wiederholte Mr. Adonis mit jener väterlichen Unumstößlichkeit, der kein Junge zu entrinnen vermag, verstecke er sich auch in den dunkelsten Kellern, den tiefsten Wäldern, den entseeltesten Einöden dieser Welt. Sagte es in einem Ton, vor dem bergende Mutterhände versagen und selbst noch tröstende Schwesterarme.

«Mister?» erwiderte der Junge leise, blieb stehen und beschloß, sich mit dem Kommenden abzufinden.

«Geh und sag der Stillen, sie soll zu mir heraufkommen.»

«Ja, Sir! Gewiß, Sir! Gleich, Sir!» tönte der kahlgeschorene Dreikäsehoch erleichtert und galoppierte die Treppe hinunter.

Als er Balthasar heraufkommen hörte, die Tür war angelehnt – er liebte das Ertapptwerden, weil es ihn an Nenagh erinnerte –, saß er mit heruntergelassener Hose im Drehstuhl. Die ausrasierte Männlichkeit stand ihm bauchwärts. Den rothaarigen Lockenkopf bedeckte eine schwarze Frauenperücke.

«Liebster! Wie habe ich auf dich gewartet!» säuselte Mr. Adonis. «Nimm mich, aber nimm mich jetzt!»

Nachdem die beiden Verkehr miteinander gehabt hatten – sie lagen schließlich zu einem Knäuel verwickelt am Boden, und Mr. Adonis begann handfeste Witze zu erzählen, die Balthasar nicht verstand, weil er kein Englisch sprach –, nachdem also die aphrodisische Wirkung der Mainacht im Vergehen begriffen war, lud Mr. Adonis seinen Gehilfen auf ein Glas Gin ein. Balthasar lehnte ab, zurrte mit einem Strick die zerrissene Hose an der Hüfte fest, rollte die Kniestrümpfe auf und strich die blaue Topfmütze übers Haar. Er stand schon in der Tür, als ihn der Ire anbrüllte, es sei lebensgefährlich, ihm einen Wunsch zu versagen. Die Stille solle sich verdammt noch mal hersetzen und einen Gin genehmigen. Es sei nämlich der letzte.

Da geschah etwas sehr Sonderbares mit Balthasars Gesicht. Dieses glatte, eisige Antlitz, das niemals eine Regung verkündete und das Mr. Adonis für die Visage des Teufels hielt, wenn es ihn denn überhaupt gab, füllte sich plötzlich mit einem menschlichen Lächeln. Ein wundersames, das ganze Hinterzimmer durchtränkendes Lächeln. So empfand es jedenfalls der Ire, und der Fluch, der ihm noch auf der Zunge lag, verschluckte sich von selbst. Er konnte die Augen von Balthasar nicht abwenden, und er hieß den Jungen sich nicht von der Stelle zu rühren, genau so stehenzubleiben im grellen Gegenlicht der Glühbirne. Balthasar beschirmte mit der Hand seine Stirn, um Mr. Adonis sehen zu können, denn das gleißende Licht schmerzte in seinen Augen.

Es bedurfte offensichtlich genau dieses einen Moments, dieses Sekundenbruchteils, dieser winzigen physikalisch-chemischen Reaktion – dem Aufprall des aggressiven Lichtes auf die Netzhaut –, um die Bestie zu entfesseln. Denn gelauert hatte sie lange, lange Zeit und den Plan im Kopf hin- und hergewälzt, bis nun plötzlich der Zufall zum Prinzip erhoben war. Alles wäre anders verlaufen, hätte Mr. Adonis Balthasar nicht genötigt, ein Glas mit ihm zu heben. Alles wäre anders gekommen, wenn die Glühbirne vom nie gekauften Veroneserschirm gedämpft worden wäre. Die Stadt hätte einen Feinkosthändler mehr erduldet, der die Kundschaft betrog, die Bilanzen fälschte. Die Stadt hätte einen Päderasten mehr ertragen, der die Jungen um ihr kindliches Vertrauen brachte.

«Du muascht schterba», murmelte Balthasar im dunkelfarbigen Akzent seines rheintalischen Dialekts, und es war das erste Mal überhaupt, daß Mr. Adonis seine Stille reden hörte. Der Ire erschrak heftig, reagierte jedoch instinktiv, indem er mit einem Satz an den Sekretär hechtete und den Revolver aus der Schublade riß. Er war nicht geladen. Es ging dem Iren durch den Kopf, nur die Stille konnte so abgewichst sein und ihm die Patronen geklaut haben. Er bekam Todesangst.

Dann ging alles auf eine merkwürdige Art bedächtig. Fast ist man geneigt zu sagen, Balthasar schickte sich an, seinen Herrn auf behutsame, ja auf zarte Weise umzubringen. Er griff ihm unter die Achseln, kreuzte die eigenen Arme über dessen Brust zusammen und fing an, den Brustkorb zu zerdrücken. Mr. Adonis suchte sich weiszumachen, das Ganze sei ein dummer Spaß und die Stille werde zur rechten Zeit mit dem Blödsinn aufhören. Aber die Luft wurde ihm knapper. Er begann zu schreien. Dann winselte und flehte er. Er versprach Balthasar alles mögliche. Schließlich die gesamte Tageseinnahme. Bedienen solle er sich unten an der Registrierkasse. Nur zu!

Da ließ Balthasar den schmächtigen Körper plötzlich aus. Er sah, wie sich Mr. Adonis mit beiden Händen auf den Schreibtisch stützte und nahe der Ohnmacht um Luft rang. War das nicht wie damals? Die Stimme. Wie sie versucht hatte, sich bei ihm einzuschmeicheln. Wie sie ihrem Mörder flattierte. War das nicht auch die Stimme seines Vaters? Damals nämlich, am Ufer des grünen Flusses, meinte Balthasar ein Gesetz entdeckt zu haben: Menschen, denen der Tod im Angesicht steht, die wissen, daß es kein ein noch aus mehr gibt, fangen zu leuchten an. Erst wird die Stimme heller, dann erblühen die Augen, dann die Worte. Menschen, die sterben müssen, werden für kurze Zeit schauend. Sie werden zu Sehern, wissen um die Zukunft ihrer Nächsten und kennen plötzlich die vergangenen Geheimnisse. Es ist die letzte Anstrengung des Herzens, sich mit aller Kraft an diesem Leben festzuhalten. Eine letzte Erpressung derer, die weiterleben dürfen. Er hatte davon als Kind in der Religionsstunde gehört. Man nannte es die letzte Güte. War das die Seele? Hatte er die Seele von Mr. Adonis gesehen?

«Dich mach' ich fertig!» keuchte der Rothaarige unter der schwarzhaarigen Perücke und schien langsam wieder bei Kräften, aber da hielt ihn Balthasar schon wieder umschlungen, und dieses Mal fand die Umarmung kein Ende. Sosehr Mr. Adonis auch fauchte und zappelte, es beschleunigte nur die Ohnmacht. Mitten im Fluch sackte er blaugesichtig zusammen und wurde bewußtlos. Als ihm Balthasar den Nakken abdrehte mit gekonntem, kraftvollem Griff, wie er es bei Onkel Paul, dem Metzger, gelernt hatte, war nichts zu hören. Nicht ein flüchtiges Knacken in den Halswirbeln. Nicht einmal ein Knirschen. In aller Gemütsruhe durchsuchte er den Schreibsekretär nach einem Briefoffner, fand ihn, prüfte Spitze und Klinge, um die Geschwindigkeit zu ermessen, die vonnöten wäre, das Tier wenigstens behelfsmäßig zur Schlachtung vorzubereiten. Er kniete sich hin, wälzte den Toten bäuchlings, ließ das Stilett auf einen bestimmten Punkt niedersausen, um das Rückenmark zurückzustoßen, zog das Stilett heraus und durchtrennte blitzartig Mr. Adonis' Halsschlagader.

«Ich bringe den Aufschnitt für Mister O' Dais, Sir!» sprach eine Kinderstimme türwärts. Das blondgezopfte Mädchen sah die Blutfontäne gegen die Wand klatschen, und es mußte lachen, und es machte kehrt, und es ging davon, ohne die Bestellung abgeliefert zu haben. Unten lachte es noch immer. Es hatte eine glockenhelle Stimme. Eine schöne Stimme, fand Balthasar.

Der Mörder mischte sich ungeniert unter seine Kumpel und half wieder beim Entladen des Schiffs. Kapitän Frandys stutzte noch, weil John O' Dais nicht selbst herunterkam und ihm die abgezeichnete Frachtgutliste einhändigte. Ein junger, fast zahnloser Mann mit blutunterlaufenen Augen habe es statt dessen getan. So lautete Kapitän Frandys' spätere Aussage. Gegen vier packte sich schließlich der letzte von Mr. Adonis' Chinesen davon und verschwand im silbrigen Morgendunst des langsam erwachenden Fischmarkts. Der weite, wie gebohnert daliegende Marktplatz füllte sich mit dem knatternden Lärm kleiner Lastwagen, die ihr Frischgut bis von New Jersey herüberkarrten.

Die Zeit, bis die Luft rein war, dünkte Balthasar eine halbe Ewigkeit. Immer mußte er an den Toten im Hinterzimmer denken: «Warte auf mich», leierte er wie das Ave Maria im Rosenkranz, «gell, du wartest auf mich.» Denn er glaubte mit kindlichem Ernst, daß sich die Seele des Mr. Adonis irgendwo im Leichnam verborgen halte. Drum hatte er sich auch bemüht, den Mann halbwegs schmerzlos zu ermorden, damit die Seele nicht verstört würde.

Er verfügte sich in den Laden, verriegelte die Tür, ließ die Rollos herunterrattern und machte sich ans Werk. Zuerst trug er den Leichnam in die Kühlkammer hinunter, wo zwischen angebrochenen Eisblöcken die Kisten mit den Aalen lagerten. Dann zog er sich nackt aus, faltete die blutbespritzte Kleidung über einen Stuhl, stellte die Schuhe darunter, Absatz an Absatz, Spitze an Spitze. Desgleichen verfuhr er mit dem Toten. Als er ihn entkleidet hatte, suchte er nach einer Möglichkeit, die Leiche aufzuhängen. Er entdeckte zwei Haken in der Wand, die einmal als Halterung für ein Vorhanggestänge gedient haben mochten. Das zugemauerte Kellerfenster ließ sich erahnen. Dort hängte er Mr. Adonis an den Fesseln auf. Dann verschwand der Mörder für eine gute halbe Stunde, kehrte schließlich mit allerlei Gerät zurück, das er im Haus gefunden hatte: Töpfe, Kübel, Filetiermesser, Kochsiebe, Glasscherben, ein Beil, eine Eisensäge, und was sich sonst noch zum Metzgen gebrauchen ließ.

Mit unverfrorenem Mut und kalter Geschicklichkeit begann er die Leiche zu enthäuten, zog zuerst den Kopf aus, trennte ihn ab, denn er dünkte ihn Abfall, schnitt die Beine auf und den Rumpf, zog die Haut ebenfalls ab, so lange, bis der gesamte Körper gehäutet war. Dann griff er nach den Innereien, löste sie vorsichtig heraus, um sie nicht zu verletzen. Überall vermutete er die Seele: in der Lunge, in der Leber, im Herzen und im Magen, den er mit einer Scherbe mühselig vom Bauchfell trennte, aufschnitt und ausstülpte. Selbst noch im Inhalt des Darms fingerte er nach einer Art leuchtender Stofflichkeit, die ihm die Seele hätte darstellen können.

Er fand nichts, das leuchtete. Aber er gab nicht auf. Schließlich zersägte er den Leichnam der Länge nach, entlang der Wirbelsäule, wie es Onkel Paul an den Roßkadavern vollführt hatte und wie es jeder gelernte Metzger tut. Er fing an, die Knochen abzumachen, schabte und kratzte mit unendlicher Geduld, bis sie schneeweiß aufglänzten, hielt sie an sein Ohr, lauschte und vernahm nichts. Er zertrümmerte sie, griff ins Mark, besah es, und es leuchtete nicht.

Je weiter nun der Vormittag schritt, desto öfter schellte die Ladenglocke, desto aufdringlicher wurde an die Tür geklopft und getrommelt. Der Mörder ließ sich dadurch nicht behelligen, ja vermutlich hörte er es nicht einmal. Zu versunken war er in seine Arbeit, die Seele zu fangen. Zu nahe wähnte er sich dem Ziel. Als die Sonne schon lange ihren Zenit überschritten hatte und Balthasar vor Erschöpfung und Übermüdung eingenickt war, bald darauf frierend aus dem Schlaf schreckte, dämmerte ihm, was er immer schon geahnt hatte: Die Seele gab es nicht. Es gab keine Seele. Niemand hatte eine Seele.

Da fing er jäh zu weinen an wie ein kleiner Junge, dem die Mutter einen Klaps auf den Hintern gegeben hat. Ein Weinen aus Wut und vielmehr noch aus heller Angst darüber, die Mutter könnte ihm die Zuwendung für immer versagen. Balthasar hockte auf dem Boden, um ihn herum die verstreuten Leichenteile des Mr. Adonis, und weinte herzzerreißend. Er gellte auf, drohte mit der Faust gegen den Himmel, stieß entsetzliche Flüche aus und wußte doch, daß ihn niemand hörte. Keiner hörte ihn, keine Menschenseele.

Als alles hinausgeschrien war, das es hinauszuschreien galt, erhob er sich vom Boden, wusch das Blut von den Händen ab, den Unterarmen und den Beinen, zog sich an und ging davon, als wär's Feierabend. Das Sonnenlicht blendete seine Augen, und er meinte, in ein weißes Nichts zu laufen. Es war ihm auch gleichviel. Während er blindlings dahinrannte, vernahm er das Lachen jenes Kindes wieder, das die Bestellung für Mr. Adonis hatte abgeben wollen. Er blieb stehen, wandte sich nach allen Seiten: Da war kein Kind.

Daheim fand er eine Fremde, die in den vertrauten Mauern schlief. Obwohl er nicht eine Sekunde daran zweifelte, daß es Tony war, die da hustete, erkannte er sie nicht mehr. Er sah sie plötzlich mit anderen Augen. Wer war das eigentlich, mit dem er jahrelang dieses muffige Loch geteilt hatte? Warum wußte er nichts von ihr? Warum hatte er sie nie gesehen? Warum nie gesprochen? Und wer war er selbst? Was war er? Er hieß nicht Balthasar. Soviel stand fest. Die Fragen zersetzten sein Denken wie die Motten die Lastwagenplane. Er kaute die Fingernägel und betrachtete dabei die Schlafende. Dann tat er etwas, das ihm im nachhinein unbegreiflich blieb: Er setzte sich neben Tonys Matratze, blieb dort unbeweglich sitzen, wer weiß wie lang, und starrte mit seinen flaschengrü-

nen Augen auf das zerfurchte Gesicht dieser Unbekannten.
Die Hand zitterte ihm, als er die Decke vorsichtig aufhob, um
sich neben die Schlafende zu legen. Er schmiegte sich an ihren
Rücken, den sie ihm so viele Jahre angedacht hatte. Er schnoberte durch ihr Haar, in dem Zigarrenrauch hing. Er roch
ihren Schweiß, der nach dem Schweiß alter Männer roch. Er
drückte seinen flachen Bauch in ihr hohles Kreuz, und sie
merkte es nicht. Sie merkte nicht, daß er jetzt da war. Sie
schlief.

9

Der bestialische Mord an dem Fischhändler John O' Dais erregte ungeheuerliches Aufsehen, zumal sich die Blätter in der
Ausschmückung der ohnehin grausigen Tat geradezu überboten. Es hatte den Anschein, als sei noch im unbeträchtlichsten Reporter die epische Sehnsucht erwacht, die heimliche
Lust auf Unsterblichkeit. Sogar die New York Times ließ es
sich nicht nehmen, sämtliche Details des Verbrechens wie
einen schaurig poetischen Bilderbogen vor den Augen ihrer
Leser auszubreiten. Der Artikel hatte etwas von einer Geisterbahnfahrt im Luna-Park.

Der «Schlächter vom Fulton Market» war die Sensation
über Wochen hinweg, und auf seinem anonymen Rücken wurden alte Rechnungen beglichen. So erschien in einem Brooklyner Käseblatt die Behauptung, bei dem Mord handle es
sich um eine rituelle Schlachtung, die dem koscheren Schächten nicht unähnlich sei. Daraufhin entbrannte ein Sturm der
Entrüstung unter den Brooklyner Schochets, den koscheren
Metzgern. Es hagelte wütige Leserbriefe. Das Blatt mußte
einen gerichtlich erzwungenen Widerruf bringen. Ein anderes Druckwerk widmete der irischen Einwanderergemeinde

einen garstigen, infamen Artikel, verfaßt von einem gewissen O' Conners, der den Iren als solchen der Homosexualität bezichtigte. Der Verein zur Pflege des irischen Volkstanzes und der Irish Echo erwirkten noch am selben Tag die Entlassung des Landsmannes. Im Herald Tribune erschien die Annonce einer Kadaververwertung aus Harlem – es war der Gipfel der Geschmacklosigkeit –, die dem Schlächter eine Anstellung zu besten Konditionen versicherte, eine frei zu gestaltende Arbeitszeit, ein Automobil seiner Wahl, zwei Wochen Extraurlaub in einem der 1150 Betten des Bellevue, der berühmtesten Irrenanstalt von New York. Die Zeitung entschuldigte sich hierauf bei der geneigten Leserschaft und verschenkte 123 Abonnements (das war die exakte Zahl der Kündigungen, durch welche der Witzbold aus Harlem dem Herold geschadet hatte). In jenen Wochen wurde gemutmaßt, gelogen und diffamiert, daß sich die Balken bogen. Und um das etwas bemühte Wortspiel eines sich weit aus dem Fenster seines Ressorts hinauslehnenden Schreiberlings zu zitieren: «Was gedruckt war, war wahr. Wahrer war die Unwahrheit, je wahrer die Wahrheit war.» Einer Leserbriefschreiberin aus dem Village soll es da schummrig geworden sein vor den Augen, schrieb sie. Aber wahr war das schon, leider, fügte sie hinzu.

In der Sache selbst bewegte sich wenig, das heißt überhaupt nichts. Die Polizei führte zwar eine Reihe von hartnäckigen Erhebungen durch, der Fulton Fish Market wurde auf den Kopf gestellt und rund um die Uhr von Kriminalisten und Schutzmännern in Zivil bewacht – den Mörder gelüstet es nach dem Ort seiner Tat –, die lose angeheuerte Mannschaft der «John O' Dais Corporated» wurde drei- und vier- und fünfmal verhört – es stellte sich heraus, daß der Fischhändler jahrelang die Steuern hinterzogen hatte –, doch über dem Fall selbst fror eine fast meterdicke Schicht aus eisigem Stillschweigen. Der kleine Fan, der Dreikäsehoch, den Mr. Adonis Cynthia zu rufen pflegte, legte noch unabsichtlich eine falsche Fährte, indem er angab, der Boß sei zuletzt mit der Stillen allein gewesen. Wie sie ausgesehen habe? Groß und blaß und zahnlos. Es galt als erwiesen, daß der Schlächter eine Schlächterin war, und das wiederum stachelte die Phantasien der schreibenden Zunft auf das äußerste an. Man vermutete die Täterin jetzt in der Suffragetten-Bewegung ...

Nein, Balthasar trieb es nicht an den Ort des Verbrechens zurück. Er wagte sich wochenlang nicht aus seinem Verschlag hinaus. Weder Tony noch er hätten je von der Schlagzeile erfahren, wäre sie ihnen nicht vom General zugetragen worden. Fünf Männer seien drüben beim Fischmarkt von einer geisteskranken Hünin hingemetzelt worden. Sie habe deren Hirn gegessen, aus ihrem Blut eine Art Digestif gemixt und sich einen genehmigt.

Balthasar hatte sich verliebt, hatte sich brennend in Tony verliebt. Freilich, als er nach der Mordtat ihren Rücken aufsuchte, als er zum ersten Mal in seinem Leben so etwas wie den Wunsch nach einem Miteinander empfand, da verließ ihn auch gleich schon der Mut. Ärgerlich hatte er sich von der Schlafenden weggepackt auf die eigene Matratze. Verkrochen hatte er sich unter der Lastwagenplane. Er schämte sich, und dieses unbekannte Gefühl der Scham berauschte ihn. Ohne Zutun erlebte er einen Samenerguß. Er weinte unter der Plane und verbiß sich das Weinen. Er kannte sich plötzlich nicht mehr aus, und er beschloß, vorläufig in der Weise weiterzuleben, wie er es bislang getan hatte: wortlos.

Wenn er das Mädchen flüchtig von der Seite betrachtete, wenn er die zerpellten Lippen sah, die müden, taubenblauen Augen, die sorglich manikürten Finger und Zehen, dann hätte er am liebsten aufschreien mögen vor Freude. Hörte er Tony von der Arbeit heimkommen, vernahm er das Knacken der provisorischen Türbretter, noch ehe es knackte. Er geriet in grundlose Panik. Er atmete tief und langsam. Sein Herz raste. Es pochte unter seinem Schädel und verklebte ihm den Gaumen. Dieser Zustand machte ihn völlig konfus, und einmal konnte er nicht anders, als davonzurennen. Zwei Tage und Nächte blieb er weg.

Als er zurückkam, saß sie auf dem Schoß des Generals. Dieser fütterte sie mit Schleckereien und knetete dabei ihre Brust. Zuerst überlegte Balthasar, dem General auf der Stelle das Genick zu brechen. Dann ließ er von dem Ansinnen ab, weil ihm die Zärtlichkeit, die sie einander gaben, so unerträglich zu Herzen ging. Der General machte sich über ihn lustig: Der Nichtswürdige solle nicht dastehen wie ein Hornochse und das Maul aufsperren. Man sehe ja das Sägemehl aus seinem Kopf bröseln. Wieder fiel Balthasar nichts Besseres ein, als davonzulaufen.

Und er rannte stadtaufwärts, ziellos. Wie sollte es jetzt weitergehen? Wohin mit diesem Leben? Denn er fühlte nun auch noch das letzte verloren, das ihn einigermaßen aufgerichtet, das ihn hatte erwachen lassen und wieder einschlafen: den Haß. Wie unerträglich war es, beim Anblick einer Person Herzklopfen zu bekommen und weiche Hände! Wie eklig, plötzlich die Vögel des Himmels singen zu hören! Wie furchtbar, ruhelos durch den Tag getrieben zu sein! Wie schmerzlich, mit offenen Augen und doch blind vor Sehnsucht durch die Zeit zu tasten! Wie abscheulich, nicht mehr der Herr der Welt zu sein! Wie grausig, plötzlich mit einem Herzen leben zu müssen!

Während Balthasar zu sich gefunden hatte, hatte sich ein anderer verloren. Verloren an die Stimme unten an der Waterfront. Sie ging ihm nicht mehr aus dem Ohr. Aron Fleisig korrepetierte zu der Zeit seinen ersten Tristan an der Met. Ein ganz unsägliches Machwerk, wie er fand. In einer pubeszenten Laune transponierte er das Stück um eine Terz höher, so daß die weltberühmte Frida Leider in tagelange Depressionen verfiel. Sie war nämlich davon überzeugt, daß es bergab gehe, weil ihre Stimme nicht mehr bergauf kam. Nach den Abendproben sehnte sich Aron nicht mehr rasend nach seiner süßen Berenice, der er versprochen war. Es wurde ihm zur lieben Angewohnheit, an der Ecke Broadway und 39th Street erst mal gemütlich zwei Picayunes zu qualmen und hernach einem Taxi zu winken, das ihn downtown bringen würde. Obwohl er der Stimme seitdem kein einziges Mal mehr begegnet war, zog ihn die Erinnerung an ihren unvergeßlichen Klang immer wieder an die Piers der South Street. Dort überkam ihn fast jedesmal das schlechte Gewissen. Wenn er so dastand und wartete, kam er sich schäbig vor. Berenice liebte ihn, und er liebte sie. Welche Stunden hatten sie doch verlebt! Das gemeinsame Musizieren, Rezitieren und Deklamieren! Wie köstlich war es anzusehen, wenn sie Morleys «O mistress mine, where are you roaming?» sang. Wie entzückend ihr Stimmchen der Musik Eleganz und Aristokratie verlieh. Wie herrlich ihre weißen Zähne aufblitzten, wie neckisch ihr runder Busen auf- und niederwogte, die Hände kunstvolle Schlaufen in die Melodie hineinbanden. Wie gern saß er da an einem der 38 Virginale und Cembali seines Vaters und veredelte das Stimmchen mit kunstvoll improvisierten Durchläufen, Querständen und Vorhalten. Aber es war eben nur ein Stimmchen. Nie und nimmer hatte es die melancholische und zudem rohe, ja fast brutale Kraft der Stimme von der Waterfront. Der Unterschied war: Berenicens Stimme rief nicht um Hilfe.

Es war im Herbst desselben Jahres, ein Samstag, naßkalt und unfreundlich. Die Nebel vergingen der Stadt nicht mehr. Am Morgen fror auf den Dächern der Automobile schon ein silbriger Rauhreif. Tony raffte sich auf, kramte nach dem ärmellosen, geblüteten Abendkleid, strich es glatt und stieg hinein. Oben im Loft, dem vergessenen Möbelmagazin, das der

General unbekümmert in Beschlag genommen hatte, wartete bereits ein Freier auf sie. Oh, sie kannte ihn gut, und sie hob nicht einmal die Wimper, als sie ihn erblickte. Eigentlich hatte sie ihn erwartet. Jetzt war er da. War gekommen, die Rechnung zu präsentieren. Er trug einen Koffer bei sich. Als er ihn aufhob, klirrte oder schepperte etwas.

Der Brezenmann knipste die Lampe, die Tony angeschaltet hatte, unverzüglich aus. Die Nutte solle sich bäuchlings aufs Bett legen, die Augen mit den Händen bedecken, die Schnauze halten und warten, bis er soweit sei. Tony tat, was er von ihr verlangte. Sie vernahm wieder das Scheppern, das Klirren. Etwas von Ketten oder dergleichen. Als er das Licht endlich aufdrehte und mit eigentümlich gedämpfter Stimme sprach, da wagte es Tony, sich umzudrehen. Vor ihr stand ein Riese. Ein riesenhafter Mann. Er trug eine Stoffmaske mit Schweißerbrille, einen breitkrempigen Hut, dicke Lederhandschuhe. Das Merkwürdige war, daß er sich Holzklötze auf die Absätze gebunden hatte. Dergestalt schlurfte er auf sie zu. Eigenartig war auch, daß nicht ein Stückchen Haut von ihm zu sehen war.

Nach der Begegnung mit dem Brezenmann verspürte sie nicht die geringste Lust, auf ihren Spanier mit den gesüßten Nudeln zu warten. Sie lief davon, schnurstracks zur Pier 16 hinunter. Es herrschte dichter Nebel. Sie merkte etwas warm den Bauch hinunterrinnen, und ihr erstes Gefühl war Zorn. Das Kleid war hin. Dann fühlte sie ein heftiges Ziehen in der Brust, einen Schmerz, der immer größer wurde. Ihr lief es allmählich schwarz vor Augen zusammen, aber sie wollte nicht krepieren. Noch nicht. Zuerst mußte das Kleid wieder in Ordnung gebracht werden. Sie wollte singen. Singen half. Sie brachte keinen Ton hervor.

Da hörte sie Schritte auf dem Steg. Etwas knarzte. Sie schoß vom Boden auf wie eine Raubkatze. Ein schummriger, menschlicher Schemen ließ sich ausmachen. Die Stimme eines Mannes sprach: «Ich will Ihnen keine Ungelegenheiten machen, Miss, aber ich habe Sie singen gehört. Da mußte ich ...»

Tony rannte auf ihn los. Aron sah ein fauchendes Tier auf sich zustürzen, und ehe er ausweichen konnte, lag er schon am Boden, und aus der Wange spritzte ihm Blut. Er rappelte sich auf und schrie, die Miss solle bitte, bitte nicht davonlaufen! Das Tier war schon beinahe im Nebel verschwunden, als Aron – er wußte nicht, wie ihm diese Idee kam – plötzlich zu singen anfing. Er kannte das Lied, das die Miss gesungen hatte, nur zu gut. Er hatte es dem Onkel Rigobert zum Siebzigsten fünfstimmig gesetzt und als spaßige Mitternachtseinlage aufführen lassen.

... und ich träum' davon schon lange, lange Zeit.
Wenn ich wüßt', wo das ist, ging' ich in die Welt hinein, denn ich möcht' einmal recht so von Herzen glücklich
  sein.
Irgendwo auf der Welt ...

Tony wurden die Füße bleiern. Woher wußte das Schwein, an was sie grad gedacht hatte?

IV

Du bist mein Lied

I

In drei Punkten hatte sich Aron gegenüber Mrs. Fleisig zu erklären. Genaugenommen lieferte Karen Fleisig die Erklärungen selbst. Sie war eine unvergleichliche, aber leider auch fulminante Mutter, und dem einzigen Sohn blieb immer nur ein «Ja, Mutter», ein «Nein, Mutter» und ein «Aber, Mutter!» Erstens: Ob er nicht wisse, daß heute der Jaßabend sei. Natürlich wisse er genau, daß heute der Jaßabend sei. Er solle sie bloß nicht so unschuldig anglubschen. Onkel Rigobert habe eine geschlagene Stunde im grünen Zimmer gewartet. Jetzt sei er weg. Ob Aron denn vergessen habe, was man dem Onkel zu verdanken hatte. Nichts weniger als die Existenz. Zweitens: Warum er so aussehe, wie er aussehe. Ah, sie könne sich schon denken, weshalb er so aussehe, wie er aussehe. Bestimmt habe er sich wieder in Mahoney's Bar rumgetrieben. Drittens, und sie intonierte die Frage mit opernhaftem Organ: «Aron, wer ist dieser Mensch, der neben dir steht!?»

«Mutter», flehte der junge Mann, «sie braucht dringend einen Arzt! Siehst du nicht, daß sie verletzt ist?»

«Um Gottes willen!» kadenzierte Mrs. Fleisig, als sie auf das blutgetränkte Kleid der astdürren Person niedersah. «Schnuck, warum sagst du mir das nicht gleich?»

Mrs. Fleisig wehte davon, die imperiale Stiege empor, vorbei an einem riesigen Ölgemälde, das ihren Gatten in Frack und Zylinder zeigte, gemalt im pathetischen Realismus, wie er am vermeintlichen Clavicembalo Friedrichs des Großen saß, auf welchem Bach das legendäre «Ricercare a sei» mit dem vom König selbst entworfenen Thema improvisiert haben soll, kurz: Nach ein paar Minuten schwebte Mrs. Fleisig wieder herab.

«Wir bringen sie in mein Boudoir», sagte sie außer Atem, «Dr. Vanderbill wird gleich hier sein. Hat sie eine Versicherungsnummer?»

«Aber, Mutter!»

«Oder wenigstens ein Papier, das ihre Identität …»

«Mutter!»

«Schnuck, wo hast du sie her?»

Mit Fragen dieser Art durchlöcherte sie Aron, bis endlich Dr. Vanderbill eintraf. Er untersuchte die Fremde nur flüchtig, ließ einen Krankenwagen kommen – unaufdringlich, ohne Blaulicht – und wies sie ins Roosevelt Hospital ein. In der Tat ein Wunder, sagte Dr. Vanderbill zu Mrs. Fleisig, daß die Bettlerin nach deratig heftigem Blutverlust überhaupt noch am Leben sei.

So rettete der dritte Korrepetitor der Metropolitan Opera Tony das Leben. In ihre Stimme war er schon lange verliebt, aber spätestens nach ein paar Tagen spürte Karen Fleisig, daß ihr Schnuck bis über beide Ohren in das Mädchen verschossen war. Die Mutter selbst veranlaßte, daß man ihre Nichte, die plötzlich aus der Gosse aufgetaucht sei gleich dem verlorenen Sohn im Schweinekoben – dem Allmächtigen gefalle es, seine Kinder zu prüfen –, nach der ersten Klasse verlegte. Jede freie Stunde saß Aron an Tonys Bett. Manchmal schlich er nachts aus dem Haus und ließ sich an der 10th Avenue, Ecke 56th Street absetzen, zwei Blocks zu spät, um dann heimlich ins Hospital zu pirschen. Er brachte ihr ein Päckchen Zigaretten mit. Sweet Corporals. Die rauchte sie gern.

Die Fleisigs waren eine bekannte New Yorker Familie. Ihren Wohlstand verdankten sie besagtem Onkel Rigobert, der aus dem Württembergischen stammte und eine schwerreiche Fabrikantentochter aus Brooklyn geehelicht hatte. Das Paar blieb kinderlos. Die Fabrikantentochter starb auf einer Safarireise am Gelbfieber, Onkel Rigobert kam mit einem scheußlichen Darmleiden davon. Elf Miethäuser hatte sie ihm vermacht, aber der ganze Reichtum dünkte ihn Tand ohne das Lachen seiner geliebten Rosily. Er fühlte sich von der ganzen Welt verlassen und erwog ernstlich, ins Württembergische zurückzukehren. Es fügte sich jedoch, daß sein jüngster Bruder Robert – Arons Vater – der Alten Welt «Adeele!» und der Neuen «Hallöle!» zu wünschen gedachte. Onkel Rigobert finanzierte Robert das Musikstudium unter der Bedingung, daß dieser zweimal wöchentlich mit ihm Jaßkarten spielen müsse. Bei diesem Kartenspiel aus Jugendtagen wähnte er sich nämlich der Heimat nahe, ja er sah förmlich die Maultaschen in der Suppe schwimmen. Er mogelte, beschiß und flunkerte so unverschämt, daß das Herz-As in seiner Frackmanschette selber blaß wurde vor Staunen. Klugerweise ließ der Jüngere den Älteren meistens gewinnen, und als Robert die bildhübsche Sängerin Karen Schwartz kennenlernte, überschrieb Rigobert sämtliche Zinshäuser dem frischvermählten Paar mit der Auflage, viermal wöchentlich Jaßkarten mit ihm zu spielen. Auf solche Weise – im Grunde durch eine pure Sentimentalität – gelangten die Fleisigs zu ihrem Reichtum.

Nun, diesen Reichtum verwandte Professor Robert Fleisig in der Hauptsache auf seine Frau und auf seine wirkliche Passion: das Sammeln von Virginalen, Cembali, Clavecins und Truhenorgeln. Er besaß die überhaupt eindrücklichste Sammlung alter Instrumente im ganzen Staate New York. Wo es ein Cembalo, eine Fidel, einen Zink, eine Laute oder Theorbe zu ersteigern gab, war er schon zur Stelle. (Das weitläufige Haus strotze ja nur so von dem ollen Plunder, verteidigte sich Miss Abott, die Zofe, einmal weinend gegenüber Mrs. Fleisig. Sie hatte nämlich ohne Arg einer lieblos herumliegenden Barockpauke aus dem Wien des 18. Jahrhunderts das Fell über die Ohren gezogen und den Kessel kurzerhand in einen Hortensientopf verwandelt.)

Arons Vater galt ferner als famoser Kenner der franco-flämischen Schule. Seine wissenschaftlichen Ergebnisse veröffentlichte er in dem Periodikum «Betrachtungen zur vorbachischen Vielstimmigkeit unter besonderer Berücksichtigung der niederländischen Polyphonie», unter Insidern kurz die «BzvVubBdnP» genannt, in welchem auch sein schärfster Rivale Professor Baruch Allerwelt publizierte. Beide Wissenschaftler arbeiteten seit vielen Jahren an ein und derselben Frage: «War der Komponist Heinrich Isaac ein Schüler des berühmten Squarcialupi oder nicht?» Eine musikwissenschaftliche Frage von eminentem Rang also. Allerwelt beantwortete sie mit Nein, Fleisig resolut bejahend. Beweise fehlten beiderseits. Der Gelehrtenstreit erreichte seinen Höhepunkt, als Professor Fleisig den Namen seines Kontrahenten im obigen Periodikum lächerlich machte, worauf Allerwelt ein unfeines Wortspiel mit dem Namen seines Kollegen anstellte. Der Zwist fand nicht nur einmal ein gerichtliches Nachspiel.

Zu der Zeit, da Aron Tony kennenlernte, befand sich der Vater auf einer mehrmonatigen Studienreise in Florenz. Er saß über den Besoldungsbüchern von Santa Maria del Fiore, um in dem Gekrakel hoffentlich den Namen Heinrich Isaacs aufzustöbern, womit seiner These die noch fehlende Krone des Beweises aufgesetzt worden wäre, ja die ältere Musikgeschichte völlig neu hätte geschrieben werden müssen. Zufälligerweise hielt sich Professor Allerwelt ebenfalls in der lieblichen Arno-Stadt auf, und so mußten die beiden Gentlemen ihre Nasen nolens volens gemeinsam in die Besoldungsbücher stecken. Es war ein Forschen voll zähen, ja gespenstischen Schweigens.

Über das Verhältnis zwischen Arons Eltern ist zu berichten: Sie liebten einander sehr, besonders wenn der andere abwesend war, und ihre Zuneigung wuchs im Quadrat der Entfernung, die zwischen ihnen lag.

In diese Welt wurde Tony von einer Stunde auf die andere hineingeworfen, sei es durch Zufall, Schicksal, durch einen unergründlichen Plan, einen vorgezeichneten Weg oder welche Erklärung man immer dafür parat haben mag. Hier war sie jedenfalls gelandet. In einem Haus gleich einem griechischen Tempel, mit 38 Cembali, einem halben Dutzend Angestellten sowie einem entzückenden Laubwäldchen mit Schwimmteich.

Wenn Aron nächtens am Krankenbett saß und das zerschundene Antlitz der Schlafenden betrachtete, wurde ihm so warm ums Herz, wie es ihm nur beim Musizieren warm werden konnte. In den ersten zwei Wochen im Roosevelt Hospital sprachen sie wenig miteinander. Er fand heraus, daß sie sich in einem kruden deutschen Dialekt artikulierte, der dem Schwäbischen nicht unähnlich schien, und er bat Onkel Rigobert inständig, ihm die Grundzüge des Schwäbischen beizubringen. Dennoch spürte Aron, wie ihm das Mädchen mißtraute, wie es ihn aus hohlen Augen heraus beobachtete, ja begeiferte, sobald er ihm den Rücken zukehrte. Er wußte von ihr, daß sie Pussy hieß, auf seine Hilfe gut verzichten konnte, weil ihr Vater selber sehr reich sei, sie sich aber mit ihm zerstritten habe, ein General sie schon bald von hier wegholen werde …

Aron ließ die fadenscheinigen Behauptungen unwidersprochen. Sein Taktgefühl bedeutete ihm, daß die Lüge anscheinend das äußerste war, das dieser Frau eine Idee des Wertseins geben konnte, und es tat ihm weh. Merkte sie denn gar nicht, wie sehr er sie liebte? So als kennte er sie eine Ewigkeit?

An einem dieser langen Abende – es war in der fünften Woche, Tony konnte wieder schmerzfrei gehen, durch die Korridore wandeln und bei der Gelegenheit alles, das funktionierte, lahmlegen – kam Aron mit einem Geschenk von Mrs. Fleisig höchstselbst. In dem Karton befanden sich acht Garnituren Leibwäsche aus Satin. Die verehrte Mam hoffe, ihrer Nichte dadurch ein wenig den Aufenthalt zu versüßen, sagte Aron mit einem bübischen Lächeln. Tony blickte in den Karton, betastete die luftige Erlesenheit und ließ sie langsam durch ihre Finger rinnen. Es fühlte sich an, als würde einem die Haut unablässig gestreichelt. Plötzlich knurrte sie, er solle gefälligst seinen Arsch aus dem Zimmer hinausbewegen und erst wieder hereinkommen, wenn sie rufe. Der junge Mann wartete also höflich vor der Tür, rückte sich den Schlips gerade, ging mit dem Kamm durch sein glänzendes Haar und pfiff dazu Isoldens Liebestod, den er hier und dort motivisch etwas ausbesserte.

«Kannst reinkommen!» schrie Tony.

Aron drückte die Türklinke nieder, und ihm wurde mulmig zumute. Als er das splitternackte Mädchen mit weit gespreizten Beinen auf dem Bett liegen sah, fuhr Zorn und Traurigkeit gleichermaßen in ihn.

«Bringen wir's hinter uns», sagte sie in wackligem Englisch.

Er brachte kein Wort heraus.

«Jetzt mach schon! Das wolltest du ja! Tony bleibt keinem was schuldig.»

«Tony?» flüsterte Aron verwundert.

«Scheiße», zischte sie.

«Antonia? Antonia», hauchte er, «was für ein wunderschöner Name.» Dann bedeckte er den Körper mit ihrem Morgenmantel, gab ihr einen Kuß auf die Stirn und ging davon. Gleich darauf sprang die Tür wieder auf. Er rannte hinein, packte Tony bei den Schultern und brüllte sie an: «Gar nichts mußt du tun, Antonia!! Weil … ich bin jetzt da!!» Und er stürzte weinend davon.

Es beschloß Mrs. Fleisig, die Obsorge um ihre wiedergefundene Nichte selbst in die Hand zu nehmen, denn es war zu einer Reihe von bedauerlichen Vorfällen im Roosevelt Hospital gekommen. Die Krankenschwester hatte gedroht, entweder fristlos zu kündigen oder aber der Hexe auf Zimmer 23 den

Hals umzudrehen. Einem nicht eben damenhaften Wortwechsel war ein Handgemenge gefolgt, bei welchem die Schwester der Haube und einiger Büschel Haare verlustig gegangen war. Der diensthabende Nachtarzt wurde mit Urin überschüttet, ein Krankenpfleger in die Nase gebissen. Alle drei wollten ambulant versorgt sein und suchten um einwöchigen Urlaub an. Nach einem etwas kühl beendeten Telephonat mit dem Primarius – er war ein alter Freund des Hauses einerseits, andererseits ein Abonnent der «BzvVubBdnP» – verfügte Mrs. Fleisig die sofortige Verlegung der Patientin in die griechische Villa.

Der schneeige Dezemberabend, an dem die 17jährige Antonia im Hause Fleisig einzog – Aron nannte das Mädchen beim deutschen Vornamen –, sollte den Anfang einer Reihe von Enttäuschungen, Hoffnungen und Eklats bilden. Eine Anhäufung kleiner und großer Scherbenhaufen im wortwörtlichen wie im übertragenen Sinn. Es ist nicht anzunehmen, daß sich Mrs. Karen Fleisig an jenem Dezemberabend der Konsequenzen ihrer Entscheidung bewußt war. Es ist nicht einmal zu vermuten.

Mit Gedrucke und Gemurkse wurden der jungen Dame vorerst neue Papiere ausgestellt. Sie hieß jetzt Antonia Schwartz. Freilich durfte Mrs. Fleisigs Bruder, der in Philadelphia eine Hutfabrik besaß, kein Sterbenswörtchen von dem Schwindel erfahren. Aber die beiden verband ohnehin nichts Geschwisterliches miteinander, weil der Hutfabrikant es nicht verwinden konnte, daß ein Mitglied der Familie zum katholischen Glauben übergetreten war, um einen ebenfalls konvertierten deutschen Juden zu ehelichen. Alles wegen des Geldes. Das war zuviel. Keine Briefe mehr, keine Geburtstagswünsche, keine Gratishüte.

Drei Tage nach Weihnachten betrat der erste Privatlehrer das herrschaftliche Haus, um Antonia in der Grammatik des Englischen zu unterweisen. Der Lehrer bat nach etwa zwei

Wochen um Dispens. Gründe führte er keine ins Treffen. Hierauf kam ein älteres Fräulein aus SoHo dreimal die Woche. Das Fräulein war zäh und Kummer gewöhnt. Es blieb.

Bisweilen verging Antonia das so tief sitzende Mißtrauen gegenüber allem in der Welt, ja, sie konnte in lichten Momenten zu dem unbekümmerten Kind werden, das sie in St. Damian einmal gewesen war. Dennoch lag sie auf der Lauer. Sie wußte, daß Menschen in der Lage sind, ihr wirkliches Ansinnen auf langwierigen Umwegen zu verbergen. Sie hatte gelernt, daß der Menschen Art nicht Unmittelbarkeit innewohnt oder fraglose Direktheit. Sie hatte verstanden, daß ein Ja gleichzeitig ein Nein meinte, je nachdem, wer es sagte und wie er es sagte. Menschenrede bedeutete immer zweierlei und dreierlei. Antonia begriff den zynischen Gestus, der sich aus Feigheit und Mutlosigkeit speist, und sie fiel ihm oft genug selbst anheim.

Übers Jahr geriet das verwahrloste Mädchen zu einer schönen jungen Frau, die sich mit traumwandlerischer Sicherheit zu tragen verstand. Ihr Körper wurde rundlich, die Kurzsichtigkeit behob eine reizende goldgefaßte Brille, die lädierten Zähne prangten wieder vollzählig im lachenden Mund. Antonia lernte schnell und begierig. Sie lernte, als habe sie einen nicht zu stillenden Heißhunger auf das Leben. Es war, als hätte sie eine Art Winterschlaf hinter sich gebracht, als gälte es, das Versäumte nachzuholen und gegen die Zeit zu rennen, die nicht länger nach Mond und Sonne ging, sondern nach Stunden, Minuten und Sekunden. Sie wurde ein Glied der Gesellschaft.

Nur mit den Tischmanieren haperte es. Allerdings war hier ein gerüttelt Maß der ihr angeborenen Starrköpfigkeit mit im Spiel. Sie mochte sich das Bohren im Ohr nicht abgewöhnen. Den Morgenkaffee schüttete sie zum Abkühlen aus der Tasse in die Untertasse und schlürfte ihn auf diese Weise. Die Hände begrub sie unter dem Tisch, mit den Vorlegegabeln stand sie – Linkshänderin – auf Kriegsfuß, und nur zu gern ließ sie, wenn gerade ein Schweigen aufflaute, einen fahren. Das rief nun den Onkel Rigobert auf den Plan, lockte ihn sozusagen hinterm Ofen hervor. Bekanntlich laborierte der Onkel seit jener verhängnisvollen Safarireise an einem peinlichen Darmleiden, und so kam es, daß die beiden zu Jaßpartnern wurden. Von Aron wollte der Onkel nichts mehr wissen. Er sei im Jassen derart untalentiert, daß einem das Gesicht einschlafe. In der Tat: Wenn es ums Bescheißen ging, dann hatte Onkel Rigobert in Antonia einen ebenbürtigen Gegner gefunden.

So vieles will erzählt sein aus den ersten Monaten von Antonias Leben in den feinen Kreisen der Upper West Side. Wie Professor Robert Fleisig aus Florenz zurückkehrte und das neue Familienmitglied tagelang nicht registrierte. Zu deprimiert war er über den Ausgang der Studien: Heinrich Isaac war kein Schüler des Squarcialupi gewesen, und die Musikgeschichte mußte nicht umgeschrieben werden. Allerdings verstand es Robert Fleisig, die Niederlage geschickt in einen Sieg umzumünzen. In der Märznummer der «BzvVubBdnP» schrieb er: «Ist nicht vielmehr die Frage zu erheben, geneigter Leser, ob dieser ominöse Squarcialupi überhaupt je existiert hat, wie es uns eine lachhaft dumme Allerweltsthese weismachen will?» Nach dem Erscheinen des Artikels stand neuen Gerichtsprozessen nichts mehr im Weg.

Erzählt werden will, wie Aron und Antonia durch die Straßen von Manhattan strichen, tête-à-tête im Lüchow's dinierten, dem besten deutschen Restaurant der Stadt, wie sich Antonia dabei fast ein wenig in seine dichtbuschigen Augenbrauen verliebte, wie sie ihm das Stehlen beibrachte, wie er von einem Konstabler erwischt wurde, als er im Macy's drei Stück Kamillenseife mitgehen ließ, wie sie ihm den schmierigen Laden in der Mott Street zeigte, wie der Chinese den Frisierstuhl nach der Pediküre nicht mehr desinfizierte, wie sie ihrem «Schnuck»

– Aron haßte das Wort – die Angst vor dem Opiumrauchen nahm.

Erzählt werden will, wie das Mädchen Berenice, mit dem er liiert gewesen war, magersüchtig wurde vor Liebeskummer, wie es einen Selbstmordversuch vortäuschte, wie sich Aron aus Schwachheit am Telephon verleugnen ließ, nichts mehr für Berenice tun konnte, wie sie ein letztes Mal in die Villa kam, um mit ihm ein allerletztes Mal «O mistress mine» zu musizieren, und wie Berenicens Singstimme plötzlich um Hilfe rief.

Aber das alles würde von Arons einziger Sehnsucht abschweifen, Antonia einmal wieder singen zu hören, wie sie damals an der Waterfront gesungen hatte. Nie hätte er den Wunsch über die Lippen gebracht, nicht einmal in Andeutungen, denn er war davon überzeugt, daß einem das Leben alles bereitet, wenn man es in seiner wilden Gesetzlosigkeit wirken läßt. Er war auf das äußerste gefaßt, um sein Innerstes nicht zu täuschen. Er wußte, daß ihn Antonia niemals in der Weise lieben würde, wie er es tat, so wundersam und fraglos. Er wußte, daß beim Aufwachen am Morgen ihr erster Gedanke nicht Aron hieß, mochte sie es sich aus Dankbarkeit einreden, so lange sie wollte. Er wußte um die Macht, die er über sie hatte, und daß es ein leichtes gewesen wäre, Antonia zu seiner Geliebten zu machen. Denn er sah, wie diese Cinderella die schönen Dinge der Welt begehrte, die Spielzeuge der Bildung, des Geldes und der luxuriös vertanen Zeit, daß sie willens war, den Preis dafür zu zahlen. Wenn er Antonia etwas von seiner tiefen Liebe überbringen konnte, dann dadurch, daß er sich von ihr fernhielt. Fernhalten in einem übertragenen Sinn: Frei wollte er bleiben sich selber gegenüber.

So dachte Aron Fleisig in erlösten Momenten. Aber bald brannte ihm wieder das Herz nach dem Mädchen, von dem er nicht wußte, woher es kam, wie es mit Familiennamen hieß, in welchen Zusammenhängen es stand. Und die Gedanken verzehrten sich an Antonia, besonders wenn er Musik spielte, die seinen Geist forderte und das Herz in Schwang brachte: Mozart. Er liebte wie noch nie in seinem Leben. Daß er mühelos lieben durfte, das zählte, nicht die Frage, ob ihn Antonia liebte.

Er lag bereits im Halbdämmer, als es weich an die Tür des Zimmers klopfte. Er bewohnte das großzügigste Zimmer, denn die jungvermählten Fleisigs hatten es ursprünglich für vier Mädchen konzipiert. Robert Fleisig war davon überzeugt, man könne an der Form des weiblichen Beckens sowie an der Temperatur der Hände Prognosen auf das Geschlecht des Kindes wagen. Auch diese These wurde rasch widerlegt, wie überhaupt das Leben Robert Fleisigs, das eheliche und das forscherische, aus einem gewaltigen Irren bestand. Aber das Irren hatte Passion.

Aron war also fast schon eingeschlafen, da betrat Miss Abott den mit altrosenem Damast ausgeschlagenen Schlafsaal und flüsterte: «Mr. Fleisig, Sir, ich glaube, sie singt!» Der Zofe war Arons leise Liebe natürlich nicht entgangen, sie empfand die ganze Geschichte aufregender als Kino, und ihr war sonnenklar, daß der Film ein gewaltiges Happy End haben mußte.

Er stand schneller in den Pantoffeln, als sich Miss Abott das Gewaltige ausmalen konnte, griff nach dem Hausmantel und stürzte wehend aus dem Zimmer hinaus. Zwei Korridore weiter, im linken Villenflügel, lag Antonias Zimmer. Es war der Dienstbotentrakt. Aron trat an ihre Tür. Das Herz raste ihm wie verrückt. Antonia sang. Er hielt den Atem an, aber der Puls übertönte sein Gehör, und er dachte flehentlich: «Hör bitte nicht auf zu singen!»

Zum ersten Mal war er dem Klang von Antonias Stimme zum Greifen nahe. Was für ein Timbre, welche Farben! So etwas hatte er noch nie gehört, und er dachte: «Auf den Mond mit allen Isolden, Elsen, Elisabeths, Brünhilden, Violettas, Gildas, Paminen und Dorabellen!» Alle hatte er an der Met gesehen und studiert: die begnadete Rosa Ponselle, die schwierige Frida Leider, Maria Jeritza, die Primadonna assoluta, und die talentierte Lucrezia Bori. Keine klang wie Antonia. Keine sang wie sie. Keine atmete wie sie. Keine phrasierte wie sie. Antonia war die Musik selbst. Antonia war körperlos. Antonia war die Seele. In den Höhen von fast eisiger Kälte, in der Mittellage warm wie ein Bad am Samstagabend, in der Tiefe fast heiser, aber von unbeschreiblich schöner Traurigkeit. Ausruhen mochte man sich in dieser Stimme. Im selben Augenblick hatte der junge Musiker Klarheit: Wenn es noch Wunder gab auf dieser Welt, dann ereigneten sie sich in der menschlichen Stimme. Und er, der sich so viel darauf einbildete, ein Gleichmütiger zu sein, konnte nicht mehr anders, als die Türklinke niederzudrücken und in das Zimmer zu treten.

Es war fast finster, ein mageres, staubiges Licht, das von einer Straßenbeleuchtung herrührte, ließ die Silhouette des Mädchens erkennen. Es saß auf dem Bett, und als er näher hintrat, gewahrte er, daß es nackt war. Beide Fensterflügel standen offen, die Gardine lendete unmerklich in der stillen Nachtluft. Es war schwül, dünkte Aron, obwohl es kalt war. Antonia brach ab.

«Weißt du, ich konnte nicht schlafen», sagte sie ruhig.

«Ich auch nicht», sagte er ratlos.

Dann sagte sie etwas, das Aron nicht verstehen konnte: «Jetzt steht er genau über dem Hohen Licht. Aber man kann ihn nicht sehen, weißt du.»

Er hörte ihr nicht wirklich zu. Er hatte alle Mühe, das Zittern seiner Hände zu verbergen. Und als er es nicht mehr verbergen mochte, fiel sein Mund auf ihren Mund. Sie küßten einander. Er sah sie an, strich die Hand über ihre Wange, legte sie auf ihre Lippen. Er sah in Antonias Augen sein eigenes Antlitz sich widerspiegeln, und plötzlich fühlte er sich als der einsamste Mensch auf der Welt, und er war glücklich – vielleicht gerade deshalb.

Am Morgen war sie verschwunden. Sie erschien nicht zum Frühstück – meistens saß sie vor allen anderen am Tisch –, und sie tauchte auch während des Vormittags nicht auf. Ihr Bett sei leer gewesen und habe sich kalt angefühlt, so Miss Abott gegenüber Mrs. Fleisig. Aron hatte an jenem Morgen Korrepetition und war, ohne zu frühstücken, aus dem Haus geflitzt. Als er am späten Nachmittag heimkehrte und man ihm die Nachricht mit fraulicher Sanftheit beizubringen suchte, fing er stumm zu weinen an. Das Wasser rann ihm von den Backen, und es war ihm peinlich, und er fühlte sich unerzogen. Er entschuldigte sich bei Mrs. Fleisig und bei der ebenfalls schluckenden Zofe. Aron stürmte in Antonias Zimmer, durchsuchte es nach einem Hinweis und fand ihn auch. In der Schublade ihres Damensekretärs, auf getrockneten Blättern, toten Käfern und Insekten, Bierdeckeln aus dem Lüchow's, lag ein nicht beendeter Brief, verfaßt in wackligem Englisch.

«Liber Schnuck! Wenn Du das liehst bin ich schon weck. Du weißt das ich Dich ser liebe. Toni. Ich möchte Dir noch so viel sagen. Ich möchte –»

2

Er verließ den Verschlag in der Brücke nicht mehr. Er aß nicht mehr, weil er glaubte, Nahrung verunreinige das Fühlen. Er lebte in vollkommener Finsternis. Eine Ritze, durch die Licht hereinbrach, verstörte ihn dermaßen, daß er Stunden brauchte, bis sich sein Puls wieder verflacht hatte. Die Ohren stopfte er mit Wachs zu. Das unerheblichste Geräusch konnte einen Gedanken zunichte machen. Er schlief im Sitzen, um bereit zu sein, wenn ihn die Erinnerung heimsuchen würde.

Denn er unternahm alles, sich der ungelebten Jahre zu erinnern. Er zermarterte sich das Hirn, kasteite sein Denken: Wer war er? Was war er? Er fühlte, daß er eine lange Zeit nicht am Leben gewesen war. Aber wo war er in dieser Zeit gewesen? Was war er gewesen? Und merkwürdig: Obwohl er Mitte Zwanzig war, sah er noch immer einem Pubertierenden ähnlich. Aus dem Flaum der Wangen war kein Bart geworden, die Achseln und das Geschlecht trugen keine Behaarung. Die Stimme war brüchig, aber nicht gebrochen. Er war ein Kindmann.

Als ihm der Hunger schließlich den Magen zerfraß und die Qual unerträglich geworden war, wollte er sich von seinem Lager erheben, um die vorletzte Bohnendose zu öffnen, die er tagelang angeträumt hatte. Er vermochte nicht mehr aufrecht zu stehen. Die Beine sackten weg. Auf allen vieren mußte er zu seiner Mahlzeit kriechen.

Und wie er so am Boden lag, roch er plötzlich Torf. Er tauchte seine Finger gierig in die Büchse und vernahm eine schrille Stimme. Eine Männerstimme von ungeheurem Volumen. Sie drang ihm durch Mark und Bein. Sie schrie: «Bei Fuß!» Mit dem Erschallen der Stimme dämmerte eine sanfthügelige Landschaft herauf, deren Hintergrund nicht fertiggemalt war. Als habe sich der Maler mitten in der Arbeit davongestohlen. Der Duft drang her von Rauchschwaden im Torfmoor. Da waren Gräben in langen Zeilen unter tiefblauem Herbsthimmel und dahinter ein großer, träger Fluß. Grüne und gelbe Drachen aus Seidenpapier schwangen sich in die Lüfte. Häuser, deren Schindeldächer bis zum Boden reichten, säumten das Moor, und die Menschen hatten schwarze Gesichter vom Torfstechen, und sie nannten ihre winzigen Hütten «Mäder». Ein bärtiger Mensch schleifte eine Frau an den Haaren. Die Frau lebte. Sie trug eine blauweiß gepunktete Schürze. Die Frau verlor eine Flüssigkeit, aber es war kein Blut. Der Mann schleifte die Frau den Graben entlang und brüllte immerzu. Die Frau vermochte kaum noch zu sprechen, aber sie versuchte zu bedeuten: «Lauf weg! Lauf weg!» Wohin denn? Man konnte nicht wegrennen. Da war doch die Frau, und die Frau war so warm, und die Frau hatte eine so schöne Stimme, und der Frau tat doch etwas weh ...

Balthasar schrie heiser heraus, schleuderte die Konservendose von sich, wälzte sich zur Seite und krümmte sich unter Bauchschmerzen. Das Magenbrennen wurde so furchtbar, daß er das Bewußtsein verlor. Als er erwachte, roch er sein Erbrochenes. Er quälte sich auf die Matratze zurück. Da durchzuckte es ihn: Sein richtiger Name war Beifuß, und der Teller war rot, und der Napf stand zu Füßen des bärtigen Mannes, und wenn der Mann zufrieden war, strich er ihm mit der Fußspitze den Bauch entlang, und das war gut. Und ihm fielen die Laute wieder ein, die seinen Herrn gemütlich stimmten, und er fing mit zerschilferten Lefzen zu bellen an. Er schnupperte an den Händen und leckte sie.

In diese Fieberstürme war er geraten, nachdem ihn Tony verlassen hatte. Und es wäre wohl nicht mehr lange Zeit so mit ihm hingegangen, wenn nicht der General die dumpfe Einsamkeit dieses Mannes erlöst hätte. Genaugenommen war es nicht der General, der nach Tony forschte, sondern der Spanier. Eines Nachts ertönte ein Käuzchenruf. Balthasar hörte es nicht. Plötzlich stand ein Fremder da, zündete mit dem Feuerzeug in den Unterschlupf herein und sagte kein Wort. Die zittrige Flamme erschreckte Balthasar dermaßen, daß er in hellem Entsetzen die Flucht ergriff, den Spanier über den Haufen rannte und in der Dunkelheit verschwand. Er fand Schutz im Führerhaus eines dahinrostenden Lastwagens, denn es regnete in Strömen. In dem Lastwagen versteckte er sich eine knappe Woche lang.

Aber die Morgen sagten ihm, daß er noch immer am Leben war. Wenn er vom Vogelgezwitscher geweckt wurde, wenn er das Lachen von Frauen und Kindern hörte, wenn der Tag sein milchiges Licht über das Straßenpflaster ausgoß, dann kroch Balthasar die Sehnsucht nach Tony ins Herz. Und von der wochenlangen Agonie verfiel er jetzt in absurde Euphorie. Er war davon überzeugt, daß Tony wieder zu ihm zurückkehren würde, und er wollte für den Tag gerüstet sein. Er besann sich plötzlich des Nachmittags, als sie mit einem Grammophon daherkam, das er ihr entriß und in den East River schleuderte. Ihm dämmerte die Zeit herauf, da sie sich mit glänzenden Dingen zu umgeben suchte, Tischdecken heimbrachte, Geschirr und silberne Gabeln. Er überlegte, welche Bewandtnis es damit haben mochte, wenn sie und der General die Mauern weiß tünchten. Er sann ihrem Kleid nach, das sie mit großer Sorgfalt unter die Matratze gelegt hatte und an welchem sie sich hatte stundenlang ergötzen können. Ihm kamen ihre kleinen Hände in den Sinn und die seidigen Fingernägel.

Auf einmal sah er die Welt mit anderen Augen. Er bemerkte, daß sich die Menschen nahezu jeden Tag anders kleideten, besonders die Frauen. An sonnigen Tagen zur Mittagszeit fiel ihm nahe der Piers ein junger Mann auf, der sich das Gesicht bescheinen ließ und dabei ein Wurstbrot verzehrte. Der Mann trug jeden Tag eine andersfarbige Weste nebst dazu passender Hose, und das Hemd blendete in den Augen. Diesen Mann überfiel er und bedrängte ihn, sich auszuziehen und ihm das Kleidzeug und die Schuhe zu überlassen. Balthasar wurde wieder der Dieb der frühen Jahre. Er raffte alles zusammen, das irgendwie glitzerte. Er besorgte sich Farbe und weißte die Mauern neu. Er fand einen Tisch und zwei Stühle. Er stahl, was er tragen konnte, wenn es nur golden oder silbrig glänzte und schimmerte. Mit einem Kamm aus Schildpatt frisierte er sich nach jedem Aufwachen das schwarze schulterlange Haar, und den geraubten Anzug schnürte er vor dem Schlafengehen auf ein Päckchen zusammen und versteckte ihn unter der Matratze. Bereit wollte er sein, wenn

Tony zurückkehrte. Schön wollte er für sie sein. In den Himmel sollte sie eintreten, wenn sie endlich käme.

Sie kehrte zurück an einem eisigkalten Vormittag. Und als hätte er die Stunde ihrer Ankunft geahnt, saß er wie ein Bräutigam gerüstet zu Tisch, umhangen von Girlanden in allen Farben. Er erhob sich, öffnete die Tür, noch ehe sich die Herankommende daran zu schaffen machte. Das glasige Morgenlicht warf eine blasse Röte in Antonias Gesicht. Er sah ihr in die Augen und lächelte. Lächelte wirklich und tat merkwürdige Gesten. Zuerst verneigte er sich vor ihr. Dann gab er Handzeichen, die besagten, sie solle eintreten. Wie er sich im weiteren überhaupt seltsam bewegte. Er tat kurze, abgehackte Schritte. Wenn er stillstand, stand er nicht ruhig, sondern wippte auf den Schuhspitzen. Die Arme hoben und senkten sich kantig, der Kopf wackelte mit Absicht. Die Arme suchten stetig nach Symmetrie. Mal verschränkte er sie auf dem Rücken, mal auf seiner Brust. Mal faltete er die Hände wie im Gebet, mal ließ er sie in den Hosentaschen verschwinden. Er wirkte unglaublich nervös und aufgeregt, und das mühselig einstudierte Repertoire der Bewegungen kam ihm durcheinander. Bewegungen, die er in den Straßen aufgelesen hatte, die ihn vornehm dünkten oder jedenfalls erhebend.

Als Antonia die Kälberkiste betrat, in der sie so viele Jahre zu Hause gewesen war, glaubte sie ihren Augen nicht. Auf dem Lattenrost lag ein Teppich aus Watte. Aber es war keine Watte im herkömmlichen Sinn. Antonia hatte ihren Nutzen bei Miss Abott kennengelernt. Es handelte sich um Mull- und Monatsbinden, deren Faservliese er zu einem Teppich verbunden hatte. Ihr brach ein kurzes Lachen vom Mund. In der Kiste sah es aus wie in einem neapolitanischen Ramschladen. Flitter und Firlefanz, Nippesfiguren, ein grell bemaltes Himmelreich aus Pappkarton mit Gottvater, Gottsohn und dem Heiligen Geist, eine Glaskugel, darin Santa Claus mit seinem Rentier im leise rieselnden Schnee die kunterbunten

Geschenke sortierte, Zinnbecher und Zinnkrüge, Engelsfigürchen aus Porzellan, Papierblumen, Muttergottesbilder im Nazarenerstil …

Er selbst sah aus wie eine Ramschfigur in dem viel zu weiten, zerknitterten Jackett, dem gelben Hemd mit der grünen Krawatte und der gestreiften Hose. Antonia verschlug es die Sprache. Er ließ sie nicht aus den Augen, nicht einmal dann, als er sich verstohlen an etwas zu schaffen machte, das von einem Paillettentuch verhangen war. Plötzlich spielte ein Grammophon Tangomusik. Balthasar lächelte und wackelte mit dem Kopf, gab ein vornehmes Handzeichen, Platz zu nehmen. Antonia setzte sich auf den Stuhl, den er ihr zugedacht hatte. Er setzte sich ebenfalls, wirkte noch immer bis zum äußersten angespannt, als gälte es, nicht den geringsten Fehler zu machen. Die Musik spielte und kratzte. Er strich sich unaufhörlich mit den Fingern die Haare glatt. Schön wollte er sein. Plötzlich erschrak er, weil er vergessen hatte, den Teller mit den Meringen zu reichen. Antonia nahm eine Meringe, biß hinein – sie war Granit – grinste und legte sie auf den Teller zurück. Er gewahrte ihre neuen, schneeweißen Zähne. Der Tango war zu Ende oder vielmehr zugrunde gegangen. Eine unheimliche Stille entstand zwischen Antonia und Balthasar. Der Straßenlärm – das einförmige Vibrieren im Mauerwerk – streckte dieses Schweigen ins Zeitlose.

«Hast du was vom General gehört?» fragte sie leise.

Er blickte Antonia mit seinen abgründigen Augen an und schüttelte vornehm den Kopf. Auf einmal fing sein ganzer Körper zu beben an, und er verlor die erzwungene Contenance. Auf einmal brach ein so unglaublicher Schwall an Worten und Lauten aus ihm heraus, daß Antonia vor Staunen den Mund nicht mehr zubrachte. Nach all den Jahren, in denen er fast nicht geredet hatte, stellte sie nun fest, daß er in Wahrheit stotterte. Es war eine Suada aus Wortfetzen des rheintalischen Dialekts, ein Stammeln, ein Stöhnen, ein Jaulen und

Winseln. Balthasar vermochte sich erst wieder zu beruhigen, nachdem er einen dünnen, gelblichen Strahl gespien hatte. Der kalte Schweiß rann ihm von der Stirn, und die Lippen waren nahezu weiß geworden.

An jenem Morgen faßte Antonia den Entschluß, für immer bei ihm zu bleiben. Sie schmiedete einen Plan, der vorsah, ihren guten Schnuck um Hilfe zu bitten, damit er ihr und Balthasar eine von den zahllosen Wohnungen der Fleisigs zur Verfügung stellte. Den Plan ließ sie jedoch bald fallen, weil er ihr schäbig vorkam und weil sie wußte, daß Aron ihr diesen Wunsch ohne mit der Wimper zu zucken erfüllt hätte.

Sie richtete sich wieder provisorisch in der Kälberkiste ein, aber sie fühlte, daß sie nun weder bei Balthasar noch bei Aron zu Hause war. Sie war nicht mehr Tony und war erst recht nicht Antonia. Sie merkte, daß sie sich allmählich abhanden kam. «So ist das Leben», dachte sie und schickte sich hinein.

Balthasar wich nicht mehr von ihrer Seite. Wenn sie an die Pier 16 hinausging, folgte er ihr, hielt sich zwar in respektvoller Entfernung, aber immer nahe genug, daß er sie nicht aus den Augen verlor. Zuerst genoß sie das Beschütztsein in vollen Zügen. Dann fiel es ihr allmählich lästig.

Beider Bande war schließlich eine fast unersättliche sexuelle Begierde. Sie schliefen miteinander, sooft sie es vermochten, und ihre Phantasien entzündeten sich, sobald sie einander ansahen. Sie kraulte ihm den Bauch – das liebte er so sehr –, und er leckte ihre Hände – das machte sie verrückt. Je fanatischer sie die Jahre ihres ungelebten Lebens einforderten, desto leerer und einsamer wurde die Gegenwart. Antonia fühlte es zuerst. Sie wurde lustlos, und nach ein paar Wochen ließ sie sich von Balthasar beschlafen wie von einem Freier. Sie empfand weder Ekel noch Lust. Als sie einmal so bei ihm lag, das Gesicht von ihm abgewandt – unten an der South Street zog gerade eine Parade mit schneidiger Blechblasmusik vorbei –, da kamen ihr Arons dichtbuschige Augenbrauen in den Sinn. Sie schloß die Augen, um einzuschlafen, aber die Tränen waren stärker und zwängten sich durch die Wimpern hindurch. Sie weinte hemmungslos, und Balthasar merkte es mit keinem Deut.

Vielleicht, daß der General ihr helfen konnte. Er war weise und alt, und er kannte das Leben. Sie liebte ihn ebenso stark, wie sie Balthasar oder Aron liebte. Sie liebte alle drei auf unterschiedliche Weise, aber wie sollte das der einzelne begreifen?

Also begab sich Antonia nach jenem Hinterhofhaus – Balthasar folgte ihr aus der Ferne –, jenem Möbellager in der Stanton Street, Ecke Eldridge Street, wo sie für den General gearbeitet hatte. Sie erklomm die Feuertreppe, stieg hinauf in den dritten Stock und fand ihn – als sei's ein paar Stunden her – in dem Bett mit dem Baldachin. Er war allein. Er schlief, schlief einen narkotischen Schlaf. Es roch nach Medizin, nach scharfer Medizin, und es roch faulig, roch nach Verwesung.

Ohne die Umstände seiner Krankheit zu kennen, wußte Antonia augenblicklich, daß es mit dem General zu Ende ging. Sie ließ sich an seinem Bett nieder und betrachtete das graue, eingefallene Gesicht mit der großen Warze. Die dünnstrichigen Lippen, die so lasterhaft über die Welt gesprochen hatten, die geschlossenen Augen, die sie so flink und keck durchschaut hatten. Es war still in dem hohen, von Gerümpel verstellten Raum. Von weitem rauschte die Stadt. Antonia fing zu erzählen an, was ihr in den Sinn kam, kreuz und quer durch ihr Gedächtnis. Manches Mal brach sie ab, weil sie meinte, der Atem des Generals habe zu gehen aufgehört. Sie hielt die Luft an, doch der Atem kehrte jedesmal zurück. Leise und schwach, aber der General lebte. Sie redete weiter, nannte sich sein Tonyken, schwor ihm, daß sie es immer geblieben sei. Darüber vergaß sie vollends die Zeit, verfiel in minutenlange Grübelei, schreckte auf und fragte, wo man stehengeblieben sei. Bei der Braunschweiger Mettwurst und der Prohibition – genau! – antwortete sie für den verstummten Freund. Je mehr sie die glanzvolle Epoche mit dem General heraufbeschwor, desto trauriger wurde sie. Plötzlich fing sie zu flennen an wie das starrsinnige Kind aus St. Damian. Und als sie sich ausgeheult hatte, kamen ihr plötzlich Worte von den Lippen, die sie längst vergessen meinte. Und die Worte fügten sich zueinander ohne krampfhaftes Nachdenken. Sie waren immer dagewesen, liegengeblieben in einem verschütteten Schacht des Bergwerks Erinnerung:

> Es war einmal ein Bär,
> der liebte die Gitarre sehr,
> das Singen und das Tanzen,
> ja, die Musik im ganzen.

Das türkisblaue Büchlein. Plötzlich duftete es im ganzen Loft nach Heublumen, ja, die Luft staubte von Heublumensamen. Der süßliche Geruch gärenden Heus kroch aus der angrenzenden Tenne herauf in die Kammer. Veronika schlief. Sie hatte einen Holzfuß. Vroni, ihre einzigste Vroni. Der Klang ihres Atmens verströmte Sicherheit. Und da war wieder der säuerliche Geruch, der über ihrem Körper lag ...

Jemand war auf leisen Sohlen an das Bett herangetreten. Es war der Spanier. Antonia erkannte ihn sofort am Wasserkopf. Der Spanier brauchte eine Zeit, dann dämmerte es ihm. In seinem Antlitz stand Freude. Erst brabbelte er in seiner Muttersprache und spuckte nach jedem Wort. Dann entschuldigte er sich und ging ins Englische über. Er wollte Antonia umarmen und ihr einen Willkommenskuß geben, aber sie wich ihm aus.

Schließlich erfuhr sie, wie es wirklich um den Freund stand, und sie erfuhr es auf drastische Weise. Der Spanier hob die Zudecken auf: Der General verfaulte bei lebendigem Leib.

Das linke Bein sah beinahe verkohlt aus, das rechte war offen und näßte. Es stank entsetzlich. Antonia schrie den Spanier an, weshalb man keinen Arzt gerufen habe. Der Spanier entgegnete, daß es der entschiedene Wille des Generals gewesen sei. Sie glaubte ihm nicht und wollte sich schon davonmachen, als sie ein Faustschlag gegen die Brust zu Boden warf. Etwas Spitzes pflanzte sich vor ihren Augen auf. Es war ein Stilett, und der Spanier drohte, Antonia kaltzumachen, wenn sie sich da einmische. Der General hätte sowieso nur noch schlecht von ihr gedacht, als er noch denken konnte.

Nur widerwillig gab Antonia dem Spanier das Versprechen, in der Sache nichts zu unternehmen. Gewalt konnte sie nicht ausstehen, und man erreichte damit nichts bei ihr. Im Gegenteil: Bedrohung machte sie nur noch starrköpfiger. Aber der Gedanke, mit einem halben General fortan die Welt zu studieren, ihn womöglich im Rollstuhl durch die Straßen zu karren, von Diebestour zu Diebestour, kam ihr lächerlich vor, und es wäre gewiß nicht in seinem Sinn gewesen. Sie schwor noch einmal und brüllte, der Wasserkopf solle sie endlich loslassen.

Der General lebte noch elf Tage lang. Er öffnete seine Augen nicht mehr. Er reagierte auf nichts mehr, lag einfach da und verfaulte. Es war ein Sonntagmorgen, als er endlich sterben konnte. Antonia war nicht dabei. Sie kam gegen Mittag und fand drei Männer vor, von welchen sie nur den Spanier kannte. Die beiden anderen sprachen deutsch miteinander. Der Spanier hatte verweinte Augen.

Was sie für ihren toten Freund tun konnte, tat sie. Und das führte sie wieder zu Aron Fleisig zurück. Sie bat ihn mit aufgeregter Stimme, ein Begräbnis zu arrangieren. Er solle ihr keine Fragen stellen. Aron hatte gar nicht vor, Fragen zu stellen. Ohne mit der Wimper zu zucken, griff er zum Telephonhörer, rief einen Freund an, welcher dann auf diskrete Weise das Notwendige veranlaßte. Nur eine Bitte hatte Aron an sie. Es war mehr Anregung, denn Bitte: Sie solle sich doch ein warmes Bad einlaufen lassen. Sie sehe, gelinde gesagt, mitgenommen aus. Nach dem Bad sei ihr bestimmt auch wieder wohl.

Begraben wurde der General auf einem katholischen Friedhof weit draußen im ehemaligen Newtown, zwischen Brooklyn und Queens. Es war ein merkwürdiges und auch sehr verhängnisvolles Begräbnis. Der Tag lag im prallen Sonnenschein, und dennoch kamen heftige Windböen auf. Die Zeremonie wurde von einem Priester vorgenommen, dessen Latein sich zuhöchst unlateinisch ausnahm. In Wahrheit handelte es sich um einen Sodaverkäufer aus Williamsburg, der mit dem Bestattungsunternehmen auf Honorarbasis zuammenarbeitete. Zugegen waren der Priester, zwei schwarze Sargträger in schwarzen, knöcheltiefen Mänteln, Antonia, Balthasar, der Spanier und drei unbekannte Männer.

Der Leichnam war schon zur Ruhe gebettet, der Sarg abgelassen, das unsägliche Kauderwelsch des Sodaverkäufers ausgestanden, Antonias Lied zu Ende gesungen, als im hügeligen Grün zwischen monumentalen Grabsteinen plötzlich vier Polizisten auftauchten. Antonia sah nur noch, wie Balthasar sich schützend vor sie stellte, sie an den Schultern riß und in das offene Grab hinunterstieß. Er stammelte: «Schtill, scht-t-ill! K-konschtabler!» Dann entstand ein Lärm. Männer brüllten: «Stehenbleiben!» Es fielen drei Schüsse. Antonia begriff, duckte sich, legte sich hin, machte sich dünn wie ein Brett und zwängte sich zwischen Sarg und Erdwand. Die Zeit, die sie dort lag, kam ihr vor wie ein ganzes Jahr. Plötzlich beugte sich der Sodaverkäufer über das Grab: «Kannst rauskommen, Kleine», sagte er und grinste blöd, «die Bullenschweine sind weg.»

Hergewesen seien die Drecksäcke hinter jenem mit der blauen Mütze, schilderte der Phantasiepfarrer den Vorfall. Ob sie ihn erwischt hätten – diese verdammten Hunde! –, das könne er nicht beantworten. Sorry.

An jenem windigen Vormittag sah Antonia Balthasar das letzte Mal. Freilich: In ihrer Nähe gefühlt und gewußt hat sie ihn später noch oft. Manchmal spürte sie ihn so nahe, daß sie hätte schwören können, er laure ein paar Schritte hinter ihr. Wenn sie sich jedoch umwandte, jäh, war es eine andere Person, oder es war einfach nur Leere. Als sie sich im Hause Fleisig schon längst wieder kommod fühlte, kamen ihr eines Nachts bohrende Fragen: Warum hatte er sie damals ins Grab gestoßen? Warum hatte er ihr in der Wartehalle von Ellis Island plötzlich den Mantel über die Schultern geworfen? Woher wußte Balthasar, als sie ihm das erste Mal begegnete und als er noch nicht Balthasar hieß, ihren Namen?

3

Das Wesen der menschlichen Seele läßt sich vorzüglich an den Feindschaften studieren, die sie zu anderen Seelen unterhält. Als Antonia noch am Tag der Beerdigung des Generals in die griechische Villa zurückkehrte, wurde die Haustüre von einer ihr völlig unbekannten Person aufgetan. Es war Professor Baruch Allerwelt, Robert Fleisigs Todfeind in musikhistorischer Hinsicht. Ein kleines, beleibtes Männlein von kerzengeradem Rückgrat, einem seidigen Glatzkopf und einer dioptriengeschwängerten Brille. Allerwelt bewegte sich in dem an Räumlichkeiten nicht leicht zu durchschauenden Hause mit der größten Selbstverständlichkeit. Er rauchte Robert Fleisigs Zigarren, trank seinen Gin, teilte mit ihm die Loge in der Met, verteilte diskrete Kußhändchen an die herrschaftliche Weiblichkeit.

Gekommen war das so: In den «BzvVubBdnP», dem ungenießbaren Druckwerk für altpolyphone Schwärmereien, war ein erregender Artikel eines jungen, ehrgeizigen Historikers erschienen, Blaukopf mit Namen. Blaukopf hatte darin die Kollegen Fleisig und Allerwelt des unseriösen, romantisch verbrämten Forschens geziehen. Nicht bloß das. Anhand der Frage, ob Heinrich Isaac ein Schüler des Squarcialupi gewesen sei oder nicht, stellte Blaukopf die Behauptung auf, daß die altvokale Forschung sich in einem stumpfsinnigen, um nicht zu sagen dekadenten Zustand befinde. Am Schluß des Artikels forderte er die jüngere Musikwissenschaft auf, die ältere abzusetzen oder ihr Schrifttum zu übergehen, es sei denn, die Elaborate wären durch verifizierbare Fakten abgesichert.

Das saß, tat weh und machte aus Feinden Freunde. Im Lüchow's wurde die Freundschaft mit einer Flasche Champagner aus Épernay begossen. Es kam fast zu einem Streit, wer nun den prickelnden Tropfen wem spendieren durfte. Die Gentlemen berieten sich mit glühenden Wangen, wie dem Blaukopf an den Karren zu fahren sei. Ob man etwas über dessen finanzielle Beweglichkeit herausbrächte, wie es im Privatleben aussehe, was er eigentlich politisch so denke. Man kam schließlich zu dem Beschluß, ein neues Periodikum zu gründen, darin die wissenschaftlichen Ergebnisse hinkünftig gemeinsam vorgetragen werden sollten. Noch im Lüchows telephonierte jeder mit seinem Advokaten, um die anhängigen Verfahren zur Einstellung zu bringen. Bei der dritten Flasche gicksten die Freunde wie zwei Schülerinnen aus dem Lyzeum. Bei der fünften gab Professor Allerwelt den Russen und schleuderte das Champagnerglas über die Schulter. Keiner mochte es fassen, weshalb man jahrzehntelang in so erbitterter Feindschaft geforscht hatte. Man fing an, sich selber zu beschimpfen. Armleuchter und Schafsnase war noch geschmeichelt im Vergleich zu dem, was nach Mitternacht fiel. Die Rechnung wurde schließlich von Robert Fleisig beglichen. Allerwelt war bedauerlicherweise nicht liquid.

Es währte einige Wochen, bis sich Antonia bei den Fleisigs wieder zurechtgefunden hatte, denn sie mochte nichts als schlafen. Sie verschlief die Trauer um ihren geliebten General. Sie suchte Balthasar aus ihrem Herzen hinauszuschlafen. Sie vermied es, die Abendstunden mit Aron zu verbringen, weil es sie schwermütig machte. Nach jedem Kuß blieb der Geschmack von Halbheit, ja von Heuchelei.

Sie gewöhnte sich in ihr schlechtes Gewissen hinein und verlor allmählich ihre Stimme, ihre wirkliche Stimme. Und das ausgerechnet zu einer Zeit, da ihre hörbare Stimme einen Ambitus zu entfalten begann, der schließlich den Chormeister der Metropolitan Opera dazu veranlaßte, die Miss Antonia Schwartz ohne offizielles Vorsingen in den Opernchor aufzunehmen. Probeweise und aushilfsweise versteht sich.

Das erreicht zu haben, rechnete sich Aron als größten Triumph seines Lebens an. Es galt ihm mehr als die eigene Karriere. Mit wundersamer Behutsamkeit führte er die Sängerin an kleinere Opern- und Liedpartien heran, schärfte dadurch spielerisch ihren Geschmack, ihr Gehör, das Gefühl für Rhythmus, Phrasierung und Dynamik. Man studierte Carissimi und Pergolesi, Händel und Charpentier, und natürlich immer wieder Mozart. Es kamen Stimmbildner ins Haus, und sie verließen es bald. Es kam zu unschönen Vorfällen, und einmal gar zu einer Prügelei. Bisweilen mochte der Eindruck entstehen, als sei die Stadt New York ausschließlich von Gesangslehrern bevölkert, derart hoch war Antonias Verschleiß.

Einer blieb schließlich. Er war zäh und Kummer gewöhnt. Er schrieb sich Sudbrock-Lange – Antonia nannte ihn den «Phonischen Nullpunkt». Herr Sudbrock-Lange stammte aus der Stadt Berlin und war Solfeggio-Lehrer in Dresden gewesen. Wenn er deutsch sprach, berlinerte er kraß, und das stimmte die Gesangsschülerin froh. Außerdem fand sie an seiner einfallsreichen und zuhöchst merkwürdigen Art von Unterricht Gefallen. Herr Sudbrock-Lange war ein zierlicher, umständlicher Mensch. Die erste Gesangsstunde eröffnete er mit den folgenden Worten: «Beginnen wir det Eensingen, wo sicherjestellt is, det det Uffwärmen der Stimme in keener Weise mit och nur die jeringste Anstrengung verbunden is. Diese Lage wird als Indifferenzlage, och phonischer Nullpunkt, bezeechnet. Wenn det Fräulein nu die Freundlichkeit hätte, den Kaugummi aus der Zuckerschnute zu nehmen.»

Der Phonische Nullpunkt war ein vehementer Gegner des italienischen Belcanto-Ideals, des sogenannten Stützsingens, eines forcierten Singens bei tiefgestelltem Kehlkopf, das, wie er meinte, die Möglichkeit zur Entwicklung der vokalen Kapazität versperre. Enrico Caruso hielt er sein Lebtag lang für einen frechen Blender, denn das Hochziehen des Brustregisters – gegebenenfalls bis zum ultimativen Cis – suggeriere das Vorhandensein eines Stimmregisters, das in Wahrheit nicht vorhanden war.

Nein, Herr Sudbrock-Lange hielt alles auf das Prinzip der Entspannung. Für die ersten Lektionen hatte Miss Abott das Musikzimmer abzudunkeln und eine Unmenge von Kerzen aufzustellen. Sie dienten zum «Anblasen». Stundenlang war Antonia damit befaßt, Kerzen anzublasen, wobei die Kerze nicht ausgepustet, sondern lediglich zum Flackern gebracht werden durfte. Das sollte im Lauf der Zeit den Stimmambitus auf ganz natürliche Weise ausweiten. Dann kam er eines Morgens mit Zeitungen daher – es war ein Konvolut der New York Times. Er nahm einen einzelnen Bogen und gab ihn der Schülerin in die Hände. Zuerst bat er darum, den phonischen Nullpunkt zu finden, also einen Ton in bequemer Stimmlage. Diesen Ton hatte sich Antonia einzuprägen. Hierauf mußte sie den Ton halten und dabei gleichzeitig die New York Times zerreißen, so langsam wie möglich. Der Ton durfte nicht enden, ehe der Bogen zerteilt war. Die Übung diente zur Erlernung des ökonomischen Atmens, zur Entfaltung von Sonorität und Volumen. Sie konnte an groß- und kleinformatigen Druckwerken ausprobiert werden. Eines anderen Tags ließ er die Schülerin eine halbe Stunde lang hecheln, das heißt mit Schnelligkeit ein- und ausatmen, um das Zwerchfell zu trainieren und die Leistung des Hauptatemmuskels zu erweitern. Einige Wochen später zog er drei weitere Gesangsschüler hinzu, um die Kommunikation zu fördern. Man hatte sich auf den Boden zu legen und eine Traube zu bilden, man stellte einen Säugling vor, man gab sich leichenstarr, man war Ameisenhaufen und Hut, Ball und Lokomotive, schwanger und blau …

Was Wunder also, daß Herr Sudbrock-Lange Kummer gewöhnt war? Seine Methoden wurden verlacht und hatten ihn in Deutschland die Anstellung gekostet. Bloß weil er das Singen als einen alchimistischen, mehr noch mystischen Vorgang begriff. Ein unverstandener, revolutionärer Stimmbildner war Herr Sudbrock-Lange. Ein zur Unzeit geborener Zeitgenosse.

Die Loge der Fleisigs in der Met wurde ihr neues Zuhause. Nahezu keine Probe, nahezu keine Vorstellung ließ Antonia aus. Sei es, weil sie sich in der Scheinwelt unter Tage aufgehoben fühlte wie an keinem anderen Ort. Sei es, weil sie beschlossen hatte, dieser Welt nicht mehr ins Angesicht zu blicken, ihr brutales Menschenfressertum zu ignorieren und sich fortan nur noch dem schönen, unendlich dahinströmenden Klang hinzugeben. Vielleicht konnte Antonia die Gegenwart nur ertragen, wenn sie opernhaft wurde, wenn man, nachdem sich der Vorhang gesenkt hatte, die erwürgte Desdemona oder die an ihrem Lungenleiden gestorbene Mimi in einem vornehmen Restaurant speisen sah, wenn alles eben nur Komödie in der Tragödie war, ein Spiel, ohne wirkliche Konsequenzen. Sie genoß den satten, vollen Klang des Orchesters, und ihr Lieblingsinstrument war die Klarinette, deren samtweichen Ton sie stets mit Arons ausgeglichenem Temperament in Verbindung brachte.

In der Loge war es auch, wo Aron seiner Antonia den Heiratsantrag machte. Antonia blickte ihn mit klaren Augen an, grinste und willigte, ohne ein Wort zu sagen, ein. Sie heirateten in einer kleinen Kirche auf Staten Island, wo Onkel Rigobert ein Sommerhaus im Südstaatenstil besaß. Es war eine kleine, aber sehr gediegene Hochzeit. Miss Abott, die eine Brautjungfer, schnupfte unaufhörlich. Die andere Brautjungfer hieß Berenice. Zu Ehren des Paares sang sie Mozarts «Ave verum». Ihre Stimme war so ungetrübt und seren, wie es der wolkenlose Himmel war an diesem Tag. Die Flitterwochen führten Antonia wieder nach Europa zurück, und das hing indirekt mit einer Studienreise der Professoren Allerwelt und Fleisig zusammen.

Das Forscherpaar arbeitete zu der Zeit an einer ungeheuerlichen Entdeckung, von welcher bereits feststand, daß sie die ältere Musikgeschichte ganz und gar über den Haufen werfen würde. In der Missa Pange Lingua des Josquin Desprez waren sie auf eine verschlüsselte Melodie gestoßen, die, wenn man sie rückwärts sang, ein damals überall gepfiffenes Schmählied auf den Papst und die heilige Kirche ergab. Nun galt das Josquinsche Meisterwerk in den Augen Blaukopfs als eine große Huldigung an den Papst Leo X., war in Wirklichkeit aber eine offenbar schändliche Verhöhnung desselbigen. Um die Stimmbücher im Original studieren zu können – es handelte sich um das Chorbuch Nr. 16 in der Capella Sistina –, war eine Reise nach Rom vonnöten, und zwar in den Vatikan.

Während die beiden Herren in der Vatikanischen Bibliothek ihre spitzbübischen Gesichter in Folianten begruben – dieses Mal wurde eifrig geredet im Gegensatz zur Florenzreise; man malte sich Blaukopfs Ruin aus –, vertaten Aron und Antonia die drückend heißen Nachmittage in der Suite ihres Hotels, von wo aus man einen herrlichen Blick auf die Kuppel des Pantheons hatte. Aron Fleisig wähnte sich als der glücklichste Ehemann auf Gottes Erdboden. Nur einmal wehte ihn plötzlich eine furchtbare Traurigkeit an. Es war nur für die Dauer eines Augenblicks. Antonia war aus dem Schlaf hochgefahren, hatte sich erhoben, war ans Fenster getreten in der Hoffnung, eine Brise kühler Luft zu erhaschen. In den geschlossenen Fensterladen fächerte sich das mediterrane Sonnenlicht und ergoß sich über den nackten Körper der jungen Frau. Wie Aron seine Frau so dastehen sah, kam ihm das Bild, das ihn so traurig stimmte: Ja, in seinem Herzen lag für Antonia eine große Wohnung bereit. Die Fensterladen waren geschlossen, dahinter erging sich eine italienische Piazzetta in lärmender Lebendigkeit. Die Wohnung war leer.

4

Der Musik Mozarts bedurfte sie wie andere des Gesehenwerdens. Sie gab ihr Sinn. Ganz versessen war sie darauf, mit Aron Partie um Partie einzustudieren. Nicht bloß die Sopran-Arien wollte sie erlernen, Schnuck hatte auch die Alt-, die Tenor- und Baß-Arien, die Duette und Terzette am Klavier in eine ihr günstige Lage zu transponieren. Alles sog sie auf von dieser nach Milch schmeckenden Musik, wie sie sich ausdrückte. Mozart sprach ihre Sprache, und sie verliebte sich in ihn, posthum. Als sie unter George Szell zum ersten Mal das Klarinettenkonzert hörte, war es wie eine Berührung des Körpers. Es kam ihr vor, als säße sie zum ersten Mal bei dem Friseur in der Mott Street, als strichen die Hände des Chinesen mit aller nur erdenklichen Zartheit über ihr Haupt. Musik war für sie ein körperlicher Zustand.

In Europa regierte Krieg, aber das interessierte weder sie

noch Aron noch die übrige Familie. Die schaurigsten Geschichten schwappten über den Atlantik. Von Menschenbränden ging die Rede, von Gas und von Gefängnisanlagen größer als die Lower East Side. Zu der Zeit war Antonia Fleisig 27 Jahre alt. Ihrem Aussehen nach hätte man sie wohl um Mitte Dreißig geschätzt. Laut Paß war sie 23jährig. Den Tag ihres Geburtstags, den sie nicht kannte, hatte Mrs. Karen Fleisig damals bei der Art Adoption auf den 30. Dezember anberaumt. Das Datum war Mrs. Fleisig recht reizvoll erschienen, so kurz vor Silvester.

Es war das Jahr 1942, Winter. Damals leitete der Dirigent Bruno Walter mehrere Vorstellungen von Mozarts Zauberflöte an der Met. Das kam einer Sensation gleich, war doch das New Yorker Opernpublikum eben erst dabei, Mozart wiederzuentdecken. Zu Recht darf behauptet werden, daß die Walterschen Dirigate, besonders im Rundfunk, in Amerika zu einer Mozart-Renaissance geführt haben. Wie wenig der Salzburger Komponist tatsächlich bekannt war, läßt sich an einer Besprechung des Don Giovanni erahnen, als der Kritiker der Brooklyn Daily schrieb: «(...) und auch der Schöpfer des Werks sei an dieser Stelle belobigt. Walter sind zu den ewigen Themen von Liebe, Haß und Eifersucht großartige Melodien gekommen.»

Unter Kennern war der Maestro für viererlei geschätzt. Zum einen für die fast unerträglich langsamen Tempi, die er anschlug. Zum andern für das außerordentlich feinnervige Gehör. Zum dritten für seine nahezu gespenstische Menschenliebe und zum vierten für die lebenslange Freundschaft zu dem Tonsetzer Gustav Mahler aus Wien. Letzteres brachte Aron auf den Plan. Die Mahlerschen Partituren zirkulierten nämlich damals wie Geheimschriften durch die Konservatorien der Stadt. Gustav Mahler oder Richard Strauss, lautete die Gewissensfrage unter den Studenten. Aron liebte die Mahlersche Musik, und es gelang ihm, mit Maestro Walter amikal zu werden, denn der ältliche, niemals eine Bitte abschlagende Herr ließ sich herbei, einer Einladung in die griechische Villa zu folgen. Beim Dinner berichtete er dem begierig lauschenden jungen Mann von seinen Erlebnissen mit Gustav Mahler, erzählte von der Zeit, als er, Walter, noch Schlesinger hieß. Es war zum Losheulen vor Rührung! Die Blutsbrüderschaft zweier Musiker im Wien der Jahrhundertwende, die ihr Leben einzig und allein der Kunst überantwortet hatten. Die Restaurants, in welchen sie als Habenichtse die Zeche prellten. Die Frauen, in die sie verliebt waren, die Kollegen, die sie verachteten, die Kritiker, die sie ohrfeigten …

Nach dem vierten oder fünften Gin im Raucherzimmer dünkte es Aron, daß des Maestros Rede einerseits lallend, andererseits sarkastisch wurde. Doch kurz vor Mitternacht brach aus dem philanthropischen Dirigenten plötzlich eine Haßtirade über Gustav Mahler heraus, die unerhört war.

Ein intriganter Schuft sei der Gustl gewesen, ein Ungustl, wie man in Wien zu sagen pflege, der einem dauernd die Weiber ausgespannt habe. Mit der Schindler habe er angebandelt, obwohl er noch geschworen habe, das Mädel interessiere ihn einen feuchten Kehricht. Die süße Mildenburg – Herrgott, was für ein Leckerbissen! – habe er ihm auch weggeputzt, dieser wollüstige, dieser brünstige, dieser …

«Aber Maestro!» fuhr Aron entsetzt dazwischen. «In Ihrem Aufsatz haben Sie erläutert, Sie hätten Mahler nie anders als auf der Höhe seines hohen Wesens gefunden!»

«Stimmt auch. Ich habe ihn nie anders als weibstoll erlebt. So, und nun will ich Ihnen mal sagen, was der Gustl für einer gewesen ist!» entgegnete Walter mit zornig funkelnden Augen. «Wenn er am Mittag aus der Hofoper gewatschelt kam, und die Suppenterrine hat noch nicht auf dem Tisch gedampft, dann hat er die arme Alma zur Sau gemacht, daß die Schüssel und einem selbst das Herz zersprungen ist! Oh, ich hab' diesen Kerl nie leiden mögen! Seine Musik war mir, ehrlich gesagt, zuwider, als ich sie erstmals unter Nikisch und Schuch gehört habe! Wenn ich sein joviales Grinsen nur gesehen habe, hätte ich am liebsten ausgespuckt!»

Er machte eine rhetorische Pause und fuhr dann mit schnatternder Stimme fort: «Lieber, einfältiger Schlesinger! Die männliche Spezies wird in Schwimmer und Nichtschwimmer eingeteilt. In Brustkästen und Hühnerbrüste. Sie sind ein Nichtschwimmer, Schlesinger, und das mögen die Weibsbilder halt nicht. Aber lassen Sie den Kopf nicht hängen, Sie haben ja mich! Mit Mahler werden Sie nicht untergehen, nicht ersaufen, wenn Sie so wollen. Durch mich wird die Musikwelt Ihrer noch gedenken, wenn Ihre Knochen schon längst zu Staub geworden sind. Und jetzt Kopf hoch! Kinn gerade! Beide.»

Dann sprach er wieder im Walterschen Pianissimo, in seiner sanften, anmenschelnden Stimme. Und was er nun sagte, kam mit der größtmöglichen Langsamkeit: «Ich has-se Mahler. Aber ich werde mich rächen. Ich werde seine unsägliche Sinfonik in so schleppenden Tempi geben, bis sogar die Studenten im Stehparterre zu schnarchen anfangen. Ich-kann-war-ten.» Er machte eine unmenschlich lange Generalpause: «Ich-ha-be-Zeiiiit!»

Aron verstand die Welt nicht mehr. Er saß dem legendären Bruno Walter gegenüber, der durch die innige, Jahrzehnte währende Freundschaft mit Mahler wie kein anderer vor oder nach ihm berufen war, das Mahlersche Erbe in die Welt hinauszutragen. In Wahrheit aber wollte dieser gemeine Mensch die Musik Gustav Mahlers ausrotten, und zwar durch Langeweile.

Bemerkenswert ist die Begegnung mit Walter dennoch. Unter seinem Dirigat entdeckte das New Yorker Opernpublikum Antonia Fleisigs Sopranstimme, und zwar durch einen Zufall.

Einen dreifachen Zufall sogar, der – es ist nur menschlich – schon an einen verborgenen Plan glauben läßt. Es war Aron nicht in den Sinn gekommen, angesichts des ernüchternden Dinners dem Dirigenten die Stimme seiner jungen Frau unterzujubeln. Die Geschichte nahm ihren Lauf am Vormittag einer Repertoirevorstellung der Zauberflöte.

Es war am 10. Januar, einem bitterkalten, schneeigen Morgen. Die Stadt glänzte im metallischen Rot der Vormittagssonne, und ihre Menschen litten zuhauf an einer heftig grassierenden Influenza. Gegen zehn schellte das Telephon in der Villa Fleisig. Am Apparat war der Chormeister der Met. Miss Eleanor Steber, die Erste Dame, habe sich beim Eislaufen im Central Park die große Zehe gebrochen. Das sei nicht das Problem. Das Problem sei, daß ausgerechnet die Zweitbesetzung der Ersten Dame an Grippe laboriere. Weil er nun wisse, daß Antonia alle Drei Damen draufhabe – fuhr der Chormeister fort –, solle sie sich pünktlich um vier bei der Pförtnerloge melden. Man müsse aber striktes Stillschweigen bewahren. Der Alte merke das nie im Leben – bei der winzigen Rolle –, außerdem schlafe er ohnehin beim Dirigieren. Arons Augen blitzten auf wie die eines Jungen, der dem Klassenstreber Reißnägel in die Schuhe gelegt hat. Er stürmte ins Schlafzimmer – die Eheleute hatten zwischenzeitlich den rechten Villenflügel in Beschlag genommen –, küßte, streichelte, kitzelte und rüttelte schließlich seine Frau wach.

«Stell dir vor, Liebste, wer eben mit mir telephoniert hat!» purzelte es von seinen Lippen. Er praktizierte der leise Stöhnenden die goldgefaßte Brille auf die Nase, zündete ihr eine Sweet Corporals an und tat einen ersten starken Zug.

Antonia zeigte sich von der historischen Chance, wie er sich ausdrückte, nicht besonders angetan. Sie wollte weiterschlafen, denn zu der Zeit litt sie wieder unter starken Depressionen, und die Tabletten zeigten noch Wirkung. Gezeichnet war sie vom Martyrium der Schlaflosigkeit, und wenn sie endlich in Morpheus' Umarmung versinken durfte, schrak sie nach wenigen Stunden aus einem blutbebilderten Alpdruck auf. Sie verließ ihr Zimmer nur, wenn sie Chordienst hatte, da sie glaubte, Balthasar lauere draußen auf sie. Sie war der festen Überzeugung, daß er sie verfolgte.

Aron hatte sie nie ein Wort davon erzählt. Es war vor der Metropolitan Opera gewesen, nachts, nach einer Maskenball-Vorstellung. Er stand inmitten der Menge des heimwärtsströmenden Publikums. Sie hätte es schwören können: die brennenden Augen, das schulterlange Haar, die blaue Mütze, die sie ihm einmal zu Heiligabend geschenkt hatte. Er trug sie noch immer.

Man wird sich denken können, daß das vom Chormeister auferlegte Stillschweigen nicht zehn Minuten lang währte. Innerhalb einer knappen Stunde hatte Mrs. Fleisig sämtliche Freunde, Bekannte und Verwandte darüber unterrichtet, daß Antonia an diesem Abend an der Met debütieren werde. In einer klitzekleinen Partie freilich, einer Rolle jedoch von eminenter Wichtigkeit, was das Fortschreiten der Handlung betreffe, den musikalischen Aufbau des Werks, die Orchestrierung, das Bühnenbild, die … das …, kurz: ohne Erste Dame keine Zauberflöte. Karen Fleisig erzählte es jedem, ausgenommen ihrem Bruder, dem Hutfabrikanten in Philadelphia. Das brachte sie nicht übers Herz, obwohl das Telephonfräulein schon verbunden hatte. Der halbe Bezirk wußte es und hatte strikt den Mund zu halten.

In der Villa herrschte ab dem Zeitpunkt eine Aufregung, die bis zur Abfahrt am Abend nicht mehr abkühlte. Die Fräcke der Herren Robert und Rigobert mußten gebürstet und aufgebügelt, die Hemden gestärkt, die Zylinder gewichst werden. Und als Professor Allerwelt rundheraus gestand, daß er überhaupt keinen Frack besitze, kam der Hausschneider angerauscht, um einen von Rigoberts vertragenen Fräcken in

Schuß zu bringen. Mrs. Fleisig selbst war untröstlich über ihre Garderobe. Kein Abendkleid – keine Gala, keine Kombination und kein Arrangement – wollte sie recht freuen. Sie haßte sich, und sie haßte noch mehr das Altsein. Ihre Friseurin hatte es auszubaden. Dann ließ sie erneut im Lüchow's anläuten, ob die acht Tische auch bestimmt reserviert wären. Bei Goldenberg & Goldenhersh, dem feinsten Blumenladen auf der Upper West Side, bestellte sie Blumenschmuck – weiße Lilien und gelben Enzian. Eine renommierte Jazzkapelle wurde engagiert, der Mrs. Fleisig das schriftliche Einverständnis abpreßte, gediegenes Piano zu spielen, allerhöchstens ein Mezzoforte.

Wie froh war Aron da gewesen, daß er mit Antonia bereits nach dem Mittagessen aus der Villa hatte flüchten können. Vor der Pförtnerloge wartete der Chormeister – er hatte einen zungenbrecherischen polnischen Namen – und ging in nervösen Stakkatoschritten hin und her. Als er das Taxi mit Antonia und Aron heranfahren sah, stürzte er drauflos, riß die Tür auf und rief: «Na endlich, Kinder!» Man solle sich beeilen, man gehe einen kleinen Umweg. Er geleitete die beiden auf labyrinthischen Gängen zur Kostümanprobe. Das Kleid der Ersten Dame saß wie auf den Leib geschneidert, nur die Schuhe waren um etwa drei Nummern zu groß.

«Kein Wunder, daß man sich bei diesen patagonischen Füßen die Zehe bricht!» scherzte Aron und glimmte sich am Stummel seiner Zigarette eine neue an. Er war unglaublich aufgeregt, er schwitzte, er dampfte förmlich. Dann ging es in einen fensterlosen Probenraum, wo der Chormeister mit Antonia die Partie der Ersten Dame korrepetierte. Sie sang artig, die meiste Zeit bei geschlossenen Augen, als langweilte es sie. Sie war nicht da. Aber es genügte trotzdem. Ein paar szenische Anweisungen noch – sie kannte die Inszenierung, weil sie im Chor mitsang – und die wie eine Drohung ausgestoßene Bitte, vor der Aufführung, während der Pause und nach der

Vorstellung strikte in diesem Raum zu bleiben, bis sie abgeholt würde. Dann ging der Chormeister davon, weichen Schrittes, im Legato.

Die ersten Karossen fuhren heran. Pelzbesetzte Madams mit Diademen im schlohweißen Haar mühten sich heraus und greise Gentlemen, deren Rücken gebeugt waren von der Last der Verantwortung in Wirtschaft und Politik, im Staats-, Gerichts- und Ehewesen. Studentische Jugend bildete in der Eiseskälte eine Schlange, um Restkarten zu ergattern. Hinter der Bühne werkten bereits hundert Hände in der Masken-, Beleuchtungs- und Technikabteilung. Der Inspizient erzählte der Pamina einen schlüpfrigen Witz, über den sie zwar nicht lachte, den sie aber in ein rotes Büchlein notierte. Zwei Beleuchter unterhielten sich in schwindelerregender Höhe auf der Beleuchtungsbrücke über das Karma. Der Orchestergraben gähnte noch leer wie ein zahnloser Mund. Nur das Pult des Ersten Geigers war besetzt. Ein plattnasiger Mann saß dort und übte seinen Part. Es war ein Abend an der Met wie jeder andere Abend. Es war Oper.

Ja, und Maestro Walter war ebenfalls lange vor der Zeit zugegen. Er ruhte in seiner Garderobe. Niemand durfte ihn stören, da er sich in die Welt der Mozartschen Musik zu versenken hatte. In Wirklichkeit studierte er die Partitur von Mahlers zweiter Sinfonie – c-moll, wie banal! – und überlegte hin und her, wie das Machwerk zu dehnen sei und was der Gustl im Schlußsatz mit der Bezeichnung «Langsam. Misterioso.» gemeint haben könnte. Walter schwebte eine Interpretation von an die sechs Stunden Länge vor, die Pausen zwischen den Sätzen nicht eingerechnet.

Die Fleisigs samt Anhang – die Herrschaften wurden im weißen Dusenberg «Modell J» chauffiert – kamen beinahe zu spät. Die Aufregungen des Tages hatten dem Onkel Rigobert sehr zugesetzt, und das alte Safarileiden war mit Vehemenz wieder aus ihm herausgebrochen. Man habe vor diesem Mann schlicht und ergreifend den Zylinder zu ziehen, raspelte Professor Allerwelt Süßholz. Es sei berührend, wie da ein Mensch unter höchsten Krämpfen und Blähungen heldenhaft seinen Weg gehe. Mrs. Fleisig und deren Freundin Mrs. Brisbon waren da gegensätzlicher Meinung und wähnten sich wie neu geboren, als sie der olfaktorischen Hölle des Wagenfonds endlich entrannen. Man schnaufte hinauf in den ersten Rang, wo die Loge war. Davor wartete mit roten Bäckchen der Phonische Nullpunkt, Herr Sudbrock-Lange. Er hielt ein Veilchenbukett in Händen, doch Mrs. Fleisig fühlte sich zu früh verehrt. Die Blumen wollte er beim Schlußapplaus Antonia zu Füßen werfen.

Und der Chormeister riß schon zum vierten Mal die Tür auf und drängte Antonia auf die Hinterbühne.

«Nur noch eine Sekunde! Eine Sekunde, bitte!» flehte ihn Aron an.

«Drei Worte! Sie muß rauf, verdammt!!» schrie der Chormeister und schlug die Tür zu.

Aron blies Zigarettenasche von seiner Frackschleife, zog das Einstecktuch heraus, tupfte sich den Schweiß ab: «Bist du überhaupt nicht nervös?»

«Du mußt jetzt in deine Loge», antwortete Antonia und rückte ihren mit Sternen besetzten Haarputz zurecht.

«Ja, ich weiß», sagte Aron leise und berührte dabei ihre Schulter. «Eines noch, Antonia. Wenn ich jetzt die Tür hinter mir schließe, dann sollst du wissen, daß ich für dich sterben würde. Ich liebe dich.»

Antonia blickte ihn aus taubenblauen, schwermütigen Augen an. Er wiederholte die drei letzten Worte und küßte ihre Lippen. Während er sie küßte, sträubten sich Antonia plötzlich die Härchen auf den Unterarmen. Ihr fing der Puls im Kopf zu hämmern an. Sie wollte etwas sagen, aber brachte keinen Laut hervor. Aron merkte das Zögern und legte seine Fingerkuppe an ihre Unterlippe.

Da huschte ihm ein unbegreifliches Lächeln über das spitze Antlitz mit den kurzen, wirren Augenbrauen und der markanten Nase. Es war Antonia, als lachte sie der Sommermorgen persönlich an. Ihr raste das Herz, und sie meinte, das Donnern zerreiße ihr den Kopf. Sie hob die Hände und strich Aron durch das gelbliche Kraushaar. Die Winkel am Saum seines weichen, schwammigen Munds standen noch immer steil nach oben, als lache er stumm in einem fort. Da sah sie, daß er gar nicht lachte. Sie sah, wie ihm die Liebe aus dem Gesicht wich.

5

Es war ein Ereignis, wenn im alten Metropolitan Opera House allabendlich die Lichter ausgingen, wenn es in dieser riesigen, vierstöckigen Arena fast stockfinster wurde und nur noch die Lämpchen in den Logen brannten, bis auch diese schließlich erstarben. Ein Ereignis, wenn der große Bruno Walter in seiner so zurückhaltenden Art den Orchestergraben betrat, den warm heranbrandenden Applaus mit gesenktem Haupt und tiefhängenden Schultern entgegennahm, sich nicht lange darin badete, sondern unverzüglich den Taktstock hob. Da wurde jeder an seine eigenen, schnöden Eitelkeiten erinnert und mußte sich beschämt vor Augen halten, daß er noch Lichtjahre von der Bescheidenheit dieses unendlich demütigen Mannes entfernt war.

Walter selbst genoß diese magischen Augenblicke der höchsten Konzentration vor dem Erklingen des ersten Tons auf seine Weise: «Siehst du, Gustl», dachte er, «so weit kann's ein Nichtschwimmer bringen!» Und schon strömte der Tutti-Akkord der Ouvertüre aus dem Orchestergraben hinaus und hinauf in den hintersten Rang. Erhebliche Tempodifferenzen zwischen Bläsern und Streichern wollte dort hinten ein Paar beckmesserischer Ohren vernommen haben. Das sei erwähnt, weil nicht einmal der über alle musikalischen Zweifel erhabene Bruno Walter vor jener Sorte Mensch gefeit war, die, um sich Gehör zu verschaffen, den anderen um sein Hören zu bringen sucht: «Ein seniler Stümper, ein Nichtskönner!» zischte der Beckmesser seiner Begleiterin ins Ohr, die ihre Augen genießerisch geschlossen hielt, um dem Fest der Harmonien – billig war die Karte auch nicht gewesen – mit aller Ergebenheit beizuwohnen.

Aron war dermaßen aufgewühlt, daß er nicht sitzen konnte, sondern stehen mußte. Onkel Rigobert zupfte ihn während der gesamten Ouvertüre wenigstens fünfmal am Frackschoß, weil es ihm nicht in den Kopf hineinging, wie man einen so samtweichen Logensitz, für den man schließlich teures Geld bezahlt hatte, nicht ausfüllen wollte. Aber der dritte Korrepetitor der Met merkte vermutlich weder das Zupfen, noch bekam er vor Aufregung einen Ton der Ouvertüre mit. Baruch Allerwelt stüpfte Robert Fleisig in den Arm. Als sich der zu ihm herüberneigte, flüsterte Allerwelt laut: «Mir ist grad eine Idee gekommen. Wir müssen den Cantus in der Pange Lingua nicht bloß rückwärts lesen, wir müssen ihn auch gleichzeitig spiegeln. Dann ist der Blaukopf ruiniert.» Beide lachten wie die Pennäler, was Mrs. Brisbon, Karen Fleisigs Freundin, ziemlich erboste. Die beiden verstummten denn auch in der Sekunde.

Die mit breitem Walterschem Pathos gegebene Ouvertüre kam allmählich zu einem Ende. Der Vorhang war noch geschlossen. Auf der Bühne, welche eine Felsenlandschaft vorstellte, lauerte bereits Mr. Kullman, der Tamino, auf seinen Einsatz. In der Gasse standen die Drei Damen in tupfgleichen Kostümen, ebenfalls ihres Auftritts harrend. Antonia war schon bei den ersten Takten von Mozarts Zauber erfüllt, während die beiden anderen hektische Mundübungen vollführten, um

Mozarts Zauber gerecht zu werden. Diese Musik war für Antonia ein physisches Erlebnis. Sie gab sich ihr hin mit jeder Faser des Körpers, und die Seele schwang im luftigen Fugato hin und her, von den ersten Geigen zu den Celli und den Kontrabässen, und wieder hinauf zu dem stützenden Bläsersatz, zu den Klarinetten. Für Antonia war es immer unbegreiflich geblieben, daß ein Mann so viele schöne Gedanken in so kurzer Zeit an die Welt hatte verschenken können. Quasi umsonst, quasi aus reinem Übermut.

Der letzte Akkord der Ouvertüre war noch nicht verhallt, da plätscherte ein dünner Applaus heran. Es waren die Hände derer, welche in der Walter-Verehrung mit besonders starker Eilfertigkeit hinlangten: die Damen und Herren in den ersten zwei Reihen des Parketts. Jedenfalls wirkte das Klatschen ansteckend, und so mußte der Maestro den Taktstock senken und sich dem Publikum zuwenden. Er verachtete es zutiefst, aber das Parkett meinte sich von ihm geliebt.

Dann ging der Vorhang auf, und die hügelige Landschaft erinnerte den Onkel Rigobert sogleich an seine württembergische Herkunft. Es gebe da zwischen Untergröningen und Abtsgmünd ein Plätzchen, das aber schon haargenau ... Seine Bemerkung wurde von Mrs. Brisbon mit einem Wenn-Blicke-töten-könnten-Blick zur Strecke gebracht, worauf sich des Onkels Safarileiden bald wieder mit heftiger Präsenz in die Nasen aller hineinschrieb. Nur Aron stand regungslos da und starrte auf die Kulisse, aus der Antonia auftauchen würde. Er meinte, das Herz bleibe ihm stehen, als die Drei Damen von links aus der Gasse schwirrten, um Tamino von der giftigen Schlange zu befreien.

«Die Linke ist Antonia!» jubilierte Mrs. Fleisig beinahe und setzte das Opernglas wieder an die Augen.

«Darf ich mal?» surrte der Gatte und nahm ihr unhöflich das Fernglas aus den behandschuhten Fingern. «Donnerwetter, Junge! Hab gar nicht gewußt, daß du eine so hübsche Frau hast!» brummelte Mr. Fleisig. «Die mußt du mir nächstens vorstellen», und er lachte sportsmännisch.

Aron hörte ihn nicht. Er lauschte Antonias Stimme. Jeden Ton fing er auf wie ein Verdurstender den Wassertropfen, ein Todkranker das lindernde Morphium. Und plötzlich fühlte er sich in jenen Morgen zurückversetzt, als er mit Freunden aus Mahoney's Bar herausgetorkelt war, hinunter an die Waterfront, wo er Antonias Stimme zum ersten Mal gehört hatte. Da schoß ihm ein Gedanke in den Kopf: «Es ist alles ein Irrtum. Diese Frau ist der größte Irrtum deines Lebens.»

Auch Herr Sudbrock-Lange hörte konzentriert zu, und zwar bei geschlossenen Augen. Das Veilchenbukett, das er nicht aus der Hand ließ, fing schon zu lahmen an. Keiner kannte das stimmliche Potential wie Material dieser Sängerin so ausführlich wie er, und er hoffte inständig, daß Bruno Walter die Umbesetzung in die Ohren springen würde. Herr Sudbrock-Lange malte sich aus, wie der Maestro die Sängerin gleich in der Pause zu sich bestellte, um sie kennenzulernen. Herr Sudbrock-Lange sah Antonia schon die Fiordiligi singen und die Donna Anna, wenigstens die Zerlina. Herr Sudbrock-Lange sah es schwarz auf weiß in der Zeitung stehen, daß Antonia Fleisig eine Schülerin des Mr. Sudbrock-Lange gewesen war und dessen Phonischer-Nullpunkt-Methode. Herr Sudbrock-Lange sah sich die hymnischen Kritiken ausschneiden, in ein Kuvert stecken und kommentarlos gen Dresden schicken. Herr Sudbrock-Lange sah sich endlich rehabilitiert. Über derlei Phantasien verträumte er beinahe den Auftritt von Mrs. Rosa Bok, der Königin der Nacht. Verpaßte beinahe die Ungeheuerlichkeit, die sich unten auf der Bühne zutragen sollte.

Die beiden Anhänger des Karma, hoch im Schnürboden auf der Beleuchtungsbrücke, vollbrachten ein wahres Kunststück an Gewitterblitzen, und der Donnermeister hinter der Bühne ließ sich auch nicht lumpen. Die Felsen teilten sich mit gewaltigem Rumor auseinander. Die Berge vergingen, die Grate und Gipfel, die breiten, endlosen Kämme und die gewölbten, bewaldeten Rücken. Weit und breit war kein Wald mehr zu sehen. Anstelle der Fluren und Wiesen herrschte graues Einerlei. Nur der volle runde Mond stand am Horizont.

Das Gemach der Königin der Nacht tat sich auf. Ein grünliches Licht dämmerte aus dem aschgrauen Horizont herauf. Ein flirrendes Etwas ohne Kontur. Nach und nach gewann der Punkt menschliche Züge. Ein Rumpf, ein Kopf, erhobene Arme. In verschwenderischer Bühnentechnik wurde der riesige Thron der Königin heraufgefahren. Die Bok, gewandet mit einem dunkelgrünen, goldbetreßten Samtkleid und einer breit ausgelegten Schleppe, schwebte mit erhobenen Armen näher, wurde größer und bedeckte gleißend schon den halben Bühnenhorizont. Doch schien keiner zu merken, daß die Königin in dem steifen, umständlichen Kleid ihre Arme nicht aus majestätischer Allüre emporhob, sondern weil sie in höchster Not war. Sie gestikulierte und fuchtelte immer wilder mit den Armen, deutete auf ihre Kehle, und plötzlich merkte der Inspizient, daß etwas nicht in Ordnung sein konnte.

«Verdammt, was hat die denn?» fauchte er seinen Assistenten an. Der stand leichenblaß da und fing an, nervös in einer Mappe mit zerfledderten Seiten zu blättern. «Da drin steht's bestimmt nicht, Hornochse!» kläffte der Inspizient, griff den Hörer des Wandtelephons und wählte die Nummer des Abendspielleiters.

Maestro Walter hob bei geschlossenen Augen den Taktstock, um das Rezitativ zu beginnen. Wie er überhaupt stets mit geschlossenen Augen dirigierte. Seine Bewunderer mit schlohweißem und rauchgelbem Haar deuteten es als Ausdruck der höchsten geistigen Versenkung in die Musik. Der Meister bemerkte also keineswegs die Verzweiflung der Bok, die sich abermals an die Kehle griff und bedeutete, sie könne nicht singen. Von einer Minute auf die andere war sie ein Opfer der so wütig in der Stadt grassierenden Influenza geworden. Es sei wie angeworfen gewesen, erklärte sich die Bok in der Pause weinend gegenüber dem Abendspielleiter.

Und es geschah das Unglaubliche. Schon in der ersten Arie des Tamino hatte Antonias Stimme innerlich mitgesungen und bei der Vogelfänger-Arie des Papageno ebenfalls. Die Mozartsche Musik lag ihr im Blut, egal welcher Part gerade gegeben wurde. Das Rezitativ der Königin der Nacht war eine von ihren Lieblingsstellen, und als keine Stimme einsetzte mit den Worten «O zittre nicht, mein lieber Sohn ...», fuhr es plötzlich aus ihr heraus, ohne daß sie es wollte. Und sie sang nahtlos im Rezitativ weiter, anstelle der Bok.

Nun, der Maestro hatte jetzt doch die Augenlider erschrokken aufgetan. Er faßte sich aber schnell und übergoß die Bok mit einem warmen, anheimelnden Blick, der besagte, daß wir eben alle nur Menschen seien. Dann drückte er die Augen wieder zu und grollte in Gedanken, was für eine dumme Ziege diese Bok doch war, einen derartigen Einsatz zu verpassen.

Wenn es Bruno Walter sich selbst gegenüber auch nie so recht eingestehen mochte: Daß hier nicht Rosa Bok sang, sondern Antonia Fleisig, die Erste Dame links außen am Bühnenrand, das stellte er frühestens beim Da-capo-Gebrüll fest.

Aber auch Antonia merkte erst nach einigen Takten, daß sie es war, die da sang. Wirklich sang. Und ihr versagte beinahe die Stimme, als sie begriff, daß sie selbst die Königin der Nacht war. Und sie lauschte der eigenen Stimme. Hörte sich gewissermaßen selber zu. Unsicher noch und ängstlich, der Ton könnte den Gesichtslosen draußen in der Arena mißfallen. Und sang mit wachsendem Mut und einer Fülle, die immer leuchtender wurde, ohne laut zu sein. Je weiter das Rezitativ voranging, desto aufgeräumter und sorgloser empfand sie sich. Wie selbstverständlich fügten sich die Töne zur Melodie. Die Musik mußte nicht erst gefunden werden. Sie war da. Nichts konnte schiefgehen, nichts falsch gemacht werden. Ja, man mußte nicht einmal darüber nachdenken, den Ton abschwächen, zurücknehmen oder gar bereuen. Es war kinderleicht: einfach nur singen. Ihr wurden die Hände warm, und das Herz pochte laut in den Schläfen. Noch nie im Leben hatte sie einen so vollendeten Klang aus ihrem eigenen Mund vernommen.

Eiseskalt wurden hingegen die Hände des Herrn Sudbrock-Lange, und auch Aron rann der kalte Schweiß über den Rükken, und es fror ihn plötzlich. Die beiden Männer blickten sich an, und einer nahm instinktiv die Hand des andern und drückte sie immer fester, von Phrase zu Phrase.

Es waren wenige, die wie Aron oder Sudbrock-Lange den Schwindel von der ersten Note an durchschauten, oder vielmehr durchhörten, weil die Bok nämlich so tat, als sänge sie mit größter Emphase. Gleichzeitig konnte man jedoch am Bühnenrand eine der Drei Damen mit weit geöffnetem Mund ausmachen. Da fraß sich denn doch allmählich ein Raunen durchs Publikum, das, als es lauter wurde, die Bok schließlich resignieren ließ. Mit dem letzten Quentchen von Kollegialität hob sie ihren rechten Arm und zeigte auf die Erste Dame hinab.

Da wurde es still im Zuschauerrund der Metropolitan Opera. Jeder Räusperer und selbst das dringlichste Husten wurde unterdrückt. Lieber verpreßte man es sich, bis einem das Wasser in die Augen trat, als auch nur eine Nuance von dieser geheimnisvollen Stimme zu versäumen. Einer Stimme, die einen augenblicklich gefangennahm, die einen anrührte wie ein tröstendes Wort, ein ehrliches Kompliment, ein Abschiedskuß in der Central Station, ein Gutenachtlied aus Kindertagen, ein erstes Ich-liebe-dich.

Nun stellte die Arie enorme Ansprüche an das Vokalmaterial der Sängerin, an Volumen, Sonorität und Ausdrucksfähigkeit, durchwanderte die Musik doch gewissermaßen alle menschlichen Gefühlszustände. Von dunkler, resignierter Traurigkeit zu hellem, flammendem Zorn. Von mit chirurgischer Perfektion gesetztem Haß zu prunkhafter, gleisnerischer Siegesgewißheit. Zählt man das unsäglich schleppende Tempo noch hinzu – das Waltersche Tempo eben –, so war dies allein schon ein Wunder, daß Antonia nicht bald an ihre atemtechnischen Grenzen stieß. Sie stieß nicht an ihre Grenzen. Sie hatte einen noch viel längeren Atem. Größer noch und umspannender, als es sich Herr Sudbrock-Lange, Aron oder sonstwer überhaupt vorzustellen wagten. Sie war nicht eine von den fünf törichten Jungfrauen, deren Öl verbraucht war.

Sie sang um ihr Leben. Und da sie um ihr Leben sang, sang sie von ihrem Leben. Plötzlich fühlte sie sich vollendet eins mit sich. Eins mit dem Herzen, eins mit der Stimme. Plötzlich bedurfte sie keines einzigen Menschen mehr auf dieser Welt, denn sie wurde für Augenblicke zum einzigen Menschen, zum einsamsten und darum glücklichsten Menschen.

Da stand sie, groß und schmal, links unten auf der Vorderbühne, kurzsichtig, ohne Brille, und sang. Da stand diese blondhaarige Frau, deren Gesicht vernarbt war von Krankheiten, deren Seele gekränkt war von einem jahrelangen Leben in Dreck, Kot, Entbehrung und Verrat, einem Leben in einem finsteren, lärmenden Loch von New York. Da stand es plötzlich wieder da: das Mädchen mit dem zotteligen Haar, der schiefen Masche darin, die immer herauszufallen drohte. Dieser altkluge Fratz von sieben Jahren in dem graugrün gepunkteten Kleidchen. Der kleine Naseweis, der in einer schwülen Septembernacht irgendwo im hintersten, verstecktesten Flecken dieser Welt einen Traum gehabt hatte – einen alles verändernden Traum: den Traum vom geglückten Leben. Da stand Antonia Sahler, als sei sie noch immer das mit klaren, taubenblauen Augen in die Welt hineinblickende Mädchen aus dem rheintalischen St. Damian. Als sei sie von allen Enttäuschungen, von allem Kummer, von aller unerfüllten Liebe, von aller Vergeblichkeit der Sehnsucht unberührt geblieben.

6

Und sang. Warf die Koloraturen in die Lüfte hinaus wie der Himmel den warmen Platzregen im Mai. Ließ die Töne kinderleicht steigen und fallen wie Schmetterlinge. Und der, der am höchsten flog, war der farbenprächtigste von allen, der mutigste, der sicherste, der stolzeste: das hohe f.

Walter mußte die Arie wiederholen, denn nach einigen grabesstillen Sekunden stürzte ein Beifallsdonner von den Galerien herab, der im Nu sämtliche Ränge mit sich riß und schließlich auch das Parkett orkanartig überrollte.

Und es war, als hätte sich die unbekannte Stimme nur eben aufgewärmt, eingesungen. Denn schon nach den ersten Phrasierungen explodierte ihr Timbre mit derart unglaublicher Farbigkeit und einem geradezu unerschöpflichen Register an Nuancen, daß man meinte, diese Stimme sei die veredelte Essenz aller anwesenden Stimmen, ja, daß man glaubte, sie trüge in sich destilliert das gesamte Leid, die Freude, den Schmerz und die Zuversicht aller, die anwesend waren. Obwohl der verdatterte Maestro mit gespielt eleganter Geste versucht hatte, die Unbekannte in die Mitte der Bühne zu bemühen, blieb Antonia stocksteif am linken Proszeniumsportal stehen. Sie hätte den Dirigenten aufgrund ihrer Kurzsichtigkeit ohnehin nicht gesehen. Außerdem hatte sie die Augen geschlossen, denn sie bedurfte keiner fremden Hilfe oder Meinung mehr. Sie sang und war mutterseelenallein, wie sie es damals an der Pier 16 gewesen war und wie sie es von nun an immer sein wollte. Sie sang und war eins und roch plötzlich Gerüche, sah

Bilder in neuem Glanz erstehen, auf welchen die Patina des Vergessens gehaftet hatte.

Da waren der Duft von frischem Heu und der bittere Geschmack vom Schweiß und dem Schnauf der Saumpferde in einem engen Stall. Ein Mann knatterte mit einem kleinen Lastauto heran. Er stieg aus, bepackt mit Süßigkeiten, Spielsachen und Galanteriewaren. Pralinen, Zeppeline aus Marzipan, ein Teddybär aus Werg. Der Mann lächelte immerzu, hatte eine weitauskragende Nase, und er hatte Angst, von morgens bis abends.

Da war eine rothaarige Frau, die mit dunklem Dialekt sprach. Die Frau rauchte ein Pfeifchen aus weißem Sepiolith, und die Frau war ihre Mutter, und ihre Mutter hieß Alma. Und eine Katze ließ sich auf dem Fenstergesims das Fell bescheinen, und sie hatte brennende Augen. Und Veronika humpelte über den gefrorenen Schnee davon, zu dem hin, den sie liebte, und der hieß Kolumban. Und wieder ein anderer Mensch rauchte eine Zigarette um die andere, stützte den kahlen Kopf mit beiden Händen und sagte: «Es ist alles umsonst, drum leb weiter!» Und da war ein weißgescheuerter Bretterboden, und der Halblehrer Eisen begrüßte einen Mann, der seine Zigarre aus dem Mundwinkel nahm, Tabakfetzen auf den Schulboden spuckte und sagte: «No, Blimchen, meine Lilie!» Und da war eine Pritsche, und es war nächtens, und sie sprang von der Pritsche herab und setzte sich auf Lászlos Bettkante und fing zu singen an …

So ging der Strom ihres Erinnerns, während sie Mozarts Musik sang. Und da das Publikum noch vehementer tobte als beim ersten Mal, hatte der Maestro, ob er wollte oder nicht, die Arie ein drittes Mal zu wiederholen. Aber er wollte, denn etwas Geheimnisvolles war mit ihm geschehen. Er, dessen Gesicht verbittert war von einem halben Leben in Halbwahrheiten, wurde plötzlich wieder zu dem jungen, kompromißlosen Schlesinger aus Hamburg, der einmal der eigenen Stimme vertraut hatte. Seine Hand zitterte ihm heftig, als er den Taktstock hob, denn plötzlich war nichts mehr Routine. Jetzt dirigierte er zum ersten Mal die Zauberflöte. Lampenfieber hatte er wie damals als Debütant im Breslauer Stadttheater.

Und sie sang in ihrer Melodie fort. Und ihr unbeschreibliches Singen schien das Gefühl für Zeit Lügen zu strafen. Die Zeit dehnte sich gewissermaßen aus, verdichtete sich wieder und dehnte sich erneut im wundersamen Kosmos von Antonias Klang. Manchmal war es, als stünde die Welt mit einem Ton still, um sich dann wieder von selbst in Bewegung zu bringen, durch eigene Kraft, durch das ihr innewohnende Melos des Lebendigen.

Da war ein kleiner Mann im schwarzen Mantel, so klein, daß sie ihm über die Schultern gucken konnte. Und der Mann lachte und trieb eine Menge Schabernack, und auf einmal schrie der Mann auf, und er schrie: «Reisel!! Reisel!!» Und da war der Mond, wie er von Brooklyn heraufschaukelte. Wie er blendendes Licht in das Wasser hineinwarf, wie er nach einer Weile über die Spitze des Hohen Lichts zog, wie er golden wurde über der Martinswand. Da war die Kälberkiste, und in der Kälberkiste saß ein Mann, und der Mann wartete auf sie, und er hatte sich schön gemacht für sie, und er reichte ihr Schaumgebäck zur Hochzeit, und er strich sich immerzu mit der Hand die schmierigen Haare glatt, denn er wollte schön sein. Und der Mann hatte flaschengrüne Augen und war ein Schutzengel, und er wohnte an ihrem Rücken ...

Nach dem dritten Da-capo – einige, des Italienischen kundig, brüllten «Brava!» – konnte die Aufführung der Zauberflöte fortgesetzt werden. Müßig zu beschreiben, welche Beifallsstürme, welche Ovationen nach der zweiten Arie der Königin der Nacht losbrachen. Antonia mußte sie viermal geben, und der Maestro hätte sie ohne weiteres ein fünftes und sechstes Mal angesetzt, so süchtig war er geworden nach dem Klang dieser Stimme, nach dem Klang seiner Jugend. Übrigens legte er bei den Wiederholungen von nun an den Taktstock weg, verschränkte die Arme und hörte wie all die anderen regungslos zu.

Die Vorstellung endete mit 38 Vorhängen – Herr Sudbrock-Lange zählte für die Dresdner mit. Sie endete in einer fast einstündigen stehenden Ovation für Antonia Fleisig. Es war ein unbeschreiblicher Jubel, der aus den Kehlen drang. Antonia bemühte sich, die akklamierenden Menschen zu sehen, aber das Scheinwerferlicht blendete ihre Augen, und so blieb es ein gesichtsloser Jubel.

Der Beckmesser auf der Galerie klatschte sich ebenfalls die Hände taub und schrie sich die Lunge aus dem Hals, wenngleich er bald darauf die Begeisterung in einem schäbigen Coffeeshop an der 39th Street etwas revidieren mußte. Zu seiner Begleiterin sprach er wie folgt: «Stimmlich recht gut. Szenisch eine Katastrophe, die Frau.»

Aron weinte, als er mit Sudbrock-Lange in Antonias improvisierte Garderobe eintrat. Sudbrock-Lange weinte nicht, obwohl er innerlich gerührt war wie seit langem nicht mehr. Die Veilchen, die er vor lauter Vorhangzählen ganz vergessen hatte auf die Bühne zu schleudern, waren schon allesamt hinüber. Das Bukett freute Antonia trotzdem.

«Na, wie war ich, Schnuck?» sagte sie zart und mit einem schelmischen Lächeln, das ihre Erschöpfung verbergen sollte.

«Det waren, sag ick mal, vierzisch Vorhänge, Mensch!!» schrie Sudbrock-Lange.

Aron mußte nur noch aufgelöster flennen. Daraufhin zog Antonia seinen Kopf mit beiden Händen zu sich und barg ihn an ihrer Schulter. Da wurde die Tür aufgerissen, und herein stürmte der Chormeister und rief, was man denn in dieser Abstellkammer zu suchen hätte. Hinauf ins Dirigentenzimmer gehe es, und von dort in die Direktion, aber staccato!

«Du, Robert», sagte Baruch Allerwelt, indem er dem Kollegen und Freund in den Pelzmantel half, «wenn wir den Josquinschen Cantus in seiner originalen Gestalt mittelachsig spiegeln ...»

Aber er konnte seinen Gedankenblitz nicht voll erstrahlen lassen, denn der Freund fiel ihm polternd ins Wort: «Baruch! Hast du denn überhaupt kein Herz? Denkst du immer nur an dich?»

So fand der Opernabend am 10. Januar des Jahres 1942 sein vorläufiges Ende. Mrs. Karen Fleisig konnte gegenüber Mrs. Brisbon nicht genug betonen, wie früh sie Antonias Begabung entdeckt hätte, und als der Dusenberg vorfuhr, um die Herrschaften ins Lüchow's zu chauffieren, als alle ihre Plätze eingenommen hatten, verlieh der Onkel Rigobert seinem Stolz gegenüber Antonias Leistung Ausdruck. Er formulierte es in der Negation, wie es nun mal deutsche Seelenart ist, und sagte: «Aber beim Jassen ischt sie's mir ums Verrecka nit!»

7

Da geht er. Auf der Lafayette Street stadtaufwärts. Es hat wieder zu schneien angefangen. Die Menschen spannen Regenschirme auf, ziehen Hüte und Mützen in die Stirn. Schnurgerade sinken die Flocken herab. Quartergroß. Kein Wind geht. Der Lärm der Autos verebbt im Schnee, der schon knöcheltief daliegt.

Da marschiert er, biegt nach links in die Canal Street, geht an dem großen Zeughaus vorbei, biegt nach rechts, geht den Broadway hinauf. Er geht in zügigen Schritten, und das Schneetreiben ist ihm kein Ärgernis. Die schönen, weichen Kristalle platzen ihm aufs glühende Gesicht, zerschmelzen, und er meint zum ersten Mal in seinem Leben Schnee zu sehen. Von den Schläfen rinnt ihm das Schneewasser in die Mundwinkel, und er leckt es mit seiner Zunge auf. Sein Gang wird langsamer, da er Kindergeschrei hört. Eine Schneeballschlacht ist entschieden, und die heulenden wie die lachenden Kinderstimmen klingen ihm wie Musik in den Ohren. Eine herrliche Schneemusik, und drüben, auf der anderen Straßenseite, lachen zwei junge Frauen, deren Begleiter sich mit Absicht auf den Hintern haben fallen lassen. Herrliche Schneemusik, aber er muß weiter. Schneller. Aus den Schächten dampft es blaßbraun. Das schmeckt nach Karamel. Die parkenden Autos tragen weiße, wärmende Kapuzen. Fremdartige Klänge dringen aus einer geöffneten Ladentür, über welcher «Lebanon» zu lesen steht. Herrliche Schneemusik, herrliche Schneemusik. Aber er kann nicht verweilen, er fängt an zu laufen. Er läuft den Broadway hinauf, denn ihm bleibt nicht mehr viel Zeit.

Gegen Mittag wird der Schneefall immer dichter, und die Räumfahrzeuge sind der Schneemassen nicht mehr Herr, und die Autos bleiben stecken, und die Sirenen der Feuerwehren gellen. Herrliche Musik. Alles ist eingeschneit, und der Schneefall wird kälter, weil ein Wind aufsteht, und es gibt an jeder Ecke etwas Neues zu sehen. Eine neue Stimme, ein neues Gesicht. Neue Lichter, neue Klänge, neue Geräusche, neue Worte. Alles ist neu, und er muß es kennenlernen, aber es gibt noch mehr Neues, und die Zeit ist knapp. Auf seinen Schultern türmt sich der Schnee, von Zeit zu Zeit bricht er herab. Die Finger sind ihm klamm geworden und stechen, aber er ist noch nicht am Ziel. Vielleicht an der nächsten Kreuzung. Aber die Kreuzung ist es nicht. Die nächste. Vielleicht hat er sich verlaufen. Weiter auf der Park Avenue. Er fängt zu rennen an, er fällt, er steht auf, er rennt. Sein Atem dampft, das Gesicht dampft, das Herz rast. Herrliche Schneemusik, herrliche Schneemusik. Die Haarsträhnen werden zu Eiszapfen. Die Füße brennen nicht mehr. Die Fußsohlen sind taub. Aber er muß weiter. Er stürzt fort, und der Blizzard stemmt sich gegen ihn und pfeift ihm um die Ohren, und das ist eine herrliche Musik. Die nächste Kreuzung ist es. Alles ist so neu, und es klingt so wunderschön.

Es ist früher Nachmittag, und der Himmel dunkelt so wundersam und nie gesehen schön. Dieses Licht will er sich für immer einprägen, aber er muß weiter. Die nächste Kreuzung. In Harlem auf der East 127th Street bricht er zusammen. Eine junge Kreolin sieht es. Sie will ihm aufhelfen. Stehen kann er nicht mehr. Er lächelt die Kreolin an und wird wieder ohnmächtig. Auf der Wachstube gibt er den Namen Beifuß an. Der Polizist hackt den Namen in die Maschine: Baltasar Byfus.

V

Wenn ich wüßt', wo das ist

Am Vormittag von Thanksgiving des Jahres 1943 erwachte Antonia Fleisig aus einem vielstimmigen Traum. Mit entseelten Augen starrte die junge Frau in das von grellem Novemberlicht durchflutete Schlafzimmer und hatte Gewißheit: Abschied nehmen müsse sie von daheim, weggehen, und zwar bald, und zwar für immer.

Auf dem Ankleidetisch lauerte ein riesenhafter Strauß weißer Rosen. Miss Abott hatte ihn auf leisen Sohlen hereingetragen und das Kärtchen entfernt, wie es Madam zu halten wünschte. Die unschuldigen Blumen eines fanatischen Verehrers. Antonia konnte diese Sorte Mann nicht ausstehen. Aus dem Klavierzimmer drangen arpeggierte Klänge. Aron studierte Turandot. Antonia erhob sich aus dem Bett und schlurfte ins Badezimmer. Sie hatte Kopfweh, und sie fühlte sich schwindlig.

Es war Feiertag, und sie hatte Dienst, wie man sich in Musikerkreisen auszudrücken pflegt. Es handelte sich um eine Rundfunkübertragung der NBC von Figaros Hochzeit. Antonia war als Susanna besetzt, und sämtliche Teilnehmer hatten sich pünktlich um drei in dem Sendestudio einzufinden.

Sie verspüre heute nicht die geringste Lust zum Singen, eröffnete sie Aron. Er entgegnete freundlich, sie solle erst einmal wach werden. Das andere füge sich von allein. Und wie immer behielt er natürlich recht. Die Türen knallten zwar, aber mit dem Morgenbad verrauschte die Migräne, und schon beim Lesen der Post hörte Aron seine Frau Vokalisen und Koloraturen üben.

Das Taxi kam zeitig um eins, so daß man downtown noch einen Happen zu sich nehmen konnte. Zu Ehren Mozarts hatte Antonia ein aprikosenfarbiges, sehr elegant geschnittenes Kleid gewählt. Der Taxifahrer, ein untersetzt wirkender Mann mit bulligem Brustkorb, fragte nach der Adresse. Aron gab sie an, aber da fuhr ihm seine Frau über den Mund und sagte, sie habe Lust auf eine Spritzfahrt unten an der Waterfront. Aron gab klein bei, und so fuhr man vorläufig ohne genaue Adresse hinunter an die Spitze von Manhattan. Während der Fahrt war es ziemlich still in dem Taxi. Aron blickte zu dem einen Fenster hinaus, Antonia zu dem anderen, der Fahrer allenthalben in den Rückspiegel.

Auf der South Street ging es unter der Brooklyn Bridge vorbei, und da gewahrte Antonia, daß der Bretterverschlag nicht mehr vorhanden war. Ein Baugerüst stand jetzt dort, wohl zu Ausbesserungsarbeiten am Mauerwerk der Rampe. Antonia ging ein Stich ins Herz. Sie wartete ein paar Augenblicke lang, dann teilte sie dem Fahrer mit, er solle anhalten, ihr sei flau im Magen, sie wolle einige Schritte tun. Ob er sie begleiten solle, fragte Aron. Sie verneinte und stieg aus. Die Yellow Cab wartete bei laufendem Motor.

«Gestatten Sie, wenn ich rauche?» fragte Aron.

«Nur zu!» antwortete der Fahrer und ließ Aron im Rückspiegel nicht aus den Augen. Aron spürte, daß der Bullige schon lange darauf gewartet hatte, ein Gespräch anzuzetteln.

«Heute schon Truthahn gegessen, Mister? Übrigens: Fröhlichen Erntedank!» begann der Fahrer die Unterhaltung.

«Fröhlichen Erntedank», erwiderte Aron, steckte sich eine Zigarette an und bekam plötzlich Lust auf unverbindliches Reden: «Darf ich fragen, was Sie für ein Landsmann sind?»

«Amerikaner natürlich!» versetzte der Bullige fast gekränkt.

«Ich dachte nur ... Ihr Akzent ...»

«Schauen Sie, Mister, alle Amerikaner sprechen mit Akzent.»

«Da ist was dran», lachte Aron und bat den Taxifahrer, den

Motor abzustellen. Es könne dauern, bis seine Frau zurückkomme. Er bleibe derweil als Pfand im Wagen sitzen.

«Na gut!» sagte der Bullige, würgte den Motor ab und wurde familiär. «Ich vertraue Ihnen, Mister. Ich hab' sowieso gleich gesehen, daß Sie ein feiner Mensch sind. Ich heiße Ben.»

«Aron Fleisig, sehr erfreut.»

Sie reichten sich die Hände, und dann begann der Fahrer zu reden, ganz im Vertrauen. Und die Worte sprudelten aus ihm heraus wie ein Wasserfall.

Eigentlich habe er es gar nicht nötig, Taxi zu fahren. Das tue er nur zum Schein. In Wahrheit sei er reich, reich wie der König Midas. Aber das Leben habe den guten Ben eines Besseren belehrt. Der Neid sei furchtbar in New York, schlimmer als in Göppingen. Da komme er her. Mit nicht einem einzigen Cent in der Tasche, als armer Bierbrauergeselle, sei er 1923 hier angekommen. Eigentlich habe er vorgehabt, nicht in dieser Stadt zu bleiben, sondern mit seinen drei Brüdern einen Biergarten in Dubuque, Iowa, zu eröffnen. Ob der Mister wisse, wo das sei. Aron gestand höflich, es nicht zu wissen. Der Bullige lachte und sagte, er auch nicht.

Inhalt

I
in paradiso
SEITE 7

II
Das gelobte Leben
SEITE 87

III
ad bestias
SEITE 133

IV
Du bist mein Lied
SEITE 193

V
Wenn ich wüßt', wo das ist
SEITE 249